Diogenes Taschenbuch 24769

de
te
be

Verflixte Festtage

Geschichten für richtig frohe Weihnachten

Ausgewählt von
Kati Hertzsch und Lina Herwig

Diogenes

Mit einer Exklusivgeschichte von Mareike Fallwickl
Nachweis am Schluss des Bandes
Covermotiv: Illustration von Mi-Mi_Fox

Originalausgabe

www.diogenes.ch
150/24/44/1
ISBN 978 3 257 24769 5

Inhalt

Denn Weihnachten hat so eine Unaufhaltsamkeit im Näherkommen. Bei diesem Fest merkt man's besonders, wie das Tempo der Welt nicht mehr auf es Rücksicht nehmen mag, so ein Fest hat langsam zu kommen, wie damals als man Kind war, da zählte man und wartete und es war trotzdem noch weit, das gehört dazu, dieser langsame Advent, nun rast man im Lebens-Schnellzug darauf zu, hält an keiner Station, und es ist nicht mal sicher, dass man in ›Weihnachten‹ halten wird, drei Minuten vielleicht, – und weiter auf die große Stadt Neujahr zu, wo's endlich ein kleines Aussteigen gibt und Händewaschen.

Rainer Maria Rilke

MAREIKE FALLWICKL

Das Weihnachtstheater

Eine Küche. Älterer Mann mit Laptop am Küchentisch.

GROSSVATER: Hallo? Könnt ihr mich hören?

VATER: Ja, Papa. Du musst nicht so brüllen.

SOHN: Was ist denn los? Ich hab gleich ein Meeting.

GROSSVATER: Annette hat mir ja dieses Zoom eingerichtet, als wir im Lockdown waren.

VATER: Das wissen wir, Papa.

SOHN: Ist was mit Oma? Geht es euch gut?

GROSSVATER: Also, Weihnachten fällt aus.

VATER: Wie?

SOHN: Was soll das bedeuten?

GROSSVATER: Ulla macht dieses Jahr kein Weihnachten.

VATER: Aha.

SOHN: Ich verstehe nicht.

GROSSVATER: Ist eine lange Geschichte. Ich habe mich ... sagen wir, ich habe mich unklug geäußert. Jetzt müssen wir Weihnachten machen.

VATER: Papa, ich hab echt keine Zeit für deine seltsamen Anwandlungen.

SOHN: Und Weihnachten ist erst in drei Wochen.

GROSSVATER: Und dann kommt ihr am 24. Dezember mit Sack und Pack zu uns und der Braten steht auf dem Tisch. Den gibt es aber dieses Jahr nicht.

VATER: Okay, dann halt was anderes.

SOHN: Ich esse inzwischen sowieso vegan.

GROSSVATER: Es gibt auch nix anderes. Ulla lässt Weihnachten ausfallen. Zu viel Stress, sagt sie. Zu wenig Wertschätzung, sagt sie.

Schweigen.

GROSSVATER: Hallo?

VATER: Ja.

SOHN: Und jetzt?

GROSSVATER: Naja, wir sind doch zu dritt. Das kriegen wir schon hin. So schwer kann das nicht sein. Mit ein bisschen Planung ...

VATER: Du hast gut reden, du bist pensioniert. Du hast Zeit.

SOHN: Ich dagegen habe kleine Kinder.

GROSSVATER: Bringst du die auch mit?

SOHN: Natürlich. Jonas redet die ganze Zeit vom Weihnachtsfest bei Uroma. Er hat einen Wunschzettel für das Christkind gebastelt mit ausgeschnittenen Lego-Bildern aus dem Spielzeugkatalog.

VATER: Aber die anderen Frauen, Papa. Die können doch Weihnachten machen, wenn Mama nicht will. Meine Frau Susanne. Meine Schwiegertochter Claudia. Meine Tochter Hannah.

GROSSVATER: Das geht nicht.

SOHN: Wie, das geht nicht? Ich spreche gleich mit Claudia. Und Hannah kann ich auch anrufen.

GROSSVATER: Nein, nein. Alle Frauen sind im Streik. Also, die in unserer Familie. Ulla sagt, fünfzig Jahre sind genug, sie geht in Weihnachtsrente.

VATER: Was hast du getan?

GROSSVATER: Gib mal nicht mir die Schuld, Freundchen. Eure Frauen und Schwestern sagen, ihr seid auch blind dafür, wie gut ihr es habt. Aber wir werden es ihnen zeigen. Das wäre doch gelacht!

SOHN: Ich muss jetzt in mein Meeting.

VATER: Ich versteh das alles nicht.

GROSSVATER: Lasst uns eine Liste machen. Wer kann Kekse backen?

Drei Wochen später. Dieselbe Küche, diesmal mit Weihnachtsdekoration. Es gibt eine Schwingtür als Verbindung zum Wohnzimmer. Großvater (etwa 75), Vater (etwa 50) und Sohn (etwa 28) tragen Schürzen, im Hintergrund leise Weihnachtsmusik, die Klassiker. Sie sind umgeben von Einkaufstüten und Vorbereitungschaos.

SOHN: Eine vegane Ente muss nicht ewig schmoren, das ist auch ein Vorteil. Ich hab alle Zutaten mitgebracht.

GROSSVATER: Mein Braten braucht zwei Stunden mindestens. Ich hab ein Rezept gegoogelt.

VATER: Wie, gegoogelt? Machst du nicht Mamas feinen Wacholderbraten?

GROSSVATER: Wacholder, Wacholder, heute gibt es eben mal was anderes, zur Abwechslung.

VATER: Aber Mamas Rezept ist doch schon erprobt …

SOHN: Oder wir servieren vegane Ente für alle. Wenn man es nicht weiß, merkt man keinen Unterschied.

GROSSVATER: Ich lege Tante Heidrun und Onkel Silvester keinen Sojaklumpen auf den Teller.

SOHN: Das ist kein Soja, das wird aus –

GROSSVATER: Das ist mir ganz egal, woraus dein Hasenfutter ist!

VATER: Du hast schon einen Puls von 180, und wir haben noch nicht mal angefangen.

SOHN: Ich hab nur noch eine halbe Stunde, dann wacht Leni aus dem Mittagsschlaf auf. Und Jonas kann auch nicht so lange fernsehen, zu viel Bildschirmzeit ist nicht gut.

VATER: Dass es niemanden gibt, der heute auf sie aufpassen kann!

SOHN: Claudia sagt, sie macht das auch alles immer mit Kindern.

GROSSVATER: Hier hab ich unseren Plan aufgehängt. Sogar mit Zeitangaben. Ich bereite jetzt den Braten und die Kartoffeln vor. Dann kommen die Salate, die Saucen und die Desserts. Ihr kümmert euch um den Baum. Aufstellen, schmücken.

Schweigen.

GROSSVATER: Der Baum, Christoph? Du hast ihn doch wie abgemacht letzte Woche gekauft und heute mitgebracht?

VATER: Ja! Der Baum! Natürlich hab ich das! Ich muss nur … ich hole … ich komme gleich.

Abgang Vater. Großvater und Sohn schnippeln und würzen weiter.

GROSSVATER: Hast du den Eierlikör eingekühlt? Der wird sonst schlecht.

SOHN: Den Eier … welchen Eierlikör?

GROSSVATER: Stand auf der Liste. Auch dafür hatte ich ein Rezept gegoogelt.

SOHN: Wenn irgendwo Eier drin sind, ist das nicht vegan, Opa.

GROSSVATER: Das ist Tante Heidrun doch egal! Die will

immer Eierlikör an Weihnachten. Den hat Ulla normalerweise schon Wochen vorher eingekocht.

SOHN: Wir mixen was anderes. Du hast eine Vitrine voller Spirituosen, da werde ich sicher fündig. Wenn sie erst mal ein paar Schlückchen intus hat, wird sie den Eierlikör nicht mehr vermissen.

GROSSVATER: Wenn ich das gewusst hätte, hätte ich Baileys gekauft. Ich hab drei Tage lang eingekauft, Sebastian. Drei Tage. Und gestern waren so viele Menschen im Supermarkt, dass ich mein Hörgerät ausschalten musste, um nicht von der Geräuschkulisse niedergewalzt zu werden.

SOHN: Wieso hast du nicht einen Großeinkauf gemacht? Das wäre doch viel sinnvoller gewesen.

GROSSVATER: Weil mir immer noch was eingefallen ist. Dann musste ich nochmal hin. Die hätten sicher auch Eierlikör gehabt!

SOHN: Schau, du hast gesagt, dass du jahrzehntelang Schuldirektor warst und der Beste im Organisieren bist. Jetzt konzentrieren wir uns auf das Wesentliche: dass es ein schönes Weihnachtsfest für alle wird.

Vater kommt wieder herein, in der Hand einen kleinen, schiefen, eher mickrigen Tannenbaum.

VATER: So ein Glück, sie hatten beim Baumarkt noch einen! Den wollten sie eigentlich grade ent–

Großvater und Sohn starren ihn wortlos an.

VATER: Ganz okay, oder? Ich stell ihn im Wohnzimmer auf. In der Ecke, dann sieht man die Hinterseite nicht. Wo ist der Schmuck?

GROSSVATER: Im Keller, glaub ich.

VATER: Der Keller ist groß.

GROSSVATER: Oder vielleicht auf dem Dachboden?

VATER: Ich rufe einfach Mama an. Die sind ja alle bei –

GROSSVATER: Das tust du sicher nicht! Du hast ja noch nicht mal gesucht. Die lachen sich kaputt über uns.

SOHN: Du bist echt uncool, wenn du gestresst bist, Opa.

VATER: Schon gut.

SOHN: Im Wohnzimmer sitzt Jonas vor dem Fernseher. Wenn er sieht, wie du den Baum schmückst, was soll ich ihm dann sagen? Dass das Christkind eine Glatze hat und karierte Hemden trägt?

VATER: Dann überleg dir halt eine andere Beschäftigung für ihn.

Aus dem Babyphone kommen Geräusche.

SOHN: Leni ist wach.

Abgang Vater und Sohn mit Christbaum ins Wohnzimmer. Der Großvater werkt in der Küche weiter.

GROSSVATER: Hätte ich einfach zugestimmt, als sie mich gebeten hat, einen Teil der Aufgaben zu übernehmen. Kannst du dieses Jahr mithelfen, Manfred, hat sie gesagt, ich schaff es nicht mehr allein. Und was tu ich? Halte ihr einen Vortrag. Dass ich für die Familie gesorgt habe, jahrzehntelang. Dass sie keine Ahnung hat von echter Arbeit. Dass ich meinen verdienten Ruhestand genießen will. Und jetzt steh ich hier und hab fettige Finger.

Vater schaut zur Tür herein.

VATER: Ich finde den Baumschmuck nicht.

GROSSVATER: Und was soll ich da machen?

VATER: Wieso weißt du denn nicht, wo in deinem eigenen Haus die Sachen sind?

GROSSVATER: Weißt du es denn in deinem Haus?

Abgang Vater.

GROSSVATER: Verdammt, die Kartoffeln sind verkocht. Für Kartoffelsalat kann ich die nicht mehr gebrauchen … aber für Püree? Es ist ein Wahnsinn, für so viele Leute zu kochen. Und die setzen sich einfach an den gedeckten Tisch. Die lassen es sich schmecken und überlegen gar nicht, wie viel Ar–

Sohn schaut zur Tür herein.

SOHN: Kannst du was mit Jonas und Lena machen? Ich muss noch die Geschenke einpacken.

GROSSVATER: Wie bitte?

SOHN: Claudia hat sich geweigert. Ich will einmal nicht wissen, was drin ist, hat sie gesagt, und dann an Weihnachten meine Überraschung verbergen, so wie du immer. Was echt unfair ist, weil letztes Jahr wusste ich zum Beispiel genau, dass Jonas ein Laufrad kriegt.

GROSSVATER: Hast du Preise und Bewertungen verglichen, es ausgesucht, bestellt und verpackt?

SOHN: Ich bitte dich, ich musste doch arbeiten.

GROSSVATER: Und Claudia, arbeitet die nicht?

SOHN: Stehst du jetzt auf der Seite der Frauen?

GROSSVATER: Ulla notiert es sich immer direkt, wenn jemand einen Wunsch äußert. Sie ist da wirklich sehr aufmerksam. Deshalb macht sie so gute Geschenke, weißt du.

SOHN: Gott sei Dank gibt es Onlineshopping. Aber ein paar Sachen wären nicht mehr rechtzeitig angekommen, also musste ich ins Einkaufszentrum. Warst du schon mal am Samstag vor Weihnachten im Einkaufszentrum,

Opa? Da wünschst du dir, die Rolltreppe würde direkt in den Höllenschlund fahren.

GROSSVATER: Nimm auch gleich die Kuverts da drüben mit. Du kannst ja goldene Sterne draufkleben oder so. Das sind die Geschenke von mir.

SOHN: Kuverts? Schenkt ihr uns dieses Jahr etwa einfach Geld?

GROSSVATER: Was denn, willst du lieber Gutscheine fürs Einkaufszentrum?

Abgang Sohn. Auftritt Vater.

VATER: Ich hab die Weihnachtskiste gefunden. Sie war zum Glück beschriftet. Stand direkt vor meiner Nase.

GROSSVATER: Gut, gut.

VATER: Aber die Lichterkette ist verwickelt. Also, eigentlich hat Oma sie ordentlich aufgerollt, aber dann ist mir –

GROSSVATER: Christoph Rudolf, du erledigst jetzt sofort deine Aufgabe und lässt mich in Ruhe meine Aufgabe machen.

VATER: Ach, der Schuldirektorton. Den wirst du noch draufhaben, wenn wir bei deiner eigenen Beerdigung sind.

VATER: Und woher wissen eigentlich Menschen ohne zweiten Vornamen, dass ihre Eltern die Geduld verlieren?

Abgang Vater. Auftritt Sohn.

SOHN: Leni und Jonas haben Hunger.

GROSSVATER: Gib ihnen was von deiner veganen Ente. Wenn man es nicht weiß, schmeckt man keinen Unterschied.

SOHN: Die liegt noch in der Marinade! Ich brauche einen Snack. Wo sind diese Hirsekringel?

GROSSVATER: Laut Zeitplan solltest du von dreizehn Uhr bis dreizehn Uhr dreißig die Weihnachtstischdecke bügeln und die Platzkärtchen basteln.

SOHN: Dein Zeitplan ist nicht kompatibel mit der Realität. Ah, ich nehme die Reiswaffeln.

GROSSVATER: Ich hab mir mehr Gleichzeitigkeit erwartet und schnellere Erledigung.

SOHN: Mit einem Fünfjährigen an meinem linken und einer Zweijährigen an meinem rechten Bein geht gar nichts schnell. Bügeln und basteln, Opa! Sowas macht man doch weit vorher! Die Gäste kommen in vier Stunden!

GROSSVATER: Du bist echt uncool, wenn du gestresst bist.

SOHN: Was ist mit meinem Cousin Alex, bringt er wie vereinbart Weihnachtskekse mit?

GROSSVATER: Ich hoffe doch. Er hat gesagt, er kennt ein paar gute Rezepte.

SOHN: Er ist siebzehn. In dem Alter hab ich mich nur fürs Kiffen und für Mädchen interessiert.

GROSSVATER: Sebastian Konrad, du –

SOHN: Ich geh ja schon.

Abgang Sohn, Auftritt Vater, mit Lichterkette um Hals und Arme.

VATER: Gib mir Schnaps.

GROSSVATER: Du benimmst dich wie in einer Slapstick-Komödie, während ich versuche, Weihnachten zu retten!

VATER: Mir ist eine Glaskugel runtergefallen. Eventuell waren es auch drei.

GROSSVATER: Ullas schöne Kugeln? Die haben wir seit Jahrzehnten, Christoph!

VATER: Im selben Moment ist Sebastian aus der Küche gekommen und in die Scherben getreten. Also bin ich ins Bad und hab eine Pinzette gesucht. Leni hat mich gesehen und angefangen zu weinen, weil meine Finger voller Blut waren, da hab ich gesagt, dass sie aufhören soll, weil sonst das Christkind nicht kommt. Das hat Jonas gehört, und jetzt brüllen beide, während Sebastian versucht, die Glassplitter aus seinen Fußsohlen zu kriegen. Wo ist der Staubsauger?

GROSSVATER: Schenk mir auch einen Schnaps ein.

VATER: Das muss man schon wollen, oder? Sich kümmern. Und so ein Fest organisieren, für alle. Also, ich meine nicht, dass man es kann. Sondern dass man es wollen muss. Verstehst du mich? Sich wochenlang Gedanken machen, Listen schreiben, einkaufen, dekorieren, verpacken, backen und kochen und basteln und bügeln … eigentlich säßen wir jetzt im Wohnzimmer mit Zigarren und Musik, und die Frauen stünden hier in der Küche, wie jedes Jahr.

GROSSVATER: Und die Kinder würden ihnen durch die Beine wuseln.

SOHN: Und dauernd würde einer von uns nachfragen, wann das Essen endlich fertig ist.

Sie kippen schweigend einen Schnaps. Durch die Hintertür kommt Nachbarin Annette fröhlich hereinspaziert.

ANNETTE: Grüß Gott, die Herrschaften! Ich bring euch einen Weihnachtsstollen und meinen berühmten Orangenpunsch.

GROSSVATER: Oh, das ist aber lieb von dir.

ANNETTE: Na, ich weiß doch, dass Ulla dieses Jahr nicht so kann wie sonst wegen ihrem Hexenschuss.

VATER: Wegen was?

GROSSVATER: Ja, ganz schlimme Sache. Die Arme.

ANNETTE: Und wie toll von dir, dass du das Fest ausrichtest! Also, mein Herbert, der könnte das nicht. Der schafft es ja nicht mal, ein Spiegelei zu braten. Sie sind so hilflos, die Männer. Sie brauchen uns einfach, nicht wahr?

VATER: Naja, ein Spiegelei ist –

ANNETTE: Manfred, die Form ist viel zu klein für so einen großen Braten. Schau, nimm lieber die. Jetzt deckst du alles gut mit Alufolie zu, dann kann es durchziehen. Hier stellst du den Timer ein, und wenn es piepst, drehst du den Ofen auf 180 Grad, zwei Stunden schmoren lassen, aber nach einer halben Stunde runter auf 150 Grad, am Ende nochmal in die Alufolie und zehn Minuten ruhen lassen, ja? Esst ihr vor oder nach der Bescherung?

VATER: Danach, weil sonst die Enkel …

Annette: … so ungeduldig sind, gell? Ja, süß, die Kleinen. Wenn sie sich mit glänzenden Augen freuen, dann weiß man, wozu man das alles macht, nicht wahr? Meine Nichte kommt heute mit ihrem Baby, das ist wirklich herzallerliebst. Meine Herrschaften, ich muss wieder, mein Karpfen springt nicht von selbst in die Pfanne! Frohe Weihnachten.

VATER: Danke und ein schönes Fest.

GROSSVATER: Danke, Annette! Frohe Weihnachten.

Abgang Annette.

VATER: Den Orangenpunsch mag Großtante Heidrun bestimmt.

GROSSVATER: Fühlt sich an, als würden wir schummeln.

Auftritt Sohn, er trägt jetzt große Weihnachtssocken.

SOHN: Ich hab Leni und Jonas ins Schlafzimmer verfrachtet, Opa, mit meinem Handy. Das gibt mir ein paar Minuten. Hier sind die Platzkarten und die Tischdecke. Ich hab das Bügeleisen nicht gefunden, aber ich hab mal im Internet einen Trick gesehen, dass man Stoff besprühen kann, und dann wird er knitterfrei. Zum Besprühen hatte ich aber auch nichts, also hab ich ein bisschen Wasser draufgespritzt. Das trocknet sicher noch, bis die Gäste kommen. Und bei den Karten sag ich einfach, die haben die Kinder gebastelt, falls jemand fragt, warum sie so schief sind.

VATER: Haben die Kinder die Kärtchen gebastelt?

SOHN: Nein.

VATER: Nicht Großtante Heidrun neben Ulla setzen! Sonst fangen sie wieder mit der alten Geschichte wegen der ausgeborgten Salatschüssel an zu streiten.

SOHN: Ich bin jetzt schon fix und fertig, dabei hat Weihnachten noch nicht mal richtig angefangen. Ich hab die ganze Zeit das Gefühl, mir sprengt es den Kopf von den Schultern, weil ich noch an so vieles denken und so vieles erledigen muss. Und dauernd ruft ein Kind nach mir.

VATER: So macht Weihnachten keinen Spaß.

SOHN: Normalerweise komme ich hier an und bin direkt in Weihnachtsstimmung. Das ist der Moment, wo ich weiß, ab jetzt kann ich entspannen. Es duftet nach Omas Zimtsternen und nach dem Braten und alles ist bereit und schön und festlich.

Nachdenkliches Schweigen.

Auftritt Cousin Alex.

ALEX: Hi.

SOHN: Ach, gut, dass du da bist! Die Kekse kannst du da drüben hinstellen.

ALEX: Müssen wir erst backen.

VATER: Madonna mia.

ALEX: Ich hab ein TikTok-Rezept für Brownies. Mit nur drei Zutaten, die garantiert jeder zu Hause hat. Mehl, Eier und Nutella. Wir schauen uns das Video an und machen es nach, easy.

VATER: Ich schmücke den Baum fertig.

SOHN: Ich packe die Geschenke ein.

Abgang Vater und Sohn.

ALEX: Dann also wir beide, Opi.

GROSSVATER: Kannst du bei TikTak schauen, wie man Kartoffelpüree macht?

ALEX: Der Trick ist Butter, ich zeig's dir.

ALEX: Ich find's cool, dass die Männer dieses Jahr Weihnachten organisieren. Alles, was veraltete Geschlechterbilder aufbricht, ist gut. Gemütlichkeit und ein Wohlgefühl, kochen und für andere sorgen sind so eng mit Weiblichkeit verknüpft. Total modern von dir, Opa, dass du dir da Gedanken machst und dich gegen deine patriarchale Sozialisierung stemmst.

GROSSVATER: Ha.

ALEX: Mama hat sogar ein bisschen geweint vor Erleichterung. Normalerweise ist sie schon im November permanent am Planen für Weihnachten. Das ist dieses Jahr weggefallen, und es war schön, sie so entspannt zu sehen.

GROSSVATER: Hm.

ALEX: Meine Freund:innen waren auch beeindruckt, als

ich ihnen davon erzählt hab. Ein Freund hat sich sofort inspirieren lassen und richtet das Fest heute gemeinsam mit seinem Dad aus. Weißt du, wir beschäftigen uns mit der klischeehaften Rollenverteilung, seit wir in der Schule ein Buch dazu gelesen haben und eine Autorin einen Workshop mit uns gemacht hat. Wir schreiben auch manchmal selber Geschichten.

GROSSVATER: Aha?

ALEX: Ja, damit es neue Narrative gibt, die keine toxische Männlichkeit mehr reproduzieren. Und neue Vorbilder. Für die Generationen nach uns. Du kannst gern mal was lesen, wenn du magst.

GROSSVATER: Da bin ich tatsächlich neugierig drauf.

ALEX: So, die Brownies können in den Ofen. Gut machst du das mit dem Püree, ist super cremig geworden. Ich kümmere mich um die vegane Bratensoße, du schneidest die Gurken. Am besten in dickere Scheiben, damit Leni sich nicht verschluckt. Hier sind der Sauerrahm und das Salz. Das da drüben kann alles in den Geschirrspüler. Es ist leichter, wenn man die Sachen gleich wieder wegräumt, dann entsteht nicht so ein Chaos.

GROSSVATER: Leni isst Gurken?

ALEX: Paprika liebt sie auch. Ich passe ja jeden Mittwoch auf die beiden auf, wenn Claudia länger arbeiten muss. Dann machen wir immer Gemüsezwerge, mit denen wir spielen, bevor wir sie aufessen.

GROSSVATER: Ach.

ALEX: Ist alles okay? Du bist so still.

GROSSVATER: Früher wäre das undenkbar gewesen, weißt du.

Auftritt Vater und Sohn.

SOHN: Die Geschenke sind verpackt. Ich gehe mit Leni und Jonas noch eine Runde raus in den Schnee, bevor es dunkel wird. Vielleicht können wir den kleinen Hügel im Garten runterrutschen, wie ich früher als Kind. Haben wir eine Karotte für einen Schneemann?

ALEX: Hier. Die Bratensoße ist fertig und deine vegane Ente schiebe ich in den Ofen, sobald die Brownies durch sind. Ich hab auch welche ohne Eier gemacht, mit Hafermilch.

SOHN: Oh. Danke.

VATER: Der Baum ist geschmückt, und weil er kleiner ist als sonst, merkt man nicht, dass ein paar Kugeln fehlen. Was steht noch auf dem Plan?

ALEX: Du kannst die Servietten falten und den Tisch decken, Onkel Chris. Opi rührt jetzt die süße Quarkcreme für das Dessert an, und ich friere noch ein paar Rosmarin- und Thymianzweige ein, die raspeln wir am Schluss über die Salate. Mega Lifehack.

Sie arbeiten eine Weile einträchtig und stumm.

VATER: Es stimmt wirklich, dass es anstrengend ist. Und viel mehr Arbeit, als wir gedacht haben. Aber es fühlt sich auch gut an, oder? Wir machen was gemeinsam, für andere. Ich hab irgendwie ein warmes Gefühl im Bauch. Vielleicht kommt es vom Schnaps … aber ich freu mich jetzt richtig, dass bald alle hier eintreffen, mit Schnee an den Stiefeln und roten Backen, dass sie unser Essen genießen und um den Baum herum Lieder singen und eine gute Zeit haben. Und die haben sie dank uns, das ist … schön.

GROSSVATER: Darüber, dass man diese Dinge gemeinsam machen sollte, hab ich heute auch viel nachgedacht. Und wir hätten auch einfach mal öfter Danke sagen können.

ALEX: Ach, Opi, es ist nie zu spät, Feminist zu werden.

GROSSVATER: Ist das goldener Nagellack auf deinen Fingernägeln, Alex?

ALEX: Ja. Weil Weihnachten ist.

GROSSVATER: Sieht richtig gut aus.

Alle drei arbeiten in Gedanken versunken weiter. Die Weihnachtsmusik wird lauter. Vorhang.

DANIEL GLATTAUER

Die beliebtesten Weihnachtskrisen und die besten Anlässe für Streit

Wer zu Weihnachten nicht streitet, versäumt die beste Zeit dafür. In allen Ecken und Nischen eines Weihnachtshaushaltes lauern Anlässe. Viele der Haushaltsmitglieder sind bereits seit Mitte Advent »mit den Nerven fertig«, was den Vorteil hat, dass sie zu Weihnachten keine mehr haben und somit nervenfrei zum ersten Streit antreten können. Das Epizentrum der potentiellen Streitausbrüche liegt in der Kernfamilie (Mutter, Vater, Kind) oder in der Populärfamilie (Exfrau, Baby aus soeben beendeter Lebensabschnittspartnerschaft, Exmann, gemeinsamer Rauhaardackel, neue Freundin, deren Tochter und ihr Freund, ein Piercingstudio-Betreiber mit viel Eigenwerbung im Gesicht). Um die Streitkultur zu bereichern und variantenreicher zu gestalten, empfiehlt es sich aber, auch Personen außerhalb des engsten Familienkreises mit einzubeziehen, die man jenseits der Feierlichkeiten nur selten zu Gesicht bekommt. Man denke etwa an die zugeheiratete, aber inzwischen erfolgreich verwitwete Großtante väterlicherseits, deren Erbschaftsverhältnisse noch nicht geklärt sind.

Wer mit dem jeweiligen Streit beginnt, ist egal. Es gibt ohnehin immer ein Wort das andere, bis man sein eigenes nicht mehr versteht. Auf Schuldgefühle kann von Anfang an verzichtet werden, denn jede der Weihnachtsstreitparteien ist prinzipiell im Recht. Kurze Verschnaufpausen sind ideale Gelegenheiten für herzzerreißende Versöhnungsszenen – zum Beispiel vor der Bescherung oder vor dem Weihnachtsmahl. Dabei können sich die Teilnehmer mental kräftigen, um den Streit mit doppelter (Laut-)Stärke wieder aufzunehmen – zum Beispiel nach der Bescherung oder nach dem Weihnachtsmahl.

Wer im Überangebot widriger Weihnachtsumstände nicht weiß, mit wem und worüber er zuerst streiten soll oder wem es schlichtweg an Konfliktpotential mangelt, dem sei eine längerfristige Weihnachtskrise anzuraten. Folgende Weihnachtskrisen gelten als seriös und haben sich über Generationen hinweg bewährt und weiterentwickelt:

Die Vorweihnachtskrise

Sie beginnt frühestens am ersten kühlen Sommertag und endet spätestens am Heiligen Abend. Der Betroffene leidet chronisch darunter, immerzu an Weihnachten denken zu müssen. Oft ist dieser Gedanke mit Übelkeit verbunden. (»Wenn ich an Weihnachten denke, wird mir schlecht.«)
Therapieansatz: Nicht an Weihnachten denken. Zugegeben, das ist schwierig, denn ab November erinnert nichts mehr nirgendwo nicht an Weihnachten. Einzig der Weihnachtspunsch hat eine Doppelfunktion. Einerseits ist er der Inbegriff der weihnachtlichen Vergeistigung, andererseits bie-

tet er die Möglichkeit, Weihnachten zu vergessen, wenn man genug von ihm erwischt. Aber auch seine Wirkung lässt einmal nach. Die Heilungschancen des von der Krise Befallenen sind also gering. Sogar Philosophen sind im Streit: Könnte man selbst bei konsequenter Ausschaltung aller weihnachtsspezifischen Sinneseindrücke über Weihnachten hinwegdenken? Wo denkt man da hin? Und, vor allem: Wie kommt man dorthin?

Die Weihnachtskrise

Stellt sich oft nach gelungener oder abgeklungener Vorweihnachtskrisenbewältigung ein. Das Problem: Weihnachten erweist sich als schlimmer, als man gedacht hätte. Der Betroffene fühlt sich wie vom Christkind bestellt, aber von den Schwiegereltern heimgesucht. Der Schatten seiner selbst, als der er sich wahrnimmt, steht seinerseits im Schatten des Christbaums. Das Büro – oft letztes Asyl – hat über die Feiertage geschlossen, die Vierschanzentournee der Skispringer noch nicht begonnen. Sogar zur weihnachtlichen Lethargie fehlt der Antrieb.
Therapieansatz: Drei- bis fünfmal täglich zwanzig bis dreißig Weihnachtskekse, zerkaut oder im Ganzen. In heiklen Situationen in Alkohol aufgelöst.

Die Nachweihnachtskrise

Die vergleichsweise angenehmste aller Weihnachtskrisen. Ist man sich ihrer einmal bewusst, ist sie so gut wie ausgestanden. Oft erschöpft sie sich in der rhetorischen Frage des Betroffenen: »Was waren das denn für Weihnachten?« Man leidet unter dem Gefühl, dass einem wieder einmal nichts geschenkt wurde. Zumindest nichts, was sich umtauschen ließe, wie zum Beispiel der engste Personenkreis. So startet man das neue Jahr immunschwach, mit Niedrigenergie und wenig Lust am familiären oder gar geselligen Leben.
Therapieansatz: Fasching. In härteren Fällen: Fastenzeit.

Die Lebenskrise

Wenn die Vorweihnachtskrise in die Weihnachtskrise übergeht, die dann von der Nachweihnachtskrise abgelöst wird, und man sich zwischen Nachweihnachtskrise und der nächsten Vorweihnachtskrise in einem Sommerloch befindet, dann spricht man von einer Lebenskrise. Sofern man überhaupt noch spricht.
Therapieansatz: Malediven. Astronautenausbildung, Reinkarnation.

Jenseits allgemeiner und allgemein verständlicher Weihnachtskrisen gibt es jede Menge anlassbezogener Möglichkeiten, Streit zu entfachen, anzufeuern, köcheln oder ausufern zu lassen. Hier einige Klassiker.

Der Doppelbelastungsstreit

Die streitsuchende Person, zumeist weiblichen Geschlechts, behauptet, sämtliche mit Weihnachten verbundenen manuellen und organisatorischen Tätigkeiten (bezogen auf eine Woche und drei bis zehn Personen) müssten von ihr verrichtet werden. Sie behauptet es allerdings zu einem Zeitpunkt, da die Arbeit so gut wie erledigt ist. Deshalb sind dem Angesprochenen (bzw. Angeschrienen) die Hände gebunden. Sein Argument, man könne sich viel Arbeit sparen, in dem man sie nicht sehe, bringt den Streit zum Eskalieren.

Der Verpackungsstreit

So schön wie im verschachtelten, umhüllten, festlich verschnürten und mit Schleife versehenen Zustand präsentieren sich die meisten Gegenstände nie wieder. Auf der Verpackung lastet deshalb enormer Druck, Weihnachtspapier bietet eine immense Angriffsfläche. Hier nur eine der zahlreichen Streitmöglichkeiten – die Daumenprobe: *Sie* packt Geschenke ein. *Er* steht daneben und schüttelt den Kopf. *Sie* bittet ihn unfreundlich, als Symbol für die Willensbereitschaft, am Weihnachtsfest mitzuwirken, seinen Daumen auf einen ersten Geschenkbandknoten zu legen, damit sie einen zweiten knüpfen kann.

Variante 1.) Sie zieht kräftig zu. *Er* schreit auf, verflucht die Festtage und zweifelt am Sinn einer (phasenweise) mono-

gamen Lebensgemeinschaft, zu deren emotionalen Höhepunkten das Verpacken von Geschenken zählt.
Variante 2.) Er nimmt seinen Daumen zu früh weg, so dass sich der Knoten lockert. *Ihr* fallen spontan drei Männer ein, die den Daumen für sie drei Tage auf der von ihr zugewiesenen Stelle gelassen hätten. Unmittelbar danach leitet sie einen Satz mit den Worten »Du bist ja nicht einmal fähig« ein. Mehr braucht sie nicht zu sagen, den Rest erledigt Weihnachten.

Der Karpfenstreit

Der gebackene Karpfen glänzt unter der dunkelbraunen Panade schmutzigrosa und riecht (wie die gesamte Wohnung) nach Karpfen. Wonach er schmeckt, kann nicht gesagt werden, weil er nicht verkostet wird, solange er nach Karpfen riecht. Streitfrage: Warum muss es ausgerechnet am Heiligen Abend Weihnachtskarpfen geben? Warum nicht grätenfreien Weihnachtsschweinsbraten mit Weihnachtsrotkraut und Weihnachtsknödeln?

Der Höhepunkt der Streits ist erreicht, wenn sich beide Streitparteien weigern, den unverspeist gebliebenen Speisekarpfen zu entsorgen.

Der Verwandtschaftsstreit

Dieser Konflikt ist facettenreich und wie geschaffen für Weihnachten. Die simple Streitform besteht darin, dass sich die jeweilige Streitpartei weigert, das Kind seiner Eltern zu sein, und um gekehrt. Kompliziert wird es, wenn sich die Streitpartei weigert, die Frau des Sohnes ihrer Schwiegermutter (oder der Mann der Tochter seines Schwiegervaters zu sein). Weigert sich allerdings nur die Frau, die Frau des Sohnes ihrer Schwiegermutter zu sein, nicht aber der Mann, der Sohn seiner Mutter zu sein, so liegt eine der reinsten Formen des Ehestreits vor. Auch anwesende Tanten, Onkel, Neffen, Nichten, Cousins, Cousinen, Omas und Opas sind aufgerufen, ihren Beitrag zu leisten. Am Höhepunkt der Streitigkeiten empfiehlt sich die Bescherung.

Der Bedienungsanleitungsstreit

Nach der Bescherung steigt die Streitanfälligkeitskurve noch einmal rasant an. Alle Beteiligten haben sich mit der Freude über die erhaltenen Geschenke verausgabt, müssen den Spendern aber noch beweisen, wie wertvoll ihnen die soeben erhaltenen Gaben sind. Bücher lassen sich rasch mit Begeisterung durchblättern, Westen und Pullis verklärt anziehen, Ketten, so hässlich sie auch sein mögen, lustvoll um den Hals legen. Aber wie erweist man dem neuen Dampfgarer die Ehre? Richtig, man muss ihn in Betrieb nehmen. Wer hilft mit? Alle, die nichts zu tun haben. (Also alle außer den Kindern.) Bei normalem Verlauf eines weihnachtsfamiliären Massenstudiums der Dampfgarologie, unter Verwendung der in fünfter Übersetzung unsanft im Deutschen gelandeten Gebrauchsanleitung, wechselt das Gerät nach einer Stunde den Besitzer und kehrt aus den Händen des traumatisierten Beschenkten in jene des schikanösen Spenders zurück. Danach ist der Abend gelaufen.

Der Stefanitagstreit

Ein Weihnachtsabend mit ihrer Verwandtschaft und ein darauffolgender Weihnachtstag mit seiner Verwandtschaft wären an sich familiär genug für die nächsten paar Jahre gewesen. Nein, es muss noch der schul- und arbeitsfreie 26. Dezember, der Stefanitag, folgen. Er bietet einen äußerst gesunden Nährboden für den Rumpffamilienzwist. In jedem Winkel zwischen Minuten- und Sekundenzeiger lauert die Eskalation. Wer sie rauszögern will, halte sich an folgenden Programmvorschlag: Schlafen, solange das geschlossene Auge hält. Die Kinder im Nebenzimmer haben indes Gelegenheit, sich mittels Crashtests von unliebsamen Geschenken zu befreien. Danach Mittagessen bei McDonalds mit anschließendem Verdauungsspaziergang. (Bei klassischem Weihnachtswetter eine Runde um McDonalds, bei Schönwetter zwei.) Am Nachmittag dösen. Wem das zu anstrengend ist: schlafen. Am Abend: Weihnachtsresteessen vor dem Fernseher. Danach könnte er seine ersten Worte des Tages an sie richten. Zum Beispiel: »Ich bin müde.« Sie könnte mit einer Frage reagieren. Zum Beispiel: »Wie meinst du das?« – Damit ist der möglicherweise heftigste Streit der Saison eröffnet.

KARL VALENTIN

Das Weihnachtsgeschenk

HERR KURZ: Ja, guten Tag, Herr Lang! – Auch Einkäufe machen in der Stadt herin?

HERR LANG: Nein, Herr Kurz, nicht kaufen, sondern umtauschen will ich etwas.

HERR KURZ: So so, umtauschen? –
Was denn?

HERR LANG: Meine Frau hat mir zum zerflossenen Weihnachten einen Dings gekauft – einen – no, wie sagt man denn gleich, einen – mein Gott, bin ich vergesslich! – Was hab' ich jetzt grad g'sagt?

HERR KURZ: Dass Sie so vergesslich sind.

HERR LANG: Ja, ja, stimmt, das hab' ich schon wieder vergessen! – Ja, meine Frau hat mir zum vergossenen – verschlossenen – ah, verflossenen Christkind ein schönes Präsident gemacht.

HERR KURZ: Präsent meinen Sie!

HERR LANG: Ja, ja! – Einen wunderschönen – no, wie heißt man denn dös gleich, was ich bekommen hab!

HERR KURZ: Einen Regenschirm?

HERR LANG: Ach Regenschirm – am Weihnachtstag hat es doch voriges Jahr nicht geregnet! – Nein, so einen Dings hat mir meine Frau gekauft, so einen –

HERR KURZ: Strohhut?

HERR LANG: Geh – auf Weihnachten! – Was war denn nur das, was mir meine Frau gekauft hat!?

HERR KURZ: Ein Kind?

HERR LANG: Geh, Herr Kurz – a Kind braucht mir doch meine Frau nicht kaufen, dös können wir uns doch selber, machen's doch keine so dummen Witz – a Kind könnt i doch auch net umtauschen.

HERR KURZ: Was wollen's denn eigentlich umtauschen?

LANG: Wenn's mir net einfallt, wie's heißt. Und wenn ich's wüsste, könnt' ich's auch net umtauschen.

KURZ: Warum nicht?

LANG: Weil ich's zu Hause liegen lassen hab.

KURZ: Was haben's zu Haus liegen lassen?

LANG: Eben das, was ich momentan nicht nennen kann! – Mir liegt's auf der Zunge – man braucht so Platten dazu.

KURZ: Ach – ein Grammophon!

LANG: Ach, a Grammophon ist ja ein Musikinstrument und ist doch nicht alltäglich; das, was ich von meiner Frau kriegt hab, ist ja alltäglich und fast viereckig.

KURZ: Viereckig? – A Packl Kunsthonig?

LANG: Geh, reden's doch keinen Mist – hat denn a Kunsthonig drei Füß'?

KURZ: Was, drei Füß hat er? –
Zwei wird er halt hab'n!

LANG: Mit zwei fällt er doch um.

KURZ: Ja, Sie fallen doch auch net um und hab'n bloß zwei Füß.

LANG: Ja, i – i bin ja a koa Fotografenapparat – Fotografenapparat – jetzt is mir's eing'fallen! – An Fotoapparat hab i zum Christkindl kriegt. – Ja Herr Kurz, denken Sie sich, einen Fotoapparat hat mir meine Frau zum Weihnachtsfest g'schenkt.

KURZ: Und hab'n Sie schon fleißig fotografiert?

LANG: Fleißig schon – aber ich bring nichts fertig. Fotografieren ist furchtbar schwer, fotografiert werden ist sehr leicht. 100 Mal hab' ich mich selbst schon fotografieren wollen!

KURZ: Sie sich selbst? Ja, wie machen Sie denn das?

LANG: Sehr einfach! Ich stell mich vor unsern Spiegelschrank – aber immer kommt der Apparat mit aufs Bild – da hab ich mich schon was geärgert! Seit Weihnachten apparate ich – fotografiere ich mit dem Apparat – kein Bild ist mir noch gelungen!

KURZ: Das ist gelungen!

LANG: Nein, ist mir noch nicht gelungen! Ich glaub, das liegt an der Witterung. Herr Kurz, vor kurzem hab ich eine schöne Naturaufnahme gemacht: die Mittagssonne. Ich habe 10 Sekunden belichtet, und gar nix war auf der Platte drauf, nicht einmal der Mond.

KURZ: Sie müssten Landschaften fotografieren!

LANG: Hab ich auch schon probiert. Bin ich eigens bis nach da und da hin gefahren und hab einen waagrecht daliegenden See fotografiert – nix war's! Hab ich bei der Aufnahme vergessen, dass ich den kleinen runden Deckel von dem Obelisk – nicht Obelisk – ah, no wie heißt denn das kleine runde Vergrößerungsglas vorn – Erbse – Linse –, nein, mit O geht's an! ...

KURZ: Oktoberfest ...

LANG: Schmarrn! Am Fotoapparat kann doch net vorn ein Oktoberfest sein!

KURZ: Ah – das Objekhoch –

LANG: Nein – Objektiv heißt's! –

KURZ: Haben Sie eigentlich eine Dunkelkammer auch?

LANG: Selbstverständlich! Unsere Toilette hab ich als Dunkelkammer eingerichtet. Da stinkt's oft drin von diesen Chemikalien, Entwickler etc. etc. – Eine rote Laterne hab ich auch drin; eing'richt' bin ich wie eine Hebamme.

KURZ: Wie wär's, Herr Lang, wenn Sie amal ein schönes Familienbild machen würden? Ich, meine Frau und mein Kind?

LANG: Um Gottes willen! Nein! Nie mehr! Hab ich schon mal gemacht – die Familie Wubbeppler in unserem Haus – die ganze Familie – neun Personen und 's Dienstmädchen – alle haben's ihr Sonntagsgwand anzog'n. Im Hof drunt hab ich alle in acht verschiedenen Stellungen fotografiert, sitzend, stehend, von der Seiten usw. Ich hab 's Platten wechseln vergessen – alle acht Aufnahmen auf einer Platte! – Ich hab einen Abzug davon g'macht, es war schrecklich! Der Vater hängt in der Mutter drin – der Sohn sitzt dem Wickelkind im G'sicht drinna – die Großmutter hat den Kopf vom Dienstmädl auf – d'Füaß vom Dienstmädchen hat der älteste Sohn auf'm Arm lieg'n – die kleine Else hat drei Nasen im Gesicht, und der Großvater hat Kindsfüaß!!! –

KATINKA BUDDENKOTTE

Die heiligen Rouladen

Es ist ein hartes Stück Arbeit und ein großes Stück
Kunst, dem Leben etwas von seinem Ernst zu nehmen.
Das Hotel New Hampshire, John Irving

Als die Tür hinter uns mit einem sanften »Klock« zufällt, halten wir beide den Atem an. Wir wagen kaum, uns zu rühren, geschweige denn, auch nur einen Schritt weiterzugehen. Denn hier ist schon längst Weihnachten. Es strahlt und funkelt uns silbern entgegen, von allen Seiten her, ein verheißungsvoller Glitzerteppich, nur unterbrochen von Flecken echten, frischen Grüns, die keck aus dem kunstvoll drapierten Zauber ragen. Über der prächtigen Landschaft schwebt die große, rote Kugel, einer zweiten Sonne gleich, nur dass derjenige, der diesem Himmelskörper zu nahe kommt, sich nicht die Flügel versengt und in die Tiefe stürzt, sondern eine gar schaurige Melodie zum Erklingen bringt, die uns Menschenkinder daran erinnert, wie vergänglich alles ist:

WE WISH YOU A MERRY CHRISTMAS, WE WISH YOU
A MERRY CHRISTMAS, AND A HAPPY NEW YEAR!

»Pass doch auf!«, motzt mich mein Bruder an. Und obwohl ich mir sicher bin, dass es der Ärmel seiner schneeweißen, voluminösen, sehr teuer aussehenden und unfassbar hässlichen Daunenjacke war, die den Sensor der singenden Todeskugel berührt hat, ziehe ich bedauernd die Schultern hoch. Erstens habe ich kein wirklich originelles Weihnachtsgeschenk für ihn, zweitens will ich ihn nicht von seiner Mission ablenken, an der er zum Glück eisern festhält: Innerhalb von Sekunden hat er die Schachtel aus der Tasche geholt, erst mir, dann sich eine Zigarette zwischen die Lippen gesteckt und beide angezündet. Nach dem ersten Zug lässt er seinen Blick noch einmal über den uns umgebenden Wahnsinn streifen, um festzustellen: »Heilige Scheiße. Es wird jedes Jahr schlimmer, oder?«

»Auf jeden Fall«, bestätige ich schnell, denn lange kann ich nicht die vage Hoffnung aufrechterhalten, dass mein Bruder damit nur den Zustand des Balkons meint.

Im Sommer finden hier mit ein wenig gutem Willen vier normalgroße Erwachsene oder auch sechs der ständig auf wundersame Weise nachwachsenden Nachbarskinder stehend Platz. Ab Ende September jedoch ist der Zugang aus sicherheitstechnischen Gründen auf zwei Personen begrenzt. Und diese beiden ist mein Vater. In nur knapp drei Monaten erschafft er hier mit schier übermenschlicher Kraft und Hingabe ein Winterwunderland der ganz besonderen Art, das ohne Schnee und Eis auskommt, dafür aus Millionen winziger Kalorien besteht. Direkt vom Markt, dem Herd oder aus dem Ofen schleppt er laufend und schnaufend seine Beute her, wobei sein eigenes Körpervolumen ebenfalls auf das doppelte anzuwachsen scheint, welches aber entgegen seiner eigenen Aussage nicht aus reiner Muskelmasse besteht. Etwa drei Viertel dieser Vorräte werden dann bis zum vierten Advent verzehrt, wozu allerlei Festtage ge- und erfunden, die unsere Eltern mit Freuden und Freunden ganz selbstverständlich feiern. Es erstaunt mich immer wieder, wie leicht sich selbst die weltgewandtesten Bekannten unserer Eltern einreden lassen, dass dem Sankt-Martins-Tag ein Nils-Holgersson-Tag folgt, sie die Möglichkeit eines »Brombeermondes« gerne in Erwägung ziehen, oder irgendwann sogar selbst fest überzeugt davon sind, dass der 24. Oktober ein wichtiger Feiertag auf Samoa ist, solange er auf einen Mittwoch fällt. Die einzige Bedingung für ihr zahlreiches Erscheinen scheint nur zu sein, dass so pro Woche acht bis zehn fette Vögel zubereitet und verspeist werden können – wobei die Dunkelziffer wahrscheinlich weitaus höher ist. Wir Kinder stehen in dieser Phase nur telefonisch mit unseren Eltern in Verbindung, da sie ja ununterbrochen befreundete Paare zu Besuch haben, die mit ihnen Gänse, Enten und Truthähne verdrücken, zuzüglich Beilagen und passender Getränke natürlich.

Am 23. Dezember ist dann Schicht im Schacht, es ist vollbracht: In Schalen und Schälchen, Auflaufformen und Förmchen, Eimern und Kübeln befindet sich immer noch so viel Essbares auf diesem Balkon, dass das gesamte Stadtviertel bis Ostern davon zehren könnte. Aber dieser üppige Restposten ist allein für die drei folgenden Feiertage gedacht, damit die Kernfamilie nicht hungern muss.

Sämtliche Behälter, die sich in teils gewagten Winkeln in den leeren Blumenkästen, neben den Kräutertöpfen und auf der Altpapiertonne stapeln, sind mit Deckeln aus Alufolie bedeckt. Sogar auf der Induktionsherdplatte funkelt und blitzt es. (Wie, Sie haben keine Induktionsherdplatte auf Ihrem Balkon? Sie armer Mensch! Was tun Sie denn, wenn ein Bekannter oder ein vollkommen Fremder auf Ihrem Grundstück steht und hungrig zu Ihnen hinaufguckt? Sagen Sie ihm dann: »Es tut mir leid, ich habe leider keine Induktionsherdplatte auf meinem Balkon, sonst könnte ich Ihnen jetzt ein schnelles Steak braten und Ihnen mit der Grillzange über die Brüstung reichen«? Ich will nicht behaupten, dass ich Ihren Mangel an Planung als unhöflich empfinde, sondern nur: Meinem Vater könnte so eine Peinlichkeit niemals passieren.) Das Glänzen tut nach wenigen Minuten schon ein bisschen in den Augen weh, und richtig dicht hält die Folie auch nicht. Alles, was wir hier nur mit den Ärmeln streifen, droht zu kippen, raschelt aufreizend – oder plärrt uns englischsprachige Weihnachtslieder entgegen. Es ist alles eine …

» … eine Umweltsauerei! Warum verwendet er nicht wenigstens Tupperdosen? Genau! Jede Menge Tupperdosen, das wäre ein gutes Weihnachtsgeschenk für Papa gewesen!«, fällt mir ein.

Mein Bruder stöhnt auf: »Das sagst du jedes Jahr! Und dann vergisst du's, für die nächsten 364 Tage. Außerdem sind Tupperdosen …«

Das Spiel beginnt. Ein Zug, ein Wort, abwechselnd dürfen wir jedes Jahr verkünden, warum die praktischen Frischhaltedosen aus Plastik wohl niemals über die Schwelle unseres Elternhauses getragen werden, und schon gar nicht in Geschenkverpackung: »Spießig!«, eröffnet mein Bruder. Er ist nicht in Bestform.

Ich entgegne: »Spießig? Nur Spießer sagen ›spießig‹! Nein, nein. Tupperdosen sind eher: Vorstadt.«

Mein Bruder sieht mich mitleidig an: »Echt jetzt, Vorstadt? Das ist ja nicht mal ein Adjektiv! ›Tupperdosen Vorstadt, ich Gangster‹, oder was? Dann schon: suburban. Tupperdosen sind suburban.«

Nicht ohne Stolz bläst mein Bruder den Rauch aus seiner langen, geraden Nase. Suburban. An diesem Coup hat er also ein Jahr lang gebastelt. Nicht schlecht. Wir versuchen es im ganzen Satz, aus vollem Halse, in dem Ton, den unser Vater anschlagen würde: »Dieser suburbane Kram kommt mir nicht ins Haus!«

Klock-Tschak.

»Sehr witzig!«, rufen mein Bruder und ich abermals unisono, aber unser Vater hört uns nicht mehr. Er hat gerade die Balkontür von innen verriegelt. Zur Strafe, weil wir frech waren und ihn nachgemacht haben. Oder vorgemacht? Egal. In einer Viertelstunde wird er die Tür wieder öffnen, uns überrascht ansehen und behaupten, er habe gar nicht gewusst, dass wir auf dem Balkon seien.

Nur einmal hat er die Tür erst nach zwei Stunden geöffnet. Ich glaube, es war in dem Jahr, in dem wir gerufen haben: »Dieser evangelische Kram kommt mir nicht ins Haus!« Ob mein Vater sich damals doch einmal geschämt hat, für seine Heidenkinder, die am Vorabend des in diesen Breiten höchsten christlichen Festes lautstark über den angeblichen Ausdruck von Protestantentum durch Tupperdosen lästern? Unwahrscheinlich. Er war ja derjenige, der kurz nach seiner Konfirmation aus dem Verein ausgetreten ist. Mein Bruder und ich gehen davon aus, dass er uns in jenem Jahr einfach wirklich nicht auf dem Schirm hatte. Wir sind ja auch eine große Familie. Nicht zahlenmäßig, aber vom Körperbau her. Wenn dann auch noch ein paar Nachbarn kurz vorbeikommen, um ein frohes Fest zu wünschen und einen Happen zu essen, verliert unser Vater eben leicht den Überblick. Aber irgendwann macht es doch wieder *Tschak-Klock,* spätestens, wenn der Nachtisch vom Balkon geholt werden muss. Und so lange bleibt uns Zeit, uns gegenseitig noch ein paar Dämonen auszutreiben.

»Soll ich dir etwas aus dem Alten Testament erzählen?«, frage ich.

Mein Bruder lächelt.

Wir lieben unsere Eltern nicht nur dafür, dass sie uns völlig vorurteilsfrei in Bezug auf Religion und Glaubensrichtungen aufwachsen lassen wollten. Sie hatten wirklich geglaubt, dass dies möglich sei. So hatten meine Schwester, mein Bruder und ich teils verwirrende, teils äußerst amüsante Erlebnisse in unterschiedlichen christlich geleiteten Kindergärten und Schulen, da bei uns zu Hause Gott einfach nicht stattfand. Wir widersprachen zwar nicht, wenn die anderen Kinder behaupteten, er würde in der Kirche und ihren Herzen wohnen, aber klammheimlich hielten wir sie für naiv und bedauernswert. Später ärgerte es uns, wenn sie etwas zum Thema Weihnachten, Ostern oder Satanismus angeblich besser wussten als wir, doch unsere Eltern entgegneten auf unser Nachfragen daheim nur: »Das ist doch eine tolle Gelegenheit für euch, einfach mal zuzuhören, wenn die anderen was zu sagen haben! Aber bei all dem Zauber nicht vergessen: Religion ist Opium fürs Volk, und der Papst ist frauenfeindlich und für das Elend der halben Welt verantwortlich!« Zwar war es unseren Eltern nicht gelungen, uns das Talent zum Zuhören zu vererben oder anzuerziehen, aber dafür haben wir alle drei die Bibel nicht nur quergelesen, sondern die besten Stellen zu einem neuen, internen Code verarbeitet. So war beispielsweise Brokkoli das »Bäumchen der Erkenntnis«, da wir den Geschmack als wirklich verboten empfanden, bei der Johannesoffenbarung handelte es sich für uns um die gefürchteten Referate eines meiner Mitschüler, und als das »Alte Testament« bezeichnen wir sämtliche Vorkommnisse, die sich vor der Geburt jenes Menschenkindes abspielten, das meine Oma schon Jahre zuvor mit: »Ich weiß, ihr bekommt noch einen Jungen!« angekündigt hatte. Daher liebt mein Bruder die wüsten Geschichten aus der Zeit vor seinem irdischen Erscheinen – obwohl er weiß, dass ich einiges dazuerfinden muss, um es spannend zu machen.

Ich bin nur fünf Jahre älter als er und habe, trotz meines Elefantengedächtnisses, auch nicht alles aus dieser Zeit behalten können. Aber schließlich geht es ja um die Botschaft, die Lehren, und darum, dass wir beide Trost darin finden können, dass unsere Familie früher mindestens genauso bescheuert war wie heute, nur halt: anders.

Mein Bruder schaut auf seine Armbanduhr: »Klar. Aber was Kurzes, ich muss noch duschen. Und nichts über Leute, die ich nicht kenne. Und auch nichts über den Hund, das ist immer so traurig, wenn der stirbt. Wie wäre es mit … *Die Ascher meiner Mutter?*« Es ist das Lieblingsgleichnis meines Bruders, und ich kann das sehr gut nachvollziehen: So gut wie alle Todsünden werden angesprochen, und die Romantik kommt auch nicht zu kurz. Also schnappe ich mir die vorletzte Kippe aus seiner Schachtel und beginne:

»Es begab sich zu einer Zeit, als unsere Eltern noch gar

nicht wussten, dass sie unsere Eltern werden würden. Na ja, unsere Mutter hatte schon immer geplant, Mutter zu werden, wie du weißt. Nicht ›nur Mutter‹, auf keinen Fall, aber sie wollte mindestens drei Kinder in diese Welt setzen, denn ab dem dritten Kinde, so wollte es das Gesetz, bekam man den sogenannten Karnickel-Pass von der Bahn, und außerdem rechtfertigte die Geburt eines dritten Kindes das Einstellen einer Reinigungskraft, die bei uns …«

»Hey, das ist die falsche Geschichte! Ich will nichts davon hören, dass Feminismus darin besteht, dafür zu sorgen, dass eine Putzfrau sich nach fünf Jahren ihre eigene Putzfrau leisten kann, das habe ich ja selbst miterlebt. Ich musste Jahre lang das Bad putzen, damit wir im Plan bleiben!«, kräht mein Bruder. Und er hat natürlich recht, ich war abgedriftet, hatte die Bücher verwechselt. Also sammle ich mich und versuche, die männliche Perspektive der Weltgeschichte nicht zu vernachlässigen:

»Unser Vater hingegen wollte nie Vater werden – das hat er zumindest behauptet, bis er dreißig war.« Ich lege eine Kunstpause ein, damit mein Bruder nachrechnen und auflachen kann. Ja, erst Jahre, nachdem seine beiden Schwestern das Licht der Welt erblickt hatten, hat unser Vater diesen runden Geburtstag gefeiert. Mein Bruder darf sich also kurz als einziges Wunschkind fühlen. Es wird die letzte Gelegenheit dafür sein, zumindest für dieses Jahr.

»Jedenfalls: Unsere Eltern kannten sich noch nicht, wohl aber sollten sie verkuppelt werden. Von Nucki und Hanne Stövekemper, die schon damals ein Paar waren, wie heute noch, und aus deren Ehe gingen hervor die Kinder Fabian …«

»Laaangweilig. Erzähl von dem Treffen. Am Rosenmontag. Karneval in Westfalen, das ist so schön gruselig.«

Es ist gar nicht so einfach, jemanden strafend anzuschauen, wenn der einen Kopf größer ist und man dabei riskiert, bei der kleinsten Bewegung an irgendwelche Soßen, Dips oder Cremes zu stoßen. Trotzdem tue ich es, denn sooft wir uns alle bei belanglosen Gesprächen ins Wort fallen: Eine Geschichte, die vor der geschlossenen Balkontür erzählt wird, wird nicht durch Zwischenrufe unterbrochen.

Allerdings muss ich auch noch unter die Dusche, daher fasse ich das höllische Setting straff zusammen: »Also gut. Rosenmontag. Mama und Hanne saßen in der Kneipe. Schlechte Musik, eine einsame Luftschlange im Raum, und unsere Mutter in einem Kostüm, das nur aus einer Kaninchenfelljacke bestand, die Hanne ihr als Verkleidungsersatz notdürftig übergeworfen hatte. Sie wollte schon wieder gehen, da sie einen langen Tag bei der Arbeit gehabt hatte und ihre Füße schmerzten, als – unser Vater durch die Tür hereinkam und unsere Mutter sah. Er fand sie …«

» … rattenscharf!«, unterbricht mich mein Bruder, »weil er sie für eine Prostituierte hielt. Im ersten Moment. Und dann dachte er, sie hätte sich als Prostituierte verkleidet.« Im einmütigen Unglauben schütteln wir die Köpfe. Wie weltfremd müssen unsere Eltern gewesen sein, damals in den ganz späten Sechzigern? Und wie hatten sie dieses Missverständnis nicht nur aufklären, sondern diesen katastrophal verlaufenden Abend in eine Ehe münden lassen können? Die Antwort ist so klar wie tragisch: Es verband beide ein festes, unsichtbares Band: die Nikotinsucht.

»Nachdem unser Vater sich also bei unserer Mutter entschuldigt hatte, und zwar so, wie er es immer tut, nämlich indem er von einem Fettnäpfchen ins nächste tappt, fragte er sie, ob er ihr Zigaretten holen solle. Sie bejahte. Lechzend, nehme ich an. Er hatte aber kein Geld mehr. Alles ausgegeben. Für Essen. Und Benzin, wahrscheinlich. Vielleicht hatte er auch einfach keines mitgenommen, weil er keinen Bezug zu diesen lustig bedruckten Scheinen und ihrem Wert hatte. Oder, wie ich befürchte, er hatte beim Eintritt in die Kneipe gleich mal eine Lokalrunde geschmissen, weil er …«

» … unser Vater ist.« Mein Bruder und ich seufzen leise.

Tschak-Klock.

»Was macht ihr denn hier? Raucht ihr schon wieder? Ich dachte, ihr seid unter der Dusche!« Jetzt geht es bald los. Unsere Mutter ist im Festtagsmodus, Stufe zwei, ihr Auftritt auf dem Balkon kurz vor der Kampfszene in der Küche. Wir sollten ihr jetzt besser einfach die einzige Auflaufform reichen, von der wir wissen, was sich unter der Alufolie verbirgt, aber wir können es nicht lassen, ihre Vorlage war zu gut: »Unter der Dusche? Beide gleichzeitig? Bei aller Liebe …«

»Ach, *ihr!* Ihr seid elende, kleine nutzlose Ferkel, wirklich, nächstes Jahr lassen wir diesen ganzen Mist bleiben, ich habe keine Lust mehr darauf! Wo sind jetzt diese Mistdinger … ah … da!«

WE WISH YOU A MERRY CHRISTMAS, WE WISH YOU
A MERRY CHRISTMAS, AND A HAPPY NEW YEAR!

»Diese verdammte Kackkugel kommt jetzt endgültig in den Müll!!«

Klock-Tschak.

Schabodder. Bonk.

Wir stehen mit eingezogenen Köpfen da, erneut ausgesperrt. Sie hat es getan. Sie hat die singende Kugel in den Müll geworfen und die Rouladen neben die Spüle gestellt. Hauptsache nicht umgekehrt. Laut Zeitplan stehen wir also ganz kurz vor dem alljährlichen Scheidungsvorhaben unserer Eltern, daher sollte ich die Geschichte ihrer Eheanbahnung schnell zu Ende erzählen, für einen sauberen Abschluss.

»Damals hat sie noch nicht so geflucht, oder?«, hilft mir mein Bruder auf die Sprünge, und ich bestätige dankbar: »Nein, das hat sie erst von unserem Vater gelernt – und über die Jahre perfektionieren können. Damals war sie noch die Unschuld vom Lande, aber: An jenem Abend hatte sie ihren gesamten Wochenlohn dabei. Einen Zwanzigmarkschein! Den gab sie meinem Vater, auf dass er ihr Kippen hole.«

»Zwanzig Mark? Das sind heute so um die 300 Euro, oder?«

»In etwa. Und was tat unser Vater? Na, er setzte sich auf sein Motorrad und brauste davon! In die dunkle Februarnacht. Aber unsere Mutter wusste, dass er zur Tankstelle fahren würde, denn damals wie heute …«

» … gab es in diesem Kaff keinen Kiosk, der nach 17 Uhr geöffnet hat. Und an Feiertagen schon mal gar nicht!«, ruft mein Bruder.

Tschak-Klock.

»Kinder, geht mal aus dem Weg! Ich muss lüften, und eure Mutter will … kochen!« Wie in jedem Jahr sehen wir die reine Angst im Blick unseres Vaters. Es ist seine Küche. Jede andere Person, die sich dort an etwas zu schaffen macht, verunsichert ihn zutiefst. Aber an diesem Abend ist er zum Sous-Chef degradiert, verdammt dazu, nur die Beilagen zuzubereiten: Rotkohl und Knödel. Und zwar erst dann, wenn unsere Mutter ihr Werk vollbracht und in den Ofen geschoben hat.

»Wo sollen wir denn hin?«, frage ich ihn.

»Keine Ahnung. Springt halt. Ist doch nicht so hoch.« Unser Vater meint das nicht ernst, dass wir uns umbringen sollen. Die Wohnung unserer Eltern liegt im Erdgeschoss, aber vor dem Balkon stehen Fahrräder und Rosensträucher. Wir würden uns aufspießen, wenn wir den Sprung wagten. Außerdem könnten wir wertvolle Speisen und Zutaten mit uns reißen, um die es wirklich schade wäre.

»Mach die Balkontür wieder zu, der ganze Rauch zieht rein! Und bleib bloß aus der Küche raus! Ich bin jetzt dran«, ruft unsere Mutter unserem Vater zu, dann hören wir das Telefon klingeln. Unsere Schwester. Mit ihrem Anruf rettet sie uns, denn wir gewinnen Zeit, die wir alle benötigen.

»Papa, die Knödel und der Rotkohl stehen im Kühlschrank. Wie immer. Aber jetzt geh besser, und nimm Mama das Telefon ab, bevor sie noch was … Dummes sagt!«, empfehle ich.

Unser Vater seufzt, dreht sich um, und …

Klock-Tschak.

»Papa!«, schreien wir, aber er hört uns nicht mehr. Wenn in diesem Haushalt etwas ganz dicht ist, dann die Balkontür. Mein Bruder und ich sind dazu verdammt, ohne Zigaretten auf dem Balkon zu verweilen, bis unserer Mutter einfällt, dass ihre zwei jüngsten Kinder schon vor Stunden im elterlichen Heim angekommen sind. Doch im Moment sind ihre Gedanken noch bei ihrer Ältesten, die gerade überlegt, ob sie in diesem Jahr wirklich losfahren soll. Bei dem Wetter … Wobei es vollkommen egal ist, wie das Wetter gerade tatsächlich ist. Und sie fährt auch nie wirklich los, denn sie *ist* schon längst auf dem Weg zu uns. Das ist ihre Idee von einer festlichen Überraschung. Und in jedem Jahr tun wir alle ganz erstaunt, wenn sie – zwar später als abgemacht – doch noch in der Wohnungstür auftaucht. Wir können ihr das aber auch nicht verübeln. Für eine Nichtraucherin ohne Kochauftrag kann es hier um diese Uhrzeit schnell brenzlig werden, und eine frühere Ankunft würde ohnehin für niemanden Sinn ergeben, denn dann würde sich unsere Schwester nur in ihrem ehemaligen Kinderzimmer verbarrikadieren, um dort wie früher zum x-ten Mal alleine *Drei Haselnüsse für Aschenbrödel* zu gucken, bevor wir den Film alle zusammen am morgigen Vormittag zum y-ten Mal schauen.

Ich blicke auf meinen linken Unterarm, obwohl ich gar keine Uhr trage. Mein Bruder sagt: »Erzähl einfach zu Ende, das dauert alles noch.«

»Okay. Unser Vater ist also los«, nehme ich den Faden wieder auf, »mit all dem Geld von unserer Mutter. Und es erhoben sich wohl Zweifel, ob er jemals wiederkehren würde, aber dann, eine gute halbe Stunde voll des Hoffens und Bangens später, stand er wieder da, in der Kneipe. Vor unserer Mutter. Aber nicht mit einer Schachtel Zigaretten –

sondern mit einer Stange Zigaretten! Er hatte ihren ganzen Lohn ausgegeben. Für Zigaretten. ›Unfassbar, der Kerl‹, hat sich unsere Mutter dann gedacht. Aber immerhin war's ihre Marke.«

»Und, was ist dann passiert?« Mein Bruder weiß genau, was dann passiert ist, zumindest aus meinen Erzählungen, die ich mir ja auch nur zusammengereimt habe, die aber den Zeugenbefragungen zufolge durchaus stimmig sind.

»Na ja, sie haben geraucht. Und getanzt. Dann wieder geraucht. Und zum Schluss haben sie sich für den nächsten Tag verabredet, denn eine ganze Stange, das haben selbst die beiden nicht geschafft. Also haben sie sich erneut getroffen, nüchtern und bei Tageslicht. Und sie mochten sich immer noch. Dann sind sie zusammengezogen und haben geheiratet. Sie haben den Hund gekriegt. Anschließend unsere Schwester, danach mich, dann große Pause, und zum Schluss dich. Und während dieser ganzen Zeit haben sie: geraucht wie die Schlote! Überall standen Aschenbecher. Selbst im Bad! Und den größten, wenn auch nicht schönsten Aschenbecher, den hatten sie von mir. Ich hatte ihn damals im Kindergarten getöpfert. Zum Muttertag. Und du weißt, wo dieser Aschenbecher heute ist und welchem Zwecke er dient, einmal im Jahr?«

Mein Bruder nickt: »Ja, klar.« Dann schweigt er, und eine Weile stehen wir stumm in dem Alu-Wunderland.

»Irgendwie hast du die Geschichte schon mal besser erzählt«, unterbricht mein Bruder die Stille. »So, dass alles irgendwie einen Sinn ergibt. Fehlte da nicht was? Ach, ich weiß auch nicht. Mir ist kalt. Ich hab Hunger. Und müde bin ich auch. Lass mal reingehen …«

Völlig verwirrt vom Nikotinentzug versucht er, die Balkontür von unserer Seite aus zu öffnen. Das funktioniert natürlich nicht. Zu leichtes Spiel für etwaige Einbrecher, die über die Fahrräder und Rosensträucher auf den Balkon klettern könnten, um ... Essen zu klauen? Oder meiner mit einem großen Messer bewaffneten Mutter in die Arme zu rennen, die eh schon auf 180 ist? Na ja, es ist ja nicht immer Weihnachten. Sogar die meiste Zeit im Jahr nicht. Unsere Eltern fahren oft in den Urlaub. Sie haben die Kohle, seit sie nicht mehr rauchen. Fernreisen mit Übernachtung in Luxushotels, das ist seit vielen Jahren ihre Leidenschaft. Dort kann mein Vater nicht kochen, und meine Mutter muss daher nicht täglich joggen gehen, um ihre schlanke Linie zu halten. Entspannung pur, für beide. Wenn sie wieder nach Hause kommen, redet mein Vater natürlich wieder davon, dass er eines schönen Tages ein eigenes Restaurant eröffnen will. Und dann fängt er wieder an, dafür zu trainieren, den Balkon vollzuschaufeln und die Mägen von Freunden, Bekannten und Nachbarn zu füllen. Oder Steaks für völlig Fremde zu braten, die vor dem Balkon stehen. Jeder, der hungrig ist, wird gefüttert, bis er satt ist. Bezahlen muss dafür niemand. Das ist das Einzige, woran mein Vater glaubt, denke ich.

Klock-Tschak.

»So, die Rouladen sind im Ofen, ihr könnt reinkommen!«, verkündet unsere Mutter. Es klingelt. Unsere Schwester trifft ein. Wir sind alle *ganz erstaunt,* dann bewundern wir zusammen den wunderbaren Weihnachtsbaum, den größten und prächtigsten, den wir je hatten, und schief steht er auch nicht, da er ja von dem Aschenbecher gehalten wird, den ich im Kindergarten gebastelt habe. Der wiegt um die acht Kilo und hält bombenfest. Wir mussten ihn damals mit einem Bollerwagen hierhertransportieren. Auch eine schöne Geschichte, die aber nie jemand hören will, weil der Bollerwagen am Ende zusammengekracht ist und unsere Mutter damals geschworen hat, niemals wieder ein selbstgebasteltes Geschenk von irgendeinem ihrer Kinder zu irgendeinem Feiertag anzunehmen. Gutscheine inbegriffen.

Nach der Baumbewunderung will meine Schwester duschen. Wie wir alle. »Ihr hättet den ganzen Tag Zeit dafür gehabt«, bezichtigen wir uns alle gegenseitig, immer wieder, aber dann fällt uns ein, dass wir ja auch den ganzen Tag Zeit gehabt hätten, um Geschenke einzupacken, und wir stürmen in unterschiedliche Zimmer. Wer Glück hat, erwischt das Bad.

Irgendwie schaffen es dann doch alle nacheinander unter die Dusche, und teilweise sogar frischer aussehend als vorher. Inzwischen sind auch die Nachbarn eingetroffen, die am Esszimmertisch sitzen und sich schon einmal Mut antrinken, bevor das große Fressen beginnt. Sobald sämtliche dampfende Platten und Schüsseln auf den Tisch gestellt und mit dem richtigen, festlichen Greifbesteck versehen wurden und wir es in einer eher durchschnittlich komplizierten Choreographie geschafft haben, dass jeder einen gigantischen, lückenlos gefüllten Teller vor sich hat, werden die ersten Bisse tatsächlich nur durch genießerisches Seufzen begleitet. Dann aber ist es Zeit, das phantastische Essen zu loben. Gut, der Rotkohl ist Rotkohl. Aber fehlt da vielleicht der Zimt drin? Egal, trotzdem ganz lecker. Die

Knödel hätten noch eine Minute gekonnt, sicher. Aber die Rouladen: ein Gedicht! Ab und zu rennt unser Vater in die Küche, um Salz, Pfeffer oder eben Zimt zu holen, und alle trinken ganz schnell ihren Wein oder ihr Bier leer, denn es tut jedem in der Seele weh, ein so großartiges, perfektes Essen kleinzureden, auch wenn alle am Tisch wissen, welchem Zweck die harsche, nein vollkommen unberechtigte Kritik dient – zumindest auf lange Sicht gesehen.

Nach dem Tiramisu verschwinden mein Bruder und ich noch einmal kurz auf den Balkon.

»Manchmal tut er mir leid«, sagt mein Bruder.

»Aber es muss sein. Das wissen alle. Am Heiligen Abend muss er gestoppt werden, sonst macht er wirklich ein Restaurant auf! Und was dann folgt, können wir uns denken: Er geht sofort pleite, unsere Eltern landen in der Altersarmut, und wir erben nichts!«, fasse ich zusammen. Dann müssen wir sehr laut lachen. Was sollten wir erben? Schwerverderbliche Hülsenfrüchte, die Tiefkühltruhe oder die Sammlung antiker Trüffelhobel?

Mein Bruder öffnet das Weihnachtsgeschenk, das ich ihm gerade in die Hand gedrückt habe, und hält mir die Schachtel hin. Ich nehme eine Zigarette, zünde sie aber noch nicht an.

»Willst du noch eine Geschichte hören? Vielleicht die von der Vollkornpizza des Grauens? Oder dem Schmortopf, der in die Luft geflogen ist? Vom Käsekuchen, den nicht mal der Hund fressen wollte? Bei aller Liebe, Rouladen sind wirklich das Einzige, was unsere Mutter hinkriegt, ohne dass es Verletzte gibt.«

Mein Bruder winkt ab. »Danke, nein, ich verdaue noch.

Ach übrigens, ich weiß jetzt, was bei der anderen Geschichte gefehlt hat. Du hast vergessen zu erwähnen, als was Papa verkleidet war, an dem Abend.«

»Aber das weißt du doch«, sage ich.

»Ich weiß *eine Menge,* aber das ist eins von den wenigen Dingen, die ich nochmal *hören* will!«

Ich muss grinsen, und obwohl es nun vollkommen dunkel auf dem Balkon ist, weiß ich, dass mein Bruder es auch tut. Und ich weiß, dass wir diese letzte Zigarette noch rauchen werden, und dass es nur für heute Abend die letzte Zigarette sein wird. Und natürlich weiß ich, dass mein Bruder eine Menge weiß, sogar Dinge, die nur er mitbekommen hat, weil er auch dann noch zu Hause gewohnt hat, als ich schon ausgezogen war. Er weiß, dass meine Mutter hervorragend kochen kann, wenn sie will, nicht nur einmal im Jahr Rouladen. Sie hat das Privileg des Kochens nur deshalb unserem Vater überlassen, weil sie genügend andere Hobbys hat. Mein Bruder weiß auch genau, und viel besser als ich, wie viel unsere beiden Eltern heimlich geraucht haben, nachdem sie bereits »aufgehört« hatten. Hier auf diesem Balkon, immer abwechselnd, bis sie sich einmal zu oft gegenseitig dabei erwischt haben. Und wie sie sich zusammengerissen und es schließlich doch geschafft haben, mit der elenden Qualmerei aufzuhören. Durch ganz stringente Suchtverschiebung. Ich glaube, mein Bruder weiß sogar, dass die Balkontür, auch wenn sie fest verschlossen ist, überhaupt nicht dicht ist, und unsere Eltern sehr gut hören können, was wir hier so reden.

»Er war als Bär verkleidet«, sage ich schließlich, und drücke die Kippe aus. »Ja, damals musste er sich noch verkleiden, um wie einer auszusehen. Er war ganz dünn, und das Kostüm schlabberte an seinem Körper, als er mit dem Motorrad davonfuhr. Da hat Mama sich in ihn verliebt, genau in dem Moment.«

Klock-Tschak.

»Ihr seid ja schon wieder hier. Rein mit euch, es gibt Schnaps«, sagt unser Vater, der ganz offensichtlich schon mehr als einen getrunken hat. Mein Bruder und ich gehen durch die Küche zurück ins Wohnzimmer, aus der Stereoanlage ertönt *Best of Elvis,* die Gäste unterhalten sich über ihre Silvesterpläne, der Baum strahlt vor sich hin, genau wie unsere Mutter, aber beide stehen inzwischen leicht schief. Mein Bruder dreht die Anlage lauter. Trotzdem hören wir aus der Ferne:

WE WISH YOU A MERRY CHRISTMAS, WE WISH YOU A MERRY CHRISTMAS, AND A HAPPY NEW YEAR!

Unser Vater hat die Kugel wieder aus dem Mülleimer geborgen und auf den Balkon gehängt. Wie in jedem Jahr.

Unsere Mutter rollt mit den Augen und hebt ihr Glas: »Na dann. Frohe Weihnachten.«

»Frohe Weihnachten«, ertönt es etwas mumpfig aus der Küche. Unser Vater hat die letzte Roulade entdeckt. Er wird sie nun in die Soße tunken, die selbstverständlich er zubereitet hat, so nebenbei, und beim Kauen genießerisch die Augen schließen, um festzustellen, dass es eben die Kombination aus Fleisch *und* Soße ist, die diese Rouladen zu jenem oft zitierten Gedicht macht. Wir lassen ihn in dem Glauben, dass wir den Soßentrick nicht durchschauen, dass wir nicht wüssten, dass er sich mit dieser letzten Roulade in der Küche versichert, dass ohne sein Zutun und seine Hingabe kein wirklich perfektes Menü seine Küche verlassen würde, und hoffen sogar, dass er in diesen Minuten schon wieder davon träumt, Koch in seinem eigenen Restaurant zu sein. Denn sonst wäre es kein frohes Fest mehr, wenn wir uns nicht alle gegenseitig zum Narren halten würden, oder wenigstens bis zum bitteren Ende so tun würden, als ob. Wir müssen fluchen, uns verkleiden, wilde Possen erzählen und reißen, uns überfressen und betrinken, sehr viele letzte Zigaretten rauchen, und Liebe in Rouladen rollen, damit sie frisch bleibt – auch ohne Tupperdosen! Weihnachten ist der wahre Karneval, aber bitte: Auch das bleibt ein Geheimnis.

BERND GIESEKING

Der liebe Augustin oder: Mit Gott in der Sauna

Kinder, kommt und ratet,
Was im Ofen bratet!
Hört, wie's knallt und zischt!
Bald wird er aufgetischt
Der Zipfel, der Zapfel,
Der Kipfel, der Kapfel,
Der gelbrote Apfel.
Der Bratapfel, Fritz und Emily Kögel

Ich werde mich wohl nie daran gewöhnen, mit Gott zusammen in der Sauna zu sitzen. Schwitzen mit Gott ist für mich immer noch eine irritierende Angelegenheit. Es kommt ohnehin selten vor, dass man mit dem eigenen Chef in die Sauna geht, jedenfalls wenn man aus Deutschland kommt. Gerade schlägt sich Gott wieder mit dem Birkenstrauß, den er vorher in warmes Wasser getaucht hat. Er brummt zufrieden.

Wir wohnen in diesen Tagen in einer riesigen Blockhütte mit einer gigantisch großen Sauna, versteckt auf dem Korvatunturi, dem »Ohrenberg«, im finnischen Lappland. Dieser Berg ist neben den verschiedenen Weihnachtspostämtern der wichtigste Ort europäischer Weihnachtsmythen.

Hier oben, so erzählt man es den Kindern in Finnland und Nordeuropa, sitzt der Joulupukki, der Weihnachtsmann, mit seinen Joulutonttus, den Weihnachtswichteln. Sie hören weltweit den Kindern zu, das ganze Jahr, und sie notieren sich, ob alle brav gewesen sind. Sie sammeln natürlich auch die Wunschzettel ein, basteln daraufhin die Weihnachtsgeschenke und machen sie »schlittenfertig« für die Weihnachtsnacht.

Heute sitzen hier nur er und ich. Gestern, am Tag unserer Anreise, waren wir alle zusammen in der Sauna. Sämtliche Weihnachtsmänner weltweit. Es gab Jahre, da passten wir kaum alle hinein, aber wir werden weniger. Mittlerweile sitzen wir entspannt und mit reichlich Platz auf den Bänken. Wir schwitzten gestern gemeinsam, ein jährliches Ritual, und das Wasser lief in Strömen an uns herunter, an mir noch mehr als an den anderen. Für mich als Deutschen bleibt die Sauna weiterhin ungewohntes Terrain.

Gott macht immer die Aufgüsse. Und er hat sichtlich Spaß daran, jedes Jahr aufs Neue. Am ersten Tag gehört der Saunabesuch unabwendbar dazu. Außerdem das traditionelle Wiegen. Wir müssen jedes Jahr wieder auf die Waage. Noch vor dem Saunagang. Und wehe, man wiegt zu wenig! Dann fängt Gott an, dich zu mästen. In einer Reha ernährt man sich normalerweise kalorienreduziert, hier passiert genau das Gegenteil. Unterhalb eines Bodymaß-Indexes von 28 sieht man echt alt aus als Weihnachtsmann. Jedenfalls in den Augen des Chefs. Gott sagt immer: »Wie ihr das Jahr über rumlauft, ist mir egal, aber zur Arbeit hat jeder von euch einen ordentlichen Ranzen, der über dem Gürtel hängt! Oder ich kürze euch die Zulagen.«

Dieses Jahr war das bei mir echt knapp. Ich hatte das Jahr über abgenommen, auch um meiner Freundin zu imponieren. Isabel. Aber zu ihr später mehr. Wir Weihnachtsmänner leben nicht gerade mönchisch, aber im Grunde besteht trotzdem eine Art Heiratsverbot. Eine Art Zölibat, ähnlich wie bei katholischen Priestern, nur aus anderen Gründen. Eher der Geheimhaltung wegen – denn in jeglicher Beziehung ist ein solcher Beruf nur schwer vermittelbar, egal ob Ehe oder Partnerschaft, egal wie legalisiert oder locker. Von unserem Job kannst du eigentlich niemandem erzählen. Und wir dürfen das auch nicht. Das steht in unseren Statuten. Wir sind einerseits also eine Art Geheimbund, andererseits aber auch ein Wirtschaftsunternehmen.

Der Boss hat in den letzten Jahren immer konsequenter versucht, für den Laden, der ja schon einige Jahrhunderte hinter sich hat, eine moderne Betriebsführung zu entwickeln. »Agiles Management« nennt er das und trägt diesen Begriff wie ein Mantra durch jede Sitzung. Ich bezweifle, dass er selbst weiß, was er damit meint. Anfangs hatte er immer wieder Gastdozenten von irgendwelchen Wirtschaftsberatungen eingeladen. Die waren aber eher teuer als klug, so dass Gott irgendwann verkündete: »Man muss manche Sachen auch mal lassen, wie sie sind!«

Andererseits ist er stur, weswegen er die Seminare nun selbst und ohne Input von außen durchführt, was thematisch und methodisch zu gewissen Redundanzen führt. Er meint aber, unsere Effizienz mit den bisherigen Maßnahmen bereits um 23 % gesteigert zu haben. »Wir sind ein Unternehmen wie jedes andere, und am Ende geht es um die Zahlen!«, sind seine Worte, seit er diese Workshops vor einigen Jahren eingeführt hat.

Es gibt immer einen besonderen Themenschwerpunkt, d.h. wenigstens die Überschriften wechseln, wenn auch die Inhalte sich sehr ähneln. Digitalisierung war letztes Jahr dran. »Weihnachten 2.0 – Das digitale Fest zwischen Wunschzettel per WhatsApp und LED-Beleuchtung am Weihnachtsbaum.« Das war durchaus zeitgemäß und dringend nötig, wie ich fand, weil immer mehr Kinder ihren Wunschzettel, wenn überhaupt, online einsenden oder oft nur in die Familiengruppen bei WhatsApp stellen. Im Jahr zuvor stand »Weihnachtsmänner in der Wahrnehmung der Medien und die Aspekte des Tierwohls unter besonderer Berücksichtigung der Rentierhaltung« auf der Tagesordnung. Das war gerade im ersten Teil sehr allgemein gehalten und im zweiten Teil eine ziemliche Anbiederung an die Tierschützer. In diesem Jahr lautet unser Thema: »Corona und Chorgesang – Die Anforderungen der Pandemie und die Aktualität des traditionellen weihnachtlichen Liedguts.« Wir sind von solchen Themen eher genervt und nennen die Workshops intern »FdwPwr«, also »Für die weihnachtliche Praxis wenig relevant«.

Was mich allerdings noch mehr nervt, ist, allein mit dem Boss hier zu sitzen. Jetzt taucht Gott schon wieder die Kelle in den Holzeimer und gießt das Wasser genussvoll auf die heißen Steine. Es zischt. Ich ahne schon die Hitzewelle und beginne zu schwitzen, bevor sie mich erreicht. »Strafaufgüsse« nennt er sie, und sie machen ihm sichtlich Spaß. Dabei summt er: »O du lieber Augustin, in Sauna drin, Hitze schlimm.« Jetzt schaut er mich an und lacht laut auf.

An dieser Stelle sollte ich mich vorstellen, auch um Gottes Anspielung zu erklären. Ich heiße August. Gott und die Kollegen hier nennen mich allerdings allesamt und ohne Ausnahme »Augustin«. Einerseits in Anspielung auf den »lieben Augustin«, also eben jenen aus dem Volkslied, was mich zuerst sehr genervt hat, aber letztlich finde ich das besser, als wenn ich auch hier »der dumme August« gerufen worden wäre, wie früher in der Schule. Andererseits spielt Gott damit auf den gleichnamigen Roman von Horst Wolfram Geißler mit dem Untertitel »Die Geschichte eines leichten Lebens« an. Angeblich war es dieser Roman, der meine Eltern damals inspirierte, mich ausgerechnet August zu nennen, ein Name, der heute und zu Recht aus der Mode gekommen ist, genau wie Ulrich, Dieter oder Bernd. Auch Eichendorffs Taugenichts hatten meine Eltern begeistert gelesen und mir sein Leben als Folie für meines gewünscht, allerdings bleibt Eichendorffs Ich-Erzähler namenlos, so dass meine Erzeuger, die bei der Lektüre hauptsächlich auf Namenssuche für ihren Sprössling gewesen waren, am Ende etwas enttäuscht die Novelle beiseitelegten. Sie wünschten mir jedenfalls ein Leben so unbeschwert und leicht, wie es der Roman-Augustin führt – und tatsächlich finde ich mich dort in manchem wieder, nur dass ich kein Musiker wurde und auch keine Spieldosen bauen kann. Als ich dann aber, ebenso wie der Romanheld, ohne jeden Ehrgeiz arglos durch mein Leben glitt, waren sie entsetzt. Ein Quell ständiger Streitereien! Aber wer hat den Namen denn ausgesucht?

Gott schüttelt angesichts meiner Gedanken über Herkunft und Namensgebung den Kopf. Ein Vorgang, den ich Ihnen gleich erklären werde. Er kennt das schon und macht lieber den nächsten Aufguss. Noch kurz ein paar allgemeine Informationen. Es ist heute der letzte Freitag im November. Gestern, wie gesagt, war der traditionelle Anreisetag, und die finnischen Kollegen hießen uns wie immer mit finnischem Lakritzschnaps willkommen. Die Finnen stellen bei uns die Mehrzahl. Ich bin mittlerweile der einzige deutsche Weihnachtsmann; die beiden anderen sind vorletztes Jahr in den Ruhestand gegangen. Seitdem bin ich zuständig für ganz Deutschland. Vorher war meine Region mehr oder weniger die geographische Mitte gewesen, von Frankfurt hoch bis Nordhessen, die westlichen Teile Thüringens, Ostwestfalen, das Sauerland und das Ruhrgebiet.

Sie, liebe Leserinnen und liebe Leser, werden sich vermutlich wundern, dass hier ein echter Weihnachtsmann erzählt. Den gibt es gar nicht, werden die meisten von Ihnen sagen. Doch, muss ich widersprechen. Uns gibt es. Plural. Wir sind viele. Einer allein könnte den Job gar nicht schaffen. Wir sind weltweit unterwegs und haben letztlich nur 24 Stunden für die Auslieferung, da helfen auch die Zeitzonen nur sehr begrenzt. Aber von Anfang an: Bei mir begann alles mit einem Zufall. Ich war damals, mal wieder, muss man sagen, seit einigen Monaten arbeitslos. Ich hatte es in verschiedenen Jobs versucht, aber so richtig hatte es mir nirgends gefallen – und auch ich keinem meiner Chefs. Mein Werdegang? Lehre, Abitur, Lehramtsstudium abgebrochen. Damit kommt man heute nicht sehr weit. Immer wieder, in jedem Betrieb, hörte ich irgendwann den Satz:

»Wenn Sie hier keinen Bock haben, dann werden Sie doch einfach Weihnachtsmann. Da haben Sie wenigstens die meiste Zeit des Jahres Ruhe. Urlaub von Januar bis Mitte Dezember.« Ich hätte nie gedacht, dass in diesen Sätzen, die ja nie als echter Ratschlag gemeint waren, so viel Wahrheit liegt. Und um ganz ehrlich zu sein: Es wird für uns von Jahr zu Jahr weniger stressig. Warum? Weil kaum noch jemand an den Weihnachtsmann glaubt. In den meisten Familien kaufen die Eltern und Großeltern die Geschenke selbst. Da müssen wir gar nicht mehr hin. Wenn man es genau nimmt: Amazon hat uns einen großen Teil des Lieferverkehrs abgenommen. Auch die Reklamationen. Gott ist übrigens Mitgründer des Unternehmens und hält weiterhin ein großes Aktienpaket.

Doch zurück zu meinem Einstieg in den Betrieb. Der kam überraschend. Ich lese normalerweise die Mails von ehemaligen Arbeitgebern vorsichtshalber nicht. Doch dieses Mal hatte ich sogar auf den mitgesandten Link geklickt, auf den mich mein letzter Arbeitgeber Wochen nach meiner Entlassung eher hämisch-ironisch aufmerksam machte: »Sie wären ideal geeignet. Sie müssten sich nicht einmal mehr rasieren!« Als ich das »Stellenangebot« dann las, hielt ich das natürlich alles für einen Witz:

> Weihnachtsmann gesucht! Festeinstellung. Unbefristet. Nach Tarif bezahlt, angelehnt an den Tarifvertrag des öffentlichen Dienstes (TVöD). Bewerbungen bitte per Mail an snowandgo@gmx.de

Ich musste lachen. Gleichzeitig kam es mir wie ein Rätsel vor. Oder ein Fake. Ich nahm das zwar überhaupt nicht ernst, reagierte aber trotzdem darauf. Ich erwartete, vielleicht an eine Art Casting-Show zu geraten. Womöglich war das auch ein Kunstprojekt. Genauso war es denkbar, dass es sich um eine Buchidee handelte, bei der jemand die Antworten auf diese abstruse Anzeige sammeln und veröffentlichen würde. Meine Bewerbung war also komplett als Spaß gemeint – und mit etwas Neugierde durchsetzt. Vor allem war ich, wie die meisten anderen erwachsenen Menschen auch, der festen Überzeugung: Den Weihnachtsmann, den gibt es nicht. Dabei sind wir ein mittleres Familienunternehmen, perfekt durchorganisiert. Als ich einstieg, waren wir noch fast 200 Aktive weltweit. Die meisten Länder haben ihren eigenen Weihnachtsmann, der aber nicht zwangsläufig aus diesen Ländern stammen muss. Deshalb auch die überdurchschnittlich vielen Finnen, die in diesem Beruf ähnlich heimisch sind wie im Skisprung. Manche Länder, darunter Deutschland, haben mehrere Weihnachtsmänner, natürlich immer abhängig von Religion und Bevölkerungsanzahl, wohingegen Zwergstaaten wie Luxemburg und San Marino oder Vatikanstadt mit seinen 850 Einwohnern zu einem Bezirk zusammengefasst werden. Aber auch für ganz Skandinavien mit Island und Spitzbergen ist nur ein Weihnachtsmann zuständig – selbstverständlich ein Finne.

Ich schrieb damals meine Bewerbung aus purer Langeweile, vielleicht auch, weil ich gerne Texte schreibe, aber sonst keinen Adressaten hatte. Keine Zeitung, kein Verlag war an mir interessiert. Ich verfasste Gedichte und Texte nur für mich. Nie für die Öffentlichkeit. Aus einer romantischen Stimmung heraus schrieb ich höchstens mal in der Tradition alter Minnesänger ein lustiges Liebesgedicht, um – meistens vergeblich – das Herz einer Frau zu erobern:

Liebe, um dich zu kosen,
kaufe ich Rosen
lege sie auf dein Kissen –
wirst du mich küssen?

Ich weiß, am Ende ist das kein sauberer Reim, auch inhaltlich ist das sehr unsauber, sogar unkonkret – aber meistens reicht das für eine positive Wirkung, weil kaum ein Mann noch Gedichte schreibt. Da kann man mit wenig schon viel erreichen. Bei Isabel jedenfalls – ich komme später auf sie zurück – hatte es gereicht. Zumindest am Anfang.

Mein Bewerbungsschreiben an snowandgo@gmx.de, so dachte ich, würde wenigstens mal gelesen; mein Anschreiben war allerdings komplett ironisch formuliert. Und dann bekam ich am Ende den Job! Unfassbar! Angefangen zu glauben habe ich das alles erst, als das erste Gehalt auf dem Konto war. Aber in seiner ganzen Dimension wirklich erfasst habe ich es, als ich noch vor dem ersten Dienstantritt mein Weihnachtsgeld überwiesen bekam.

Öffentlicher Dienst, das bedeutet außerdem Sonn- und Feiertagszulagen, auch an Weihnachten, unserem einzigen Arbeitstag. Und Urlaubsgeld. Ich wusste gar nicht mehr, wohin mit dem ganzen Geld. Ich fragte mich insgeheim, wer in unserem Falle die Tarifpartner waren, mit denen Gott das ausgehandelt hatte, oder ob er uns das als Boss alles freiwillig zahlte. Das allein zu denken war heikel, wie Sie gleich sehen werden, denn man soll Gott nicht auf dumme Gedanken bringen.

Als ich dann zu einem Vorstellungsgespräch eingeladen wurde, war ich echt von den Socken. Ich dachte weiterhin an einen Spaß. Dann stand ich das erste Mal dem Boss gegenüber – und ich war irritiert. Er strahlte eine natürliche Autorität aus, nicht uncharmant, auch humorvoll. Kein Riese, eher schmal. Mit kräftigem Händedruck. Äußerlich erinnerte er mich an Gerhard Schröder zur Zeit seiner ersten Kanzlerschaft. Ich schaute auf seine Haare und überlegte, ob sie gefärbt waren.

Er nickte.

War das seine Antwort?

Er nickte erneut.

Er färbte also. Konnte er Gedanken lesen?

Er nickte schon wieder.

Dann sagte eine Stimme in mir, also seine Stimme in mir:

»Willkommen! Gestatten, Gott. Ich bin hier der Boss – von allem.« Seine Lippen bewegten sich nicht dabei.

Ich dachte nur: »Das ist Gott?«

Und er nickte.

»Sie können meine Gedanken lesen?«, fragte ich ihn in Gedanken.

Er antwortete: »Nicht nur Ihre.«

Ich habe mich bis heute nicht daran gewöhnen können, dass er auf diese Weise mit uns kommuniziert. Es ist wirklich kompliziert, nicht an das zu denken, was er nicht hören soll, zum Beispiel die Fragen zum Tarifvertrag. Denn falls er das alles freiwillig zahlt, möchte ich nicht derjenige sein, der ihn auf die Idee bringt, diese Zahlungen vielleicht einsparen zu können.

Was mich damals am meisten erstaunte: Er war rasiert. Kein Vollbart. Ich roch ein Aftershave, das mich an irgendetwas erinnerte. War es Weihrauch? Das fragte ich mich in Gedanken, und er sagte:

»Der Klassiker. Tabac.«

»Wie mein Vater«, dachte ich. Er nickte wieder.

Gott wusste also, welches Aftershave mein Vater benutzte! Als er erneut nickte, war ich nicht mehr überrascht.

Ich schaute mir Gott genauer an. Er trug einen maßgeschneiderten Anzug und hatte ein aufgeklapptes Apple-Notebook vor sich stehen. Das neueste Modell. Es war grad erst letzte Woche auf den Markt gekommen, wie ich zufällig von einem technikaffinen Freund wusste. Als ich den Laptop sah, musste ich lachen.

»Machen die hier alle Moden mit?«, dachte ich.

»Wir kreieren sie«, sagte er kühl.

Ich dachte: »Und warum hatte dann Steve Jobs den Job bei Apple und nicht ich?«

Er sah mich regelrecht lauernd an: »Das wollen Sie nicht wissen.«

»So leicht bin ich auch nicht zu deprimieren!«, revanchierte ich mich.

»Sie sind also interessiert?«, kürzte er ab.

Ich dachte, was ich nicht sagen wollte: »Sagen wir es so, ich bin frei.«

Er nickte: »Ich weiß!«

Es ist absolut unmöglich, nicht zu denken, woran man denkt.

Er nickte schon wieder.

Zur Abwechslung sprach ich meinen nächsten Gedanken laut aus: »Wenn Sie sowieso alles über mich wissen, warum musste ich mich dann noch bewerben?«

Er sah mir direkt in die Augen, und wieder hörte ich seine Stimme in mir: »Ach, ihr Menschen habt da dies Ding mit dem freien Willen entwickelt.«

Ich fragte etwas provokant: »Der ist also nicht von Ihnen?«

»Ich möchte mich auch manchmal nur gut und kultiviert unterhalten.«

Er erstaunte mich schon wieder.

»Soll das jetzt ein Kompliment sein nach der Sache grad mit Steve Jobs?«, fragte ich.

»Nicht so voreilig! Noch haben Sie den Job nicht. Aber ich kann erkennen, wer geeignet ist. Man darf nicht rumprotzen mit dem, was man tut. Weihnachtsmann, das ist ein Job wie 007 oder im kriminellen Milieu. Darüber spricht man nicht. Das erste Gebot ist Verschwiegenheit.«

Ich schwieg.

Er nickte und fuhr fort: »Das Wichtigste ist aber: Man muss das ganze Jahr über mit dem Nichtstun fertig werden. Und das können Sie. Eindeutig.«

»Wie kommen Sie darauf?«

»Ich schaue Ihnen schon ein paar Jahre dabei zu.«

»Wie jetzt?«, fragte ich.

Provokant grinsend sagte Gott: »Bei allem übrigens! Und Ihre Liebesgedichte sind mäßig.«

»Aber manchmal erfüllen sie ihren Zweck«, verteidigte ich mich.

Gott zog die rechte Augenbraue hoch.

»Als ob *Last Christmas* von Wham besser wäre«, schnaufte ich.

»Zumindest erfolgreicher«, sagte Gott süffisant.

»Aber nur pekuniär!« Ich war etwas beleidigt.

Gott grinste. Dann holte er aus: »Machen Sie sich nichts vor. Im normalen Berufsleben wird das nichts mit Ihnen. Aber bei mir sind Sie goldrichtig. Nur machen Sie sich kein falsches Bild. Der Job ist einerseits leichter geworden, andererseits auch härter, als er je war.«

Er klärte mich auf: »Um es kurz zu machen – und auch wenn es niemand glaubt: Es gibt den Weihnachtsmann. Aber es gibt nicht nur einen. Wir sind viele. Ja, ich sage *wir.* Anfangs bin ich selbst mit rausgefahren. Ein guter Chef sollte an jeder Position seines Betriebes auch einmal selbst gearbeitet haben, sonst weiß er nicht zu schätzen, was seine Mitarbeiter tun. Gleichzeitig weiß er aber auch, was er fordern kann.«

Er wartete die Wirkung seiner Worte auf mich ab. Dieser Gott auf dem Weihnachtsschlitten, ich konnte mir das durchaus vorstellen. Wie er vor die Häuser fuhr, an den Türen klopfte, den Sack mit den Geschenken über der Schulter, dazu sein durchaus charmantes, anders als bei Schröder sogar warmherziges Lächeln. Aber so glattrasiert?

»Damals trug ich noch Bart«, nickte er versonnen in meine Gedanken hinein.

Dann fuhr er fort: »Sie können einer von ihnen werden, von uns also. Aber das ist hier nicht wie bei der studentischen Jobvermittlung. Die Weihnachtsmänner dort sind Amateure, von Eltern engagiert, die Angst haben, dass sonst zu wenig am Weihnachtsabend los ist. Wir sind die echten. Und bei uns reicht es nicht, sich einen Bart umzuhängen und ›Ho Ho Ho‹ zu rufen. Wir machen echte Brauchtumspflege. Wir haben eine Ausbildung, sind textsicher in Weihnachtsliedern, auch in verschiedenen Sprachen. Wir machen jährlich eine thematisch relevante Fortbildung.«

Erneut ließ er seine Worte auf mich wirken – oder vielleicht sollte ich sagen: seine Gedanken.

Ich nickte.

»Wir sind aber nur da im Einsatz, wo die Familie tatsächlich noch an den Weihnachtsmann glaubt. Und das sind heute nur noch wenige. Die meisten besorgen die Geschenke selbst. Da müssen wir dann gar nicht mehr hin. Doch für die, die noch daran glauben, will ich als Boss den besten Service.«

Ich nickte erneut.

Gott sagte: »Noch Fragen?«

Ich schüttelte den Kopf und erwiderte nur: »Wo soll ich unterschreiben?«

Meine Eignungsprüfung hatte ich ja scheinbar schon vorab durchlaufen.

Er sagte: »Handschlag genügt!«

Gott lachte, stand auf und kam auf mich zu. Ich erhob mich ebenfalls.

Wir gaben uns die Hände.

»Willkommen im Club!«, sagte er.

»Auf gute Zusammenarbeit!«, sagte ich. »Und haben Sie vielen Dank für das Vertrauen.«

»Übrigens, wir duzen uns hier«, schob er nach. »Ist gut für das Betriebsklima.«

»August«, sagte ich.

»Ich weiß«, sagte er.

»Und du?«, fragte ich.

»Du kannst mich Boss nennen, oder Gott. Ich höre auf beides.«

Das liegt nun mehr als acht Jahre zurück. Ich bin der Jüngste im Team und als Letzter dazugekommen, aber ich fühle mich inzwischen wie ein alter Hase. Anfangs wurde ich von den Kollegen skeptisch beäugt, nach und nach dann aber herzlich aufgenommen, was wohl nicht zuletzt an meiner Trinkfestigkeit liegt. In dieser Hinsicht war die Namensgebung durch meine Eltern nahezu prophetisch, denn die sorglose Neigung zum Alkohol sowohl des historischen als auch des Roman-Augustin scheinen auf mich übergegangen zu sein.

Gott nimmt die nächste Kelle und gießt erneut Wasser auf die heißen Steine. Ich schwitze aus allen Poren. Das Wasser rinnt nicht nur, es stürzt in Bächen an mir herunter.

»Ein langer Weg seitdem«, sagt er.

Ich nicke. In dieser Hitze kann ich nicht reden.

Als er meinen Gedanken hört, zeigt er ein Grinsen, das sich irgendwo zwischen Schadenfreude und Mitleid bewegt.

Dann fragt er: »Bier?«

Ich nicke.

Gott geht kurz raus und kommt mit zwei Dosen Lapin Kulta zurück, einem legendären Bier aus dem finnischen Norden. Wortlos reicht er mir eine und öffnet seine eigene. Dann überlässt er mich wieder meinen Gedanken.

Während ich mit Gott hier in der Sauna sitze und die Strafaufgüsse über mich ergehen lassen muss, im dritten Jahr in Folge übrigens, haben meine Kollegen heute Abend frei. Sie sitzen am Kamin und trinken Glöggi, finnischen Glühwein, als Einstimmung auf die kalte Jahreszeit und unser kommendes »Hochamt«, das Weihnachtsfest. Zu unserem jährlichen Treffen eingeladen hat der Boss wie immer unter dem Motto »Motivation und Brauchtumspflege für Weihnachtsmänner«, wie er es stets in seiner Begrüßungsrede formuliert. In seiner Rundmail vorab nennt er es in »Manager-Sprech« salopp abgekürzt das »ICW«-Wochenende. Das steht für »Incentive Christmas Weekend«. Alle noch im Dienst befindlichen Weihnachtsmänner werden von ihm nach Finnland eingeladen, um das nächste Weihnachtsfest vorzubereiten.

Für mich ist es allerdings, und das, wie gesagt, nicht zum ersten Mal, kein ICW, sondern ein CBC, ein »Christmas Bootcamp«, ein verschärftes Straftraining, eine besondere Form der Abmahnung. Ich muss dann Sonderschichten einlegen, das Klohäuschen ausleeren, Saunaholz hacken, die Geschenkesäcke flicken und stopfen und natürlich die Weihnachtsmann-Kostüme für alle aufbügeln, und vor allem muss ich mit Gott in die Sauna. Nur er und ich. Einzeltraining sozusagen. Warum? Um ehrlich zu sein, ich hatte mal wieder gegen die Weihnachtsmann-Etikette verstoßen. Seit Jahren nennen die Kollegen mich den »Bofrost-Mann«, weil ich mich unterwegs auf der Geschenketour immer mal wieder auf »amouröse Abenteuer« einlasse – und nun angeblich »schon wieder«. Das ist natürlich völliger Quatsch, aber dazu gleich mehr.

In den acht Jahren in der Firma ist dies jetzt mein drittes CBC in Folge, das dritte Mal Strafe, also häufiger als jeder andere von uns je dazu verdonnert wurde. In der gleichen Zeit wurde Finnland in jedem Jahr Glücksweltmeister. Das ist natürlich nur ein kleiner Trost für mich. Meine Online-Bewertungen sind allerdings so gut, dass ich nicht wirklich glaube, dass er mich rausschmeißt. Ich bin trotzdem unsicher in diesem Jahr. Ich würde die Stelle ungern verlieren.

Weihnachtsmann ist wirklich ein Top-Job. Wahrscheinlich der beste von allen – garantiert noch besser als im Kanzleramt zu arbeiten. Besser als Kanzler oder Kanzlerin sogar. Manchmal sind wir aufgrund der vielen »DS«, der »dummen Selbstschenker«, wie wir sie nennen, mit allem schon weit vor Mitternacht durch. Wir kehren zurück an den Korvatunturi, versorgen noch schnell die Rentiere – und dann sitzen wir wieder gemeinsam in der Sauna und begießen die Tour mit Salmiakki, also Lakritzschnaps, und finnischem Wodka. Der Job war die beste Entscheidung in meinem Leben.

Ich habe mir das anfangs alles gar nicht vorstellen können. Ich bin sehr gut ausgestattet: eigener Etat, Dienstauto, Dienstschlitten sowieso. Als Notebook immer das neueste Modell von Apple, auch beim Handy, da lässt er sich nicht lumpen, und jeder von uns hat eine direkte Leitung nach oben.

Es gibt letztlich nur zwei feste Termine im Jahr, die verbindlich für uns alle sind: Weihnachten, natürlich, und dann unser Wochenendseminar im November. Dazu kommt bei mir als jährliche Erinnerung der 1. September. An diesem Tag meldet sich jeweils mein Handy: »Ab heute Bart wachsen lassen.« Diese fast vier Monate bis Weihnachten brauche ich schon für einen einigermaßen ansehnlichen, repräsentablen Vollbart. Man kann als Weihnachtsmann nicht einfach so rumlaufen wie der nächstbeste Hipster oder Craft-Beer-Brauer. Es gibt Kollegen, die lassen ganzjährig den Bart am Kinn, andere müssen ihn schon ab Juni wachsen lassen. Bartwuchs, das hat der Chef mir Jahre später einmal in einem vertraulichen Gespräch gesagt, ist auch ein Einstellungskriterium. Das spricht er offiziell aber nie an, damit ihm niemand »Diskriminierung wegen zu geringem Bartwuchs« vorwerfen kann.

Wenn man dann tatsächlich eingestellt wird, bekommt man sofort eine eigene Region zugeteilt. Gott setzt einen am liebsten dort ein, wo man sich ohnehin auskennt. Ich hatte zu Studienzeiten einige Jahre in Nordhessen skandinavische Möbel ausgeliefert und aufgebaut. Nach den damaligen Routen bemaß er meinen ersten Bezirk mit Teilen von Hessen, Thüringen und NRW, inklusive meiner alten Heimat Ostwestfalen, was später zu eben diesem kleinen, pikanten Problem führen sollte.

Nun gibt es aber auch einen echten Minuspunkt: Der Zuschnitt der Bezirke ändert sich mit der jährlichen Verabschiedung unserer Ruheständler. Wir werden weniger, die Bezirke werden größer. Gott begrüßt das als Verschlankung im Unternehmen, jedenfalls offiziell. Kein Wunder, er hat das ja auch entschieden. Für uns allerdings ist es schon hart: Es gibt kaum noch Neueinstellungen. Im Grunde war ich der Letzte. Ganz unrecht ist uns das aber nicht. Neue Kollegen einzuarbeiten ist immer ein Risiko, oft mehr Arbeit als Gewinn. Wir anderen hier kennen uns, wir wissen, wie der Hase läuft, oder wie wir es sagen, wie das Rentier rennt.

Vor fünf Jahren hat Gott allerdings den Nikolaus eingespart. Der hatte überraschend gekündigt, und die Stelle wurde nicht neu besetzt. Er besaß aber auch längst nicht die Reputation wie wir Weihnachtsmänner. Er ist eine klassische Nebenfigur im Verbund der Mythen. Vielleicht haben wir ihn das etwas zu sehr spüren lassen. Er war zwar immer eingeladen und kam auch zu unseren »ICWs«, hat dort allerdings immer sehr schnell sehr beleidigt gewirkt. Ständig sagte er: »Ihr Weihnachtsmänner haltet euch doch für was Besseres.« Es war kurz davor, dass wir zu einer Supervision hätten gehen müssen.

Am Ende hat er sich »absolut und von allen gemobbt« gefühlt und hingeworfen. Der Boss hat das zwar bedauert, die Stelle aber trotzdem nicht neu besetzt. Auf die interne Ausschreibung hat sich dann natürlich niemand von uns beworben. Keiner der Kollegen wollte sich verschlechtern. Ich auch nicht. Deshalb müssen wir Weihnachtsmänner jetzt ran und ihn im Wechsel vertreten, aber das trifft einen nur alle paar Jahre. Ich zum Beispiel war noch nie dran. Unser Franzose, Père Noël, und unser Amerikaner, Santa Claus, hatten den Dienst in den ersten zwei Jahren. Inzwischen pokern wir um die sogenannte »Nikolausschicht«. Wer verliert, hat die Schicht und muss ran. Wir spielen »den Nikolaus« immer am letzten Abend des ICW aus, wenn Gott schon im Bett liegt. Das ist einer der wenigen Momente, in denen wir einigermaßen sicher sein können, dass er genug getrunken hat, schnell einschläft und nicht unsere Gedanken mitliest. Seit wir zu diesem Procedere übergegangen sind, ist die Stimmung unter uns Kollegen erheblich entspannter.

Das alles geht mir durch den Kopf, während wir zu zweit in der Sauna sitzen und Bier trinken. Nur ich schwitze. Bei Gott zeigt sich kaum eine Schweißperle. Ich habe ihn darauf mal angesprochen. Er habe einen Freund, von der, wie er geheimnisvoll sagte, »anderen Seite der Macht«, der sehr überhitzt wohnen würde, da habe er sich an die Temperaturen gewöhnt. Und ganz am Anfang, »am ersten Tag damals«, so seine Worte, sei der Erdball eine ziemlich heiße Angelegenheit gewesen.

Gott nickt nun nachdenklich.

»Schön, dass du dir das alles nochmal bewusst machst«, sagt er dann. »Dein Sündenkonto hat sich nämlich erneut gefüllt.«

Ich bin erstaunt: »Ich denke, du vergibst die Sünden.«

»August, du hast nicht gebeichtet. Also kann ich dir nichts vergeben.«

»Bitte? Ich habe dir alles gestanden.«

»Ja, aber nur mir. Keinem Priester.«

»Wie jetzt? Nur dir? Du bist doch der Boss von allem.«

»Ja, schon. Aber ich muss doch auch die Hierarchien einhalten, die ich entwickelt habe. Du beichtest beim Priester, der die Beichte dann an mich weiterleitet.«

Ich sage: »Ich finde, du bist manchmal sehr bürokratisch.«

»August, zu mir kannst du beten. Du kannst auch direkt zu mir kommen, als dein Boss. Doch die Vergebung der Sünden? Du hast sie zwar zugegeben, aber nicht wirklich bereut. Außerdem bist du evangelisch. Ihr habt das System Beichte überhaupt nicht im Plan.«

Ich bin bedient. Es läuft also wieder auf so ein theologisches Streitgespräch hinaus. Bei jedem CBC! Ich kenne das schon. Im Sommer vor zwei Jahren dachte ich, ich sollte mal grundsätzlich mit dem Boss über Arbeitszeiten reden. Ich nahm also die direkte Leitung nach oben, was wir selten machen: Er und ich skypten. Gott macht das, weil dann das Gedankenlesen wesentlich imposanter wirkt. Einfach so am Telefon würde das wie ein normales Gespräch klingen, Rede und Gegenrede. Wenn er aber mit geschlossenen Lippen mit einem spricht, dann ist das auch via Bildschirm eine sehr beeindruckende Angelegenheit.

Ausgangspunkt war damals eine kleine Streiterei mit Isabel gewesen. Sie hatte mir eine heftige Szene gemacht, dass ich ausgerechnet am Heiligen Abend keine Zeit für sie gehabt hatte. Und laut der Statuten hatte ich ihr das auch nicht plausibel erklären können. Nach dieser Auseinandersetzung mit ihr erzählte ich Gott von unseren Problemen, den Frauen in unserem Leben immer wieder unsere Abwesenheit gerade am Weihnachtsabend plausibel machen zu müssen. Ob wir da nicht arbeitsteiliger vorgehen könnten, fragte ich. Nur jedes zweite Jahr Dienst zum Beispiel.

Er starrte mich durch den Monitor an: »Hast du ein Mandat?«

»Bitte?«

Ich wusste wirklich nicht, was er meinte.

Er fragte: »In wessen Namen verhandelst du mit mir?«

»Ich spreche im Namen der Kollegen. Also, jedenfalls … fast aller Kollegen.«

»Wissen die das?«

»Ja, also … manche schon.«

»August!«

Ich dachte reflexhaft: »Wir müssen sofort einen Betriebsrat gründen!«

Diesen Gedanken registrierte er natürlich. Sie hätten Gott sehen sollen. Er schaute mich aus dem Bildschirm heraus an, als wäre ich der leibhaftige Gottseibeiuns. Allein für die Idee, nur für den Satz, bekam ich ein CBC aufgedonnert. Er kündigte das direkt an, dabei hatte ich den Satz gar nicht ausgesprochen. Aber bei Gott reicht allein der Gedanke an etwas.

Ich begann im Geiste zu singen: »Die Gedanken sind nicht frei, er muss sie nicht raten …«, und dann konnte ich in meinem gedanklichen Freestyle-Rap gerade noch vor dem letzten Halbsatz stoppen:» … er wird sie wissen und dich dann erschießen!«

Trotzdem sagte er: »Das setzt Strafaufgüsse am ICW, der für dich das nächste CBC sein wird.«

Ich entgegnete sofort: »Hör mal, Boss. Das ist unfair. Der Betriebsrat ist ja erstmal nur eine *Idee.*«

Er schaute mich wütend an.

Ich argumentierte schnell: »Ich kann ja auch nicht geblitzt werden, wenn ich nur denke, dass ich zu schnell fahren *will.* Ich muss es erst tun. Und dann muss ich noch dabei erwischt werden.«

Darauf erwiderte Gott energisch, dass Terroristen auch schon für die Planung eines Anschlags verurteilt würden.

Ich sagte, dass ich hier keinen Anschlag plante, sondern nur die Gründung eines Betriebsrates.

In diesem Fall sei das das Gleiche, ereiferte er sich nun.

Ich fand, dass er übertrieb. Ich hielt ihn an dieser Stelle sogar für hysterisch, also in Gedanken. Das bekam er natürlich sofort mit und reagierte nun tatsächlich hysterisch.

Daraufhin versuchte ich erstmal nichts zu denken, um Ruhe in die Sache zu bringen.

Er holte tief Luft. Wer in seinem Betrieb einen Betriebsrat fordere, eine Personalvertretung, der habe quasi einen Misstrauensantrag gegen Gott gestellt. Gegen ihn, den Schöpfer von allem.

Ich überlegte kurz und dachte leider: »Aber letztlich hast du die Betriebsräte doch selbst geschaffen …«

Da platzte er: Das sei der andere gewesen, der mit der heißen Wohnung. Und wie heiß es bei dem sei, das würde ich bei der nächsten Aufgussrunde in der Sauna schon zu spüren bekommen.

Für wen das ICW ein CBC wird, verkündet der Boss immer schon in der Mail an alle. Das bedeutet, jeder der Kollegen weiß, wen es getroffen hat. Seltsam, dass das in den letzten Jahren immer nur ich war und kein anderer. Können meine Kollegen besser mogeln? Lassen die sich nicht erwischen? Manipulieren sie ihre Online-Bewertungen? Oder denken die wirklich nichts, was ihn ärgerlich oder wütend macht?

Seit es raus ist, dass es mich in diesem Jahr zum dritten Mal in Folge trifft, nennen mich die Kollegen respektvoll »Mister Germany«. Das ist zumindest besser als der »Bofrost-Mann«. Hier schulde ich Ihnen aber noch eine Erklärung. Der »Bofrost-Mann« kam vor drei Jahren zustande, weil ich auf meiner Geschenketour – damals noch »die kleine Tour«, denn die deutschen Kollegen waren noch im Amt – im Übermut meine Exfreundin besucht hatte. Eben Isabel, die durch Zufall in meinen Bezirk gezogen war. Sonst wäre das alles gar nicht passiert. Wir hatten uns getrennt, bzw. sie hatte sich von mir getrennt, aber wir hatten uns nie aus den Augen verloren. Zwar hatte sie mich aus ihrer Facebook-Freundesliste gelöscht, aber ich schaffte es, mich mit ihr über einen zweiten Account wieder zu befreunden, tatsächlich mit dem Profilnamen »Der liebe Augustin«. Ich bin sicher, dass sie sofort wusste, dass ich es war.

Nun wollte ich ihr ganz neu gegenübertreten, unglücklicherweise mitten auf meiner Weihnachtstour. Ich wollte etwas angeben. Ich hatte bei Isabel das Image eines sympathischen Losers. Sympathisch, ja, aber eben ein Loser, ein klassischer Nichtsnutz. Ich wollte ihr zeigen, dass ich nun einen Job hatte, regelmäßiges Einkommen, fast das ganze Jahr Urlaub, mit anderen Worten: dass ich es geschafft hatte. Alles, was sie kritisiert hatte an mir, war nun anders: das leichte Leben, kaum Einkommen, das war vorbei. Die kleinen »Unzuverlässigkeiten« waren passé. Als ich dann vor ihr stand, im Kostüm, mit Bart, draußen vor der Tür der Schlitten mit den Rentieren – sie erkannte mich sofort – und den *Bratapfel*, eines meiner – und ihrer – liebsten Weihnachtsgedichte, deklamierte, schmolz sie dahin:

Kinder, kommt und ratet,
Was im Ofen bratet!
Hört, wie's knallt und zischt!
Bald wird er aufgetischt

Der Zipfel, der Zapfel,
Der Kipfel, der Kapfel,
Der gelbrote Apfel.

Kinder, lauft schneller;
Holt einen Teller,
Holt eine Gabel!
Sperrt auf den Schnabel
Für den Zipfel, den Zapfel,
Den Kipfel, den Kapfel,
Den goldbraunen Apfel.

Sie pusten und prusten,
Sie gucken und schlucken,
Sie schnalzen und schmecken,
Sie lecken und schlecken
Den Zipfel, den Zapfel,
Den Kipfel, den Kapfel,
Den knusprigen Apfel.

Ich weiß im Nachhinein nicht, ob es an meinen Rentieren lag oder an diesem Gedicht. Es stammt vom Ehepaar Fritz und Emily Kögel, aus deren Kindergedichtband *Die Arche Noah,* den die beiden gemeinsam 1901 veröffentlicht hatten. Als ich Isabel dann auch noch vorschlug, genau wie die beiden gemeinsam einen Gedichtband für Kinder unter dem Titel *Die Arche Noah* 2 zu verfassen, war es um sie geschehen. Es kam zu spontanen Zärtlichkeiten – von mir zwar erhofft, ja, aber an diesem Abend noch nicht für möglich gehalten, vor allem nicht eingeplant. Jedenfalls brachte mich das auf meiner weiteren Weihnachtstour in große Zeitnot und führte zu diversen Verspätungen. In den Online-Bewertungen schlug sich das anschließend deutlich und verheerend nieder. Alle meine Lieferungen bis 20 Uhr waren mit 5 Sternchen bewertet, die danach fielen katastrophal aus. Ich hatte erst nach 22 Uhr weitermachen können. Isabel wiederum war stinksauer, als ich mich an jenem Abend anzog und weiterfahren wollte.

»Von wegen, du bist der Weihnachtsmann!«, rief sie laut.

Ich sagte kleinlaut: »Da warten jede Menge Kinder auf mich!«

»Jetzt noch? Nach 22 Uhr?«

»Ja«, sagte ich, »das wird sicher ein Problem.«

Sie schnaubte: »Wahrscheinlich warten da auch noch deine eigenen Kinder. Was weiß ich, wie oft du Vater geworden bist, seit wir uns getrennt haben!«

Dieses Ereignis führte jedenfalls zu meinem ersten Straf-Bootcamp. Das zweite bekam ich für die Betriebsratsidee aufgebrummt, die ja nur entstanden war, weil ich im Folgejahr gerne das gesamte Weihnachtsfest mit Isabel verbracht hätte. Aber wenn schon Strafe vom Boss, dann sollte sie sich auch lohnen, dachte ich. So erzählte ich Isabel, ganz im Gegensatz zu unseren Statuten, von meinem Job. Vor allem auch, um meine Abreise in jener Weihnachtsnacht nachträglich glaubhaft zu machen. Sie hat das alles, natürlich, nicht geglaubt. Ich sei ein »kompletter Spinner«, und bevor ich mir so etwas ausdenken würde, sollte Ich lieber Geschichten erfinden, mit denen sich Geld verdienen ließe, und nicht solch eine »total unglaubwürdige

Weihnachtsstory«. Ob ich glaubte, damit eine Frau und vor allem sie rumzukriegen? Und überhaupt, wenn das alles stimmen würde, sei es im Grunde *noch weit mieser,* denn »Weihnachtsmann« sei das Allerletzte! Wenn man nur mal theoretisch *annähme,* es gäbe tatsächlich den Weihnachtsmann und das Unternehmen, für das ich tätig zu sein behauptete, dann würde ich in unserer ohnehin schon patriarchalischen Gesellschaft kritiklos hinnehmen, dass mein »Boss« weit ab davon sei, Frauen auf Vorstandsposten zu berufen. Ja, es war sogar noch schlimmer! Er würde noch nicht einmal Frauen als Weihnachtsfrauen einstellen, ja, nicht einmal als Rentierpflegerin. Isabel war sehr laut dabei geworden.

Diese Sache mit den Frauen in unserer Branche war uns, war mir, ganz ehrlich, nie aufgefallen. Doch nun wurde auch mir bewusst, dass wir als Weihnachtsmänner tatsächlich ziemlich unzeitgemäß aufgestellt waren. Sind.

Vor einigen Monaten, fast genau ein Jahr nach der Betriebsratsidee und mittlerweile zweitem überstandenem CBC, rief ich wieder beim Boss an, bzw. ich schickte eine Mail und bat kurzfristig um einen Termin.

»Hier August, Chef, wir müssen reden. Wann hast du Zeit?«

Wenige Tage später trafen wir uns, wieder per Skype.

»August, was kann ich für dich tun?«

»Chef, die Frauenfrage …«

»Die was?«

»Die Frauenfrage!«

»Das jetzt wieder. Es reicht schon, wenn Maria mir jedes Jahr neu damit kommt.«

Maria? Ich wusste nichts von einer Maria und Gott.

»Geht dich nichts an«, schnauzte er über den Bildschirm.

»CBC«, sagte er nur. Dann legte er auf.

Und nun sitzen wir wieder hier, allein in der Sauna. Zum dritten Mal, im dritten Jahr. Ich ahne Schlimmes. Ich summe das Lied der Doors: »This is the end, my only friend, the end ...« Was soll ich nur arbeiten, wenn es nicht einmal zum Weihnachtsmann reicht?

Wir haben die nächste Dose Bier in der Hand und schweigen.

Gott sagt: »The Doors. Lange nicht gehört. Ich mochte ›Riders on the storm‹.«

Nun bin ich ganz sicher. Das war es für mich. Ich wechsele zu: »When the music's over«.

Meine Gedanken sprechen für sich. Schade, dass ich seine nicht lesen kann.

Minuten verstreichen.

Irgendwann räuspert er sich: »August ...«

»Ja?«

Nun kommt also meine Entlassung.

Ich singe in Gedanken: »Ach du lieber Augustin, alles ist hin. Job ist hin, Glück ist hin.«

Ade, ihr schönen Zeiten, ihr geliebten Rentiere, die Routen zu den wartenden Familien mit den glücklichen Kindern und den manchmal sehr charmanten Müttern ...

In meine Gedanken hinein höre ich Gottes Worte: »Das alles ist ja nicht ganz falsch, was du da dauernd vorschlägst.«

Ich kann nicht glauben, was ich da zu hören meine.

»Bitte?«

In der Sauna ist es still, nur die Flammen im Ofen knistern. Ich denke ausnahmsweise – nichts.

Dann sagt er: »Um es kurz zu machen: August, könntest du dir vorstellen, die Abteilungsleitung ›Weihnachten‹ zu übernehmen?«

Ich bin fassungslos. Ich habe fest mit meiner Entlassung gerechnet.

Gott schüttelt den Kopf.

War das jetzt eine Beförderung?

Er nickt.

»August, im Grunde hast du recht. Wir müssen uns tatsächlich modernisieren. Ich dachte lange, Amazon sei die Konkurrenz. Aber so ist es nicht. Wir sind der positive Mythos. Auch wenn man spätestens im Alter von sechs oder acht Jahren den Glauben an uns verliert, behalten wir diese Aura. Dieses Glückselige, das bleibt mit dem Weihnachtsfest verbunden. Für immer.«

Er trinkt einen Schluck Bier.

Sprachlos sehe ich ihn an. Ich nehme ebenfalls einen großen Schluck Lapin Kulta.

»Ich weiß, August, dass du immer versucht hast, der Arbeit aus dem Weg zu gehen. Aber du hast die richtigen Ideen. Und du bringst sie vor und riskierst immer wieder die Strafsauna. Alle Achtung. Wenn du deinen neuen Job, jetzt als Führungskraft, künftig weiter so gut und konsequent machst, bin ich sicher, dass du damit auch die Sache mit Isabel wieder geradebiegen kannst. Was meinst du?«

Ich bin sprachlos.

Gott sagt final, wie bei unserem ersten Gespräch: »Noch Fragen?«

»Habe ich Bedenkzeit?«

»Bis du dein Bier ausgetrunken hast.«

Ich schüttele den Kopf, grinse und sage nur: »Wo soll ich unterschreiben?«

Meine Eignungsprüfung hatte ich wohl schon wieder vorab durchlaufen.

Er sagt: »Handschlag genügt!«

Dann lacht Gott. Er steht auf und kommt auf mich zu. Ich erhebe mich ebenfalls.

Wir schlagen ein und schütteln uns die Hände. Dann stoßen wir an, trinken und setzen uns wieder. Ich lege im Saunaofen etwas Holz nach.

Er nickt mir zu. Soll jetzt etwa ich?

Er nickt erneut – und zum ersten Mal darf *ich* den Aufguss machen.

Etwas zögernd greife ich nach dem Eimer, nehme die Kelle, tauche sie ein und verteile das Wasser vorsichtig auf die augenblicklich zischenden Steine. Ich starre einen Moment versonnen vor mich hin. Dann stelle ich den Eimer wieder zu Boden. Die Hitzewelle rollt durch die Sauna.

Danach sehe ich erste Schweißperlen auf Gottes Stirn. Schwitzt er nun tatsächlich zum ersten Mal oder hatte er Angst, ich würde sein Angebot ablehnen?

Es fühlt sich seltsam an, den Job letztlich mit Isabels Ideen bekommen zu haben.

»Von mir erfährt sie kein Wort«, sagt Gott und wischt sich ein paar Tropfen von der Stirn.

»Und die Kollegen?«, kommt es mir plötzlich in den Sinn.

Gott sagt grinsend: »Haben allesamt abgelehnt.«

Ich bin kurz irritiert.

»Ach so, ich war gar nicht die erste Wahl …«, entfährt es mir enttäuscht.

Er wartet einen Moment, denkt nach und sagt: »Hätte Steve Jobs damals abgelehnt, hätte ich dich als Nächsten gefragt.«

Ich glaube ihm kein Wort, nehme mir aber sofort wieder den Eimer samt Kelle und mache den nächsten Aufguss. Drei volle Kellen gieße ich nun genussvoll und langsam auf die heißen Steine. Die Hitze steigt auf, und Gott schwitzt. Ich verstehe langsam, warum ihm das immer so großen Spaß macht. Ich denke: »Das hast du *jetzt* davon. Da musst du durch!« Und mir ist es egal, dass er das hört.

JAN WEILER

Der Nikolaus war da!

Ich habe meine Pflicht getan und Ulrich Dattelmanns Punsch ausgetrunken. Ich habe meine Pflicht und Schuldigkeit getan, ich bin von weiteren Diensten befreit. Habe ich jedenfalls gedacht. Doch nachdem ich ausgenüchtert bin und mehrere Tage lang feste Nahrung zu mir genommen habe, konfrontiert mich Sara morgens mit der Nachricht, dass ich als Nikolaus auftreten müsse. In Nicks Klasse. Höchstwahrscheinlich war das sogar ihre Idee. Bestimmt hat sie mich vorgeschlagen, den Nikolaus in der Schule zu machen. Kann mir genau vorstellen, wie das gelaufen ist.

Sie sitzt einmal im Monat mit Mütterkolleginnen zusammen, und sie erörtern wichtige Fragen der Kindererziehung und vor allen Dingen medizinische Themen. Sie diskutieren zum Beispiel stundenlang darüber, ob Kinder Sand essen sollen. Einige halten das für gefährlich, weil man nicht weiß, was in Sand so drin ist, außer Sand. Und die anderen finden, Sand reinige den Magen.

Ich kann mich daran erinnern, dass ich als Jugendlicher auf einem Campingplatz in Südfrankreich auch Töpfe und Pfannen mit Sand geschrubbt habe, aber ich weiß nicht, ob Kindermägen auch aus Gusseisen oder Edelstahl sind und ob sie eine Antihaftbeschichtung haben, die man nicht verkratzen darf. Und weil ich nicht mitreden kann, komme ich nie mit zu Sitzungen der Schulpflegschaft, wo auch darüber gesprochen wird, wo bei den Kids die Grenze zwischen »lebhaft« und »asozial« verläuft – und wer von den männlichen Erziehungsberechtigten als Bischof am besten geeignet wäre. Meine zauberhafte Frau hat dazu vermutlich gesagt: »Das kann ruhig mal mein Mann machen, der macht ja sonst nix.«

Sie kam nach Hause, und ich fragte: »Na, wie war es in der Neigungsgruppe Männerhass?«

Sie antwortete: »Gut, wir haben einstimmig beschlossen, dass du dieses Jahr der Nikolaus bist.«

»Was heißt einstimmig? Ich bin dagegen!«

»Aber du warst nicht da.«

»Barack Obama war auch nicht da. Müsste der das jetzt machen, wenn ihr ihn gewählt hättet?«

»Du wirst doch wohl einmal im Jahr den Nikolaus machen können.«

»Ich habe gerade erst Dattelmanns grauenhaften Punsch ausgeschenkt.«

»Eigentlich hast du ihn vor allen Dingen ausgetrunken.«

»Egal, ich habe meine Pflicht erfüllt.«

»Das Kostüm gibt es im Büro. Du musst es mittags abholen und dann pünktlich um 17 Uhr ans Fenster klopfen. Der Sack mit den Geschenken steht neben der Papiertonne. Und das Buch auch.«

Das kannte ich schon: Die Eltern beklebten je eine Seite in dem großen Buch mit einer Art Zeugnis für ihr Kind. Meistens stand drin, dass der Korbi sein Zimmer schon ganz toll aufräume, jedoch bitte schön den Kopf seiner kleinen Schwester zukünftig nicht mehr im Klosett untertauchen möge. Als Nikolaus hatte ich dies mahnend vorzutragen und dann dem zauberhaften Korbi das für ihn vorgesehene Geschenk zu überreichen. Die Päckchen im Sack waren mit Namensschildern versehen. In Nicks Klasse gab es zwanzig Kinder.

Um halb fünf zog ich mich um. Griechische Bischofsmontur, total stilecht. Allerdings roch der Bart ziemlich streng. Der Hund erkannte mich nicht und biss bellend in mein Gewand. Ich nahm dies als Kompliment für meine Verkleidungskunst, die ich mit einer ausrangierten Brille krönte. Die Gläser waren entschieden viel zu schwach. Dann setzte ich mich ins Auto. Ich parkte hinter der Schule, holte mir Sack und Buch und klopfte mit dem Bischofsstab ans Fenster. Ich brummte: »Ho! Ho! Hooo!« Eine Referendarin öffnete das Fenster und rief verzückt: »Nun guckt mal, wer da ist!« Und zu mir sagte sie leise: »Bitte nicht Ho-hohooo. Das ist Amischeiße. Wir sagen ›Hallo, Kinder, lasst mich ein, ich will so gerne bei euch sein‹. Okay?« Dann öffnete sie die Tür, ich kam hineingestolpert (der Umhang, die Tür, der Sack) und rief: »Hallo. Lasst mich rein, Kinder, lasst mich rein, damit ich bei euch sein kann.«

»Das reimt sich gar nicht«, rief ein kleiner Klugscheißer, den ich rasch als die Pest aus dem Haus gegenüber identifizierte. Seine Eltern waren genauso schlimm wie er, bloß älter. Und hässlicher.

Ich setzte mich auf einen kleinen Stuhl. Mir war warm. Ich wollte nach Hause. Nachdem ich dreimal tief ein- und ausgeatmet hatte, machte ich mir ein Bild von meinem Publikum. Zwanzig Kinder, drei Lehrerinnen. Der Duft von

Früchtetee. Mein Sohn Nick saß in der ersten Reihe und hatte vor Aufregung knallrote Wangen, soweit ich das mit der uralten Brille erkennen konnte. Ich wollte gerade anfangen mit dem Buch, als die kleine Claire anfing zu weinen.

»Was'n los?«, fragte ich. »Ich habe doch noch gar nicht angefangen!?«

»Du bist so gruselig«, rief Claire, und das tat mir leid. Und außerdem stimmte es gar nicht. Ich glaube eher, da ist irgendwas zu Hause in der Familie nicht in Ordnung. Da muss man mal mit dem Jugendamt hin. Meine Meinung. Egal.

»Das wird alles nicht so schlimm«, sagte ich in väterlichem Brummton. Ich hob das Buch, schlug es auf und fragte: »Na, woooo ist denn der kleine Finn?« Der kleine Finn hob die Hand, und ich brummte weiter: »Soosoo, du bist der Finn.«

»Nein, ich bin der Konstantin, und ich muss aufs Klo.«

Ich winkte mit dem Bischofsstab und knurrte: »Na, dann geh mal, mein lieber junger Freund.«

Nun blätterte ich in dem großen Buch. Himmel, war das warm hier. Durst! Und der Schweiß rann in den Bart, welcher kunstvoll mit der Bischofsmütze verbunden war. Er fühlte sich an wie ein 200 Grad heißer, feuchter Flokati. Ekelhaft.

»Dann wollen wir mal sehen«, brummte ich nikolausig. »Wer von euch ist denn nun der Finn?«

Ein kleiner blonder Bursche hob die Hand.

»Eine Frage«, sagte Finn.

»Schieß los«, sagte ich jovial.

»Wo ist eigentlich dein Krampus?«

Der Krampus ist eine Art teuflisches Zottelwesen und gehört zum süddeutschen Nikolaus-Brauchtum. Er sieht aus wie die Morlocks in dem Film »Die Zeitmaschine«. Häufig taucht er im Rudel auf und soll die unartigen Kinder erschrecken. In anderen Gegenden Deutschlands gibt es den Knecht Ruprecht. Er verhält sich zum Nikolaus in etwa wie Alexander Dobrindt zu Horst Seehofer.

»Ich brauche keinen Krampus«, sagte ich beleidigt.

»Wenn du keinen Krampus hast, dann bist du gar nicht richtig.«

»Hast du eine Ahnung. Wenn du nicht still bist, fresse ich dich vor den Augen deiner Kumpels einfach auf. So! Happs!«

Sofort fing Claire wieder an zu heulen. Aber darauf konnte ich keine Rücksicht mehr nehmen. Zeit ist Geld. Auch ein Nikolaus muss effizient arbeiten.

»So. Finn. Hier lese ich, dass du schon ganz toll deinen Teller aufräumst und gerne mit dem Hund spazieren gehst. Das ist ja schön.«

»Woher weißt du das?«

»Das steht hier.«

»Und wer hat das da reingeschrieben?«

»Ist doch egal«, brummte ich.

Ich wollte die Sache nun endlich hinter mich bringen. Ich sagte: »Du musst aber auch dein Zimmer aufräumen. Okay? Nun bekommst du ein Päckchen aus dem Säckchen, und du darfst es erst öffnen, wenn ich weg bin. Ihr müsst alle warten, bis jeder eines hat.«

Dazu hatte mir Sara geraten. Ansonsten würde die Aufmerksamkeit zu schnell nachlassen. Und dann kam mir eine teuflische Idee: Ich griff in den Sack, nahm ein Geschenk heraus und entfernte rasch das Namensschildchen darauf. Finn erhielt also nicht sein Päckchen, sondern: irgendein Päckchen. Hähähä. Nikolausens Rache.

Ich machte weiter. Jedes Kind schimpfte ich zunächst milde und bescherte es dann mit einem Päcklein. Schließlich erhob ich mich ächzend, teilte der Truppe mit, dass ich einen schweren Bandscheibenvorfall hätte, leider gesetzlich versichert sei und nun nach Hause müsse, um dort eine schöne Kindersuppe zu kochen, was Claire dazu veranlasste, aufzukreischen und in den Schoß der Klassenlehrerin zu flüchten. Dann ging ich, mit dem Bischofsstab winkend. Im Hinausgehen hörte ich noch, wie der Erste rief: »Hee, was soll ich denn mit dem Mädchenkram hier?«

Dann war ich weg. Sara holte unseren Nick eine Stunde später ab. Er war ganz zufrieden mit seinem rosa Spiegelchen, obwohl Sara ihm eigentlich eine Playmobilfigur gekauft hatte.

Am nächsten Tag brachte ich Nick in die Schule, und seine Lehrerin bedankte sich herzlich bei mir für die wunderbare Idee, die Kinder zur Kommunikation und zum Tauschen angeleitet zu haben. Das sei pädagogisch unheimlich wertvoll gewesen, und sie habe mir diesen Weitblick gar nicht zugetraut. Mist. Jetzt muss ich jedes Jahr ran.

AXEL HACKE

Ein Abend in der Kneipe, nach Weihnachten

Ein Kneipentresen. Vier Schokoladen-Weihnachtsmänner in erheblich ramponiertem Zustand lehnen an ihm. Sie heißen Kurt, Paul, Manfred und Günter.

KURT: »Hättichnich gedacht.«

PAUL: »Dass wir uns noch mal.«

MANFRED: »Wiedersehn.«

GÜNTER: »In diesem Leben.«

KURT: »Dass wir noch mal.«

PAUL: »Zusammenkomm.«

MANFRED *(höhnisch)*: »So jung.«

Sie kippen Asbach aus halb geöffneten Weinbrandbohnen.

KURT: »Wisst ihr noch.«

PAUL: »Wie wir da standen.«

MANFRED: »Bei Karstadt.«

GÜNTER *(bitter)*: »Die sind ja nun auch pleite.«

KURT: »Im Regal.«

PAUL: »In Reih.«

MANFRED: »Und Glied.«

Sie kippen wieder Asbach.

KURT: »Das war doch schön.«

PAUL: »So in Erwartung.«

MANFRED: »Des großen.«

GÜNTER: »Festes.«

KURT: »Diese Gemeinsamkeit.«

PAUL: »Diese Kameradschaft.«

MANFRED: »Dieses Menschliche irgendwie.«

Asbach. Kurt schiebt sein verrutschtes Stanniol-Gesicht wieder zurecht. Paul fällt der Kopf vom Körper; die anderen setzen ihn mit ungelenken Bewegungen wieder auf. Manfred fällt torkelnd, weil dort, wo seine Füße sein sollten, ein riesiges Loch klafft. Die anderen stützen ihn.

KURT: »Das hat uns ja keiner gesagt, in der Fabrik, damals. Was da auf uns zukommt.«

PAUL: »Nur immer vom Fest hamse jesprochn. Von Besinnlichkeit.«

MANFRED: »Und dass wir Bestandteil von was Großem sind.« *(gallig)*: »Ein wesentlicher, unersetzlicher Bestandteil.«

GÜNTER: »Und vom Glanz der Kinderaugen.«

KURT: »Kinderaugen …« *Beginnt hemmungslos zu weinen.*

PAUL *(schreit)*: »Diese Glubschfinger! Dem Werner hamse bei lebendjem Leib das ganze Stanniol vom Körper gepellt.«

MANFRED *(leise)*: »Wie der jeschrieen hat … Und die hörn dit ja nich ma … Die reagiern ja nich, die machen einfach weiter.«

Neue Runde Asbach.

GÜNTER: »Der Werner, Mensch!«

KURT: »Der hatte sich doch am meisten gefreut, auf das Fest.«

PAUL: »Hat im Regal immer so leise vor sich hin gesung.«

MANFRED: »O Tannenbaum.«

GÜNTER: »Und dann hat ihm einer …« *(schluchzt)* »Hat ihm einer … Hat ihm einer …« *(schluchzt mehr)* »Hat ihm einer … mit einem einzigen riesigen Happs …« *(bekommt einen Schluchzkrampf)*

KURT: »Den Kopf abjebissn. Weg war er, der Wernerkopf. In so nem riesigen sabbernden Kindermaul, so ner Nutellafresse.«

PAUL: »Der Werner. Der hat gar nicht kapiert, was da passierte. Richtig entgeistert hat der ausgesehen, na ja, *hätte* …«

MANFRED: »Wenn er noch einen Kopf gehabt *hätte.*«

Fast achtlos kippen sie jetzt den Asbach, wie Automaten.

GÜNTER: »Was wir gesehen haben.«

KURT: »Das möchte man nie wieder.«

PAUL: »Erleben.«

MANFRED: »Zerdrückte Leiber, nur noch vom Stanniol zusammengehalten. Trümmerbrüche.«

GÜNTER: »Heiße, fette Hände. Schokoladenschleim. Zerfließende *Körper. Schmelzen bei lebendigem Leib.*«

KURT *(weint leise)*: »Den Heinz hat einer, von oben bis unten … abgeschleckt …«

PAUL: »Mit sonner heißen, weichen, roten, glibbrigen Bubenzunge.«

MANFRED: »Den Ernst hat einer fast ganz verschlungen und dann lebendig – erbrochen.«

GÜNTER: »Man dachte ja, es würde nie enden, aber nun …«

Eine Schwingtür öffnet sich. Zwei riesige Schokoladenhasen in Krankenwärterkitteln betreten den Raum.

ERSTER HASE: »So, Männer, genug gesoffen, Pause beendet, es geht weiter.«

ZWEITER HASE: »Neues Leben, neues Glück.«

ERSTER HASE: »Tut auch gar nicht weh. Wird euch nur ein bisschen warm.«

ZWEITER HASE: »Müssen wir alle mal durch.«

ERSTER HASE: »Mussten wir ja auch.«

ZWEITER HASE: »Umschmelzen!«

ERSTER HASE: »Sind ja nur noch vier Monate.«

ZWEITER HASE: »Bis Ostern.«

CHRISTIAN SELTMANN

Ein Rentier sucht Weihnachten

Ralf-Rüdiger war auf der Suche nach Weihnachten. Bis zum Heiligen Abend musste er es finden. Was er über Weihnachten wusste, war nicht viel, aber er hatte es sich aufgeschrieben:

»Erstens: Weihnachten ist das Fest des Friedens.«

Dichter Nebel kam auf.

»Zweitens: Weihnachten ist das Fest der Freude.«

Es begann zu regnen.

»Drittens: Weihnachten ist das Fest der Liebe.«

Ralf-Rüdiger latschte in eine Pfütze.

Das fängt ja gut an, dachte Ralf-Rüdiger und steckte den Zettel weg, bevor der durchweichte. Seine Hufe waren aufgequollen wie Schwimmflügel, und sein Fell war nass wie Torfmoos. Tropfend kam er zu einer kleinen Hütte.

Ralf-Rüdiger pochte an die Tür.

Nach einer Ewigkeit ging sie auf.

Vor ihm stand ein bezauberndes Rentier-Mädchen.

»Hallo.«

»Hallo.«

»Ähm«, sagte Ralf-Rüdiger.

»Komm doch rein«, sagte das Mädchen. »Du wirst dich erkälten.«

Ralf-Rüdiger sah sich um.

»Wohnst du ganz allein hier?«, fragte er.

Das Mädchen nickte und stellte ihm eine Moossuppe hin. Die roch so schön dumpfig und mumpfig.

»Danke«, sagte Ralf-Rüdiger und verputzte die Suppe. In seinem Bauch verbreitete sich ein wohliges Gefühl.

»Wie heißt du?«

»Regina. Und du?«

»Ralf-Rüdiger.«

»Und was machst du?«

»Ich suche Weihnachten. Bis Heiligabend muss ich es finden. Und du?«

Regina deutete auf einen großen Stapel Flechten-Kekse und sagte: »Ich backe!«

Ralf-Rüdiger betrachtete die Kekse und fragte sich still: Wer soll die denn alle essen?

Am nächsten Tag ging Ralf-Rüdiger nach dem Frühstück los. Weihnachten suchen.

»Wenn du nicht weißt, wohin, kannst du ja wiederkommen«, sagte Regina.

»Gern«, sagte Ralf-Rüdiger. Aber er dachte: Ich finde doch Weihnachten. Da komm ich bestimmt nicht zurück in diese ärmliche Hütte.

Ralf-Rüdiger irrte in der glitzernden Wolkenkratzerstadt umher. »Weihnachtsangebote« las er an einer Ladentür. Der Verkäufer sprang auf Ralf-Rüdiger zu wie ein geölter Blitz und sabbelte los: »Gutentagwaskannichfürsietunwassolls-dennseinwirhabenalles?«

Schon stand Ralf-Rüdiger mitten in einem Riesenberg von Kram. Wo ist jetzt der Frieden?, dachte Ralf-Rüdiger.

Der Mann legte immer neue Dinge dazu. Und die Freude? Ralf-Rüdiger betrachtete das Zeug vor sich. Und die Liebe?

Ralf-Rüdiger sagte: »Wissen Sie vielleicht, wo ich Weihnachten finde?«

Der Verkäufer schnaubte wie ein Walross und schob Ralf-Rüdiger hinaus in den Schneematsch zu den hupenden Autos und den drängelnden Leuten. »Ich will Ihnen mal was sagen! Weihnachten ist teuer. Das muss man sich auch leisten können.«

Das hatte Ralf-Rüdiger nicht gewusst. Es war doch nur von Friede, Freude und Liebe die Rede gewesen.

Regina saß bei Kerzenschein in ihrer warmen Hütte, vor sich eine Tasse mit duftendem Tee aus gerösteten Flechten, und häkelte an einem Hufschoner. Sie hatte schon einen hübschen Stapel davon fertig.

Wer soll die denn alle tragen?, dachte Ralf-Rüdiger.

Als Regina Ralf-Rüdiger sah, lächelte sie und schenkte ihm auch eine Tasse ein.

»Ich habe Weihnachten nicht gefunden«, klagte Ralf-Rüdiger.

»Das tut mir leid«, sagte Regina.

Ralf-Rüdiger schlürfte seinen Tee und fand es sehr friedlich bei Regina.

Am nächsten Tag entdeckte Ralf-Rüdiger in der glitzernden Wolkenkratzerstadt einen Schokoladen-Laden.

Der Konditor breitete unzählige Leckereien vor ihm aus.

»Probier mal. Wir haben Irish-Moos-Toffees, Schwedisch-Moos-Knäcke-Kräcker, Schweizer Schokoladen-Moos. Wir haben Sahara-Moos-Krokant, das ist ganz selten, wird nur auf der Nordseite einiger weniger Pyramiden gefunden. Dann haben wir Ching-Moos-Trüffel von der Chinesischen Mauer und sogar echte Genie-Moos-Trüffel vom Einstein-Turm in Berlin.«

Ehrfürchtig kostete Ralf-Rüdiger. »Also ich schmecke da keinen Unterschied«, sagte er.

»Pöh«, sagte der Konditor vornehm. »Dann nimm doch von jeder Sorte eine Packung.«

»Gute Idee«, sagte Ralf-Rüdiger.

Der Mann packte und packte und packte und packte, und schließlich sagte er: »Das macht dann eintausendzweihundert Euro und fünfundsiebzig Cent, bitte.«

So viel hatte Ralf-Rüdiger nicht. Genau genommen hatte er gar kein Geld. Und das sagte er auch. Ralf-Rüdiger sah zu, dass er Land gewann.

Doch der Konditor brüllte hinter ihm her: »Jetzt muss ich alles wieder auspacken! Ach! Wenn doch Weihnachten schon vorbei wäre und nie wieder käme! Wie viel schöner wäre die Welt ohne Weihnachten.«

Hier kann Weihnachten wirklich nicht sein, dachte Ralf-Rüdiger und sah auf seinen Zettel. Es ist erstens nicht friedlich, zweitens nicht freundlich und drittens nicht liebevoll.

Ralf-Rüdiger kam zu Reginas kleiner Hütte. Schon von Weitem sah er den warmen Kerzenschein durchs Fenster leuchten. Regina hatte Rindenbrote mit Mooskruste überbacken.

»Und? Hast du Weihnachten gefunden?«

Ralf-Rüdiger schüttelte verdrossen den Kopf und sagte:

»Weihnachten ist sehr teuer. Das muss man sich leisten können.«

Regina hörte zu und strickte einen Pulli. Dann sangen sie: »Schneeflöckchen, Weißröckchen.«

Ralf-Rüdiger freute sich, obwohl der Tag bisher so schrecklich gewesen war.

Jeden Tag suchte Ralf-Rüdiger nach Weihnachten.

Jeden Tag wurde er unruhiger.

Jeden Tag lief er schneller.

Jeden Tag rückte der Heilige Abend näher.

Ralf-Rüdiger sprach mit Geweihpolierern, mit Fellfriseuren und Hufschnitzern. Dazwischen tönten die Schlittenhändler: »Schlitten, Schlitten, Schlitten! Extra-Extra-Extra-Preis!!! Coole Schlitten, heiße Schlitten, krasse Schlitten, Wahnsinns-Schlitten, Hammer-Schlitten, Power-Schlitten! Wir haben alles. Aaaaaaalles! Was soll's sein?«

Aber Fest der Liebe? Fehlanzeige.

Fest der Freude? Pustekuchen.

Fest des Friedens? Schon mal gar nicht.

Abends ging er wieder zu Regina. Sie saßen am warmen Ofen, schlürften heißen Apfelsaft, Regina las Märchen vor. Das war schön.

Am Morgen sagte Ralf-Rüdiger: »Ich kann Weihnachten nirgends finden. Dabei hab ich die ganze glitzernde Stadt abgesucht! Ich geh besser mal wieder nach Hause. Vielleicht finde ich Weihnachten unterwegs noch.«

Regina nickte. »Ja.«

»Mach's gut«, sagte Ralf-Rüdiger. »Und danke für alles.«

»Mach's gut.« Regina sah ein bisschen traurig aus, aber was sollte Ralf-Rüdiger machen?

Ralf-Rüdiger lief dahin zurück, wo er hergekommen war. Aber als er am Fuß der Berge stand, dachte er: Moment mal! Er guckte auf seinen Zettel und rannte zurück zu Reginas Hütte. Atemlos kam Ralf-Rüdiger an. Er lugte durch das Fenster.

Am Weihnachtsbaum saß Regina im Kerzenschein. Ralf-Rüdiger trat ein. Jetzt bemerkte er auch die anderen Rentiere.

Alle trugen die von Regina gehäkelten Hufschoner.

Alle trugen die von Regina gestrickten Pullis.

Alle sangen »Stille Nacht, heilige Nacht«.

Und alle mampften Flechten-Kekse.

»Ralf-Rüdiger!«, freute sich Regina. »Darf ich dir meine Familie vorstellen?«

Dann legte sie ihm ein winziges Rentier-Baby in den Arm. »Und das ist meine kleine Schwester Roberta.«

»Jetzt habe ich Weihnachten gefunden«, sagte Ralf-Rüdiger.

»Und noch mehr«, sagte Regina. »Noch viel, viel mehr.«

JÜRGEN BANSCHERUS

Der gestohlene Weihnachtsbaum

Es war ein ganz normaler Heiligabend. Schon am Morgen sauste Mama wie ein Brummkreisel durch die Wohnung. Mittags gab es für Papa und Malte aufgewärmte Bohnensuppe. Am Nachmittag verwandelte sich die Küche in eine dampfende Höhle aus geheimnisvollen Düften von Soßen, Gänsebraten, Safran, Liebstöckel und vielen anderen Gewürzen. Irgendwann verlor Mama den Überblick und schimpfte auf Weihnachten und Papa und Malte und die ungenauen Rezepte und das Leben überhaupt. Aber schließlich war sie doch pünktlich fertig. Nur der Nachtisch musste noch zubereitet werden.

»Wo ist der Baum?«, hörte Malte auf einmal seine Mutter rufen.

»Ich dachte, du hättest einen besorgt«, sagte Papa.

»Wieso ich? Du bist für den Baum zuständig!«, schimpfte Mama.

»Nein, du!«, rief Papa.

»Nein, du!«, rief Mama.

So ging es eine Weile hin und her. Endlich sagte Papa: »Dann gibt es eben eine Bescherung ohne Weihnachtsbaum.«

»Kommt überhaupt nicht infrage«, sagte Mama. »Irgendwo kriegst du doch bestimmt noch einen!«

Malte und Papa sprangen ins Auto und brausten los. Aber alle Tannenbaumverkäufer waren verschwunden. Sogar die Tore der Bauernhöfe vor der Stadt waren verschlossen.

Als Papa und Malte nach Hause zurückkehrten, brachten sie nur ein paar Tannenzweige mit. Die hatten sie an einem verlassenen Verkaufsstand gefunden. Malte hätten die Zweige für die Bescherung ausgereicht. Aber Mama ließ sich nicht überreden. »Ohne Baum gibt es keine Weihnachtsgeschenke«, sagte sie zu Papa. »Sieh zu, wo du einen findest.«

»Soll ich etwa einen Baum aus dem Wald holen?«, fragte der.

»Wenn's sein muss«, gab Mama zurück und machte sich an die Zubereitung des Nachtischs.

Seufzend zogen sich Malte und Papa ein zweites Mal Anoraks und Winterschuhe an, holten den Spaten aus dem Keller und fuhren zum Stadtwald. Während der Fahrt sprachen sie kein Wort. Auf einem leeren Parkplatz ließen sie den Wagen stehen. Es dauerte nicht lange, bis sie eine Schonung fanden. Dort standen Fichten in Weihnachtsbaumgröße.

Papa flüsterte Malte ins Ohr: »Keine Sorge, nach Weihnachten bringen wir den Baum zurück.«

Er kletterte über den Zaun und grub hastig eine schlanke Fichte aus. Malte hätte lieber die dicke daneben genommen. Aber Papa war nicht mehr zu stoppen.

Plötzlich blendete sie das Licht einer Taschenlampe und eine Stimme fragte: »Was tun Sie da?«

»Tja … äh … wissen Sie …«, stotterte Papa. »Wir dachten … also, wir wollten den Baum nur ausleihen.«

Das Licht erlosch. Vor ihnen stand ein kräftiger Mann in grüner Uniform. Das konnte nur der Förster sein! Was suchte der um diese Zeit im Wald? Warum feierte er nicht Weihnachten?

»Soso, nur ausleihen wollten Sie ihn«, knurrte der Mann. »Na, das erzählen Sie mal der Polizei. Kommen Sie! Und nehmen Sie die Fichte mit!«

Zur Polizeiwache war es nicht weit.

»Müssen wir jetzt ins Gefängnis?«, flüsterte Malte seinem Vater zu.

Papa strich ihm mit der freien Hand über den Kopf. Die andere musste die Fichte halten. »Bestimmt nicht«, flüsterte er zurück. »Aber wir sitzen mächtig in der Patsche.«

In der Polizeiwache hockten zwei Polizisten hinter einer hohen Theke. Ein kleiner Weihnachtsbaum stand in einer Ecke des Raums, ein paar elektrische Kerzen brannten. Die Beamten staunten nicht schlecht, als Papa und Malte die Fichte hereinschleppten.

»Die beiden wollten den Baum stehlen«, erklärte der Förster.

»Das wüsste ich gern ein bisschen genauer«, sagte der größere der beiden Polizisten.

Während Papa erzählte, machte sich der Beamte Notizen. Danach tippte er das Geständnis in den Computer, druckte es aus und ließ es unterschreiben.

»Darf ich bitte meine Frau anrufen?«, fragte Papa, nachdem er dem Polizisten den Kugelschreiber zurückgegeben hatte. »Sie sorgt sich bestimmt um uns. Außerdem wartet sie mit dem Essen.«

Das Telefongespräch zwischen Mama und Papa verlief ziemlich merkwürdig. Ständig sagte Papa: »Ja, aber …« und »Das geht doch nicht!«

Schließlich rief er: »Du bist verrückt!«, und klappte sein Handy zu.

»Sie kommt her«, sagte er zu Malte.

»Wieso denn das?«, fragte der.

»Lass dich überraschen«, antwortete Papa und lächelte, wie er seit einer Stunde nicht mehr gelächelt hatte.

Wenig später hielt ein Taxi vor der Polizeiwache. Mama stieg aus. Zusammen mit dem Taxifahrer schleppte sie Päckchen, Schüsseln, Teller, Gläser und Besteck herein. Die Päckchen legte sie unter den Weihnachtsbaum, das Übrige baute sie auf der Theke auf. Die beiden Polizisten und der Förster schauten mit offenen Mündern zu. Schon bald duftete es in der Wache nach Gänsebraten, Krapfen und Zitronenkuchen.

»Aber das geht nun wirklich nicht«, krächzte der Polizist, der Papa vernommen hatte.

»Warum denn nicht?«, erwiderte Mama. »Wollen Sie wirklich, dass mein Sohn Weihnachten ohne Weihnachtsbaum feiern muss?«

Die beiden Polizisten schüttelten den Kopf.

»Na also«, sagte Mama.

Es wurde eine wunderschöne Feier. Malte bekam ein Skateboard, zwei superschnelle Rennwagen für seine Carrera-Bahn und vier Krimis.

Die Polizisten ließen sich den Gänsebraten schmecken und sangen Stille Nacht, heilige Nacht. Und zwar zweistimmig und alle Strophen.

Der Förster war so begeistert von Mamas Zitronenkuchen, dass er die Anzeige gegen Papa zurückzog. Die Fichte allerdings pflanzte er gleich am nächsten Tag wieder ein.

YVONNE ZITZMANN

Der Baum auf dem Dach

Wenn man bei Dunkelheit über den Bergkamm fuhr, konnte man in der Ferne das Leuchten sehen. Ein großer, gelber Punkt im tiefen Schwarz der Wälder. Das Licht kam von der Spitze des Muppbergs, ein einzelner Berg inmitten des weiten Tals. Auf dem Gipfel des Berges standen die Arnoldhütte und der Prinzregententurm, ein Aussichtsturm, dessen Mauern aus Sandstein waren.

Der Turm und der Berg gehörten ins oberfränkische Bayern, unerreichbar fern für Josef aus Thüringen. Er wusste, was der bei Nacht hell leuchtende Punkt in Wirklichkeit war: eine mit Lichterketten geschmückte Tanne. Manche aus dem Dorf sagten: Das ist eine Provokation gegen unser Land. Als hätten wir hier nichts zu feiern, als gäbe es bei uns nur Trauer und Finsternis.

Tatsächlich war es besonders in der kalten Jahreszeit sehr dunkel in der Gegend. Manches Mal waren sie gewiss auch einsam, denn kein Fremder durfte in das Dorf hinein ohne Grund und ohne einen Passierschein. Aber das mit der Einsamkeit, das hätte Josef niemals zugegeben.

Und während sich die Nacht über die Berge ergoss, flackerte unten im Tal das Licht der Häuser und Straßen. Es war sehr schön hier. Es war sehr still hier.

Bis in manchen Nächten die Sirene heulte. Dann bellten

die Hunde an ihren Ketten, dann schossen bis vor ein paar Jahren die Selbstschussanlagen in alle Richtungen, dann zerfetzten die Minen eine Ruhe, die es nie gegeben zu haben schien, dann strahlten die Flutlichter ihr weißes, giftiges Licht, bis die Soldaten angerannt kamen. Meistens waren es Tiere, die über die Grenze wollten, die wissen wollten, ob das Gras in Bayern besser schmeckte als in Thüringen, manchmal war es auch ein Mensch, der wissen wollte – ja was wollte er eigentlich wissen, fragte sich Josef? Ob es drüben heller war? Ob drüben auf jedem Berg ein geschmückter Baum stand? Josef konnte ihn verstehen und auch wieder nicht, er schloss alle Rollläden, um nicht zu sehen, wen sie abtransportierten, und ob dieser Mensch noch lebte, es könnte ja einer sein, mit dem er befreundet war, dann würden sie ihn auch gleich befragen kommen. So wie damals, als sein bester Freund Wilhelm beim Fußballspielen in den Wiesen erschossen wurde, weil man glaubte, er wäre auf der Flucht. Warum sollte er sich jetzt einen Kopf machen, am nächsten Tag würde er sowieso alles in der Kneipe erfahren.

Je näher man dem Berg kam, umso deutlicher erkannte man den Baum. Er stand oben auf der Plattform des Aussichtsturms, mit Seilen musste man ihn festgebunden haben. Die Plattform kannte Josef noch von früher, als er als Junge mit seinen Freunden auf den Muppberg gestiegen war: im Winter, um zu rodeln, und im Sommer, um über das ungeteilte Land zu schauen.

»Die denken wohl, bei uns gibt's kein Weihnachten.« Jedes Jahr sagte Josef das Gleiche zu seiner Frau. Ihr Haus stand direkt am Grenzzaun. Zwei Soldaten patrouillierten mehrmals am Tag hinter dem Garten vorbei, vor dem

Haus fuhren sie auf der Straße mit ihrem Auto weiter bis zum Wachturm. Es war sehr dunkel im Dorf, nur ein paar Straßenlaternen leuchteten, dazu die Lampen am Grenzzaun, der Suchscheinwerfer am Wachturm – und drüben der Baum.

»Die wollen uns eine Freude machen«, sagte Marianne. Die – damit waren die Neustädter auf der anderen Seite gemeint. Bis zum Kriegsende war es noch ein gemeinsames großes Dorf gewesen, mit Rathaus, Friedhof und einer kleinen Primarschule. Seit mehr als dreißig Jahren war das Dorf nun geteilt. Auch der Bach war geteilt, und der Friedhof, einige Gräber hatte man umbetten müssen. Da der Friedhof im engsten Sperrkreis lag, war der Besuch nur an zwei Tagen in der Woche möglich und auch dann nur in Begleitung der Grenzer. Es war sehr still im Dorf geworden. Seit mehr als dreißig Jahren war die Stille mit jedem Jahr größer geworden, schien es ihnen. Und seit mehr als dreißig Jahren leuchtete der Baum.

»Die machen sich über uns lustig«, sagte Josef.

»Warum sollten sie das?« Manchmal verstand Marianne nicht, warum ihr Mann so schlecht von den anderen denken musste. »Ich finde es sehr schön, dass sie uns ein Licht zeigen.«

»Wir brauchen kein Licht.«

»Jeder braucht Licht.«

»Wir nicht.«

Das sah Marianne anders. Es war im Dezember 1985 oder 1986, als sie sich vor Josef hinstellte und sagte: »Von drüben erhalten wir seit Ewigkeiten ein Licht, bald ist Weihnachten, ich möchte denen auch was schenken.«

»Die Dunkelheit«, sagte Josef und winkte ab. »Oder ein paar Flüchtlinge. Oder leere Regale.« Er brummte. Was war los mit ihr, hatte sie denn vergessen, dass eine Kontaktaufnahme strengstens verboten war? Manche wurden schon für viel weniger aus ihrem Dorf umgesiedelt, nie wieder hatten sie von denen gehört.

Nein, das hatte Marianne nicht vergessen. Wie könnte sie auch, lebte sie seit drei Jahrzehnten mit ihm in dieser Dunkelheit und Stille an jenem Ort, der Josefs Heimat war. Deshalb gefiel ihr der leuchtende Baum auf dem Berg so sehr.

Sie stellte sich ans Fenster und schaute nach drüben. Es war Mittagszeit, der Baum war noch dunkel.

»Hol einen Baum«, sagte Marianne. »Wir werden auf unserem Haus auch einen Weihnachtsbaum anzünden.«

»Wir haben keinen«, sagte Josef. Und wie sollte er um diese Zeit noch eine Tanne besorgen, es war ein Tag vor Heiligabend, alle Läden waren längst geschlossen.

»Dann nimm unseren Baum.« Mariannes Blick war ernst. So ernst hatte er sie erst einmal erlebt: als sie ihm die Nachricht vom Tod seiner Eltern überbracht hatte. Er wusste, im Schuppen stand die Fichte für Heiligabend, ein krumm gewachsener, lichter Baum aus dem Wäldchen des Nachbarn, mehr ein Besen als ein stattlicher Baum. Aber das war ihm egal.

Josef stemmte seine Hände in die Hüften. Nein, diesen Baum, so mager er auch sein mochte, würde er nicht hergeben für ihre Flausen, für irgendein Zeichen, für die da drüben. Für nichts und niemanden gebe er seinen geliebten Weihnachtsbaum her.

»Dann schlag einen neuen!« Jetzt war es Marianne, die ihre Hände in die Hüften drückte. Entweder er stellte an Weihnachten einen Baum sichtbar für die da drüben auf, oder sie würde weder Kaninchen braten noch die Weihnachtsgans mit Majoran und Beifuß, die er so gern aß.

Unmöglich!, dachte Josef. Die Gans und das Kaninchen hatte er bereits geschlachtet, ihre beiden Söhne mit den Kindern würden kommen, vierzehn Personen würden sie sein, wenn die Nachbarn auch wieder vorbeischauten.

Also ging er in den Garten und sägte einen Teil vom Apfelbaum ab. Er hatte im vergangenen Sommer sowieso kaum noch getragen, seine Mutter hatte ihn als junges Mädchen einst gepflanzt, halb so hoch wie eine Tanne war er, also konnte er für eine Nacht auch eine Tanne sein.

Der große Ast war schwer, Josef schleppte ihn in den Hof bis ins Treppenhaus, zog ihn Stufe für Stufe nach oben auf den Dachboden, von dort weiter bis ans Dachfenster. Er wartete, bis es dunkel wurde. Der Ast passte kaum durch das Fenster, Marianne musste helfen, die Zweige zusammenzuhalten und mitzuschieben.

Kamen die Grenzer vorbei, hockte Josef ganz ruhig zwischen den Ziegeln und vergaß zu atmen, bis sie vorbeigegangen waren. Niemand schaute nach oben.

Kurz vor Mitternacht stand der Baum auf dem Dach. Josef hatte ihn mehrmals mit Draht und einem Seil am Schornstein festgebunden. Er fror, war aber zufrieden. Bereits seit Stunden leuchtete drüben das Licht vom Muppberg.

Marianne stand auf dem Dachboden und reichte ihm durchs Fenster eine bunte Lichterkette. Und rote Kugeln. Und einen Strohstern. Und hölzerne Engel.

»Jetzt reicht's«, flüsterte Josef, denn er wusste nicht, wie weit man ihn hören würde. Unten war alles dunkel und ruhig, auch am Wachturm hinten in den Wiesen war keine Bewegung zu sehen.

Als er wieder unten war, steckte Marianne den Stecker in die Dose. Vom Hof konnte Josef nichts sehen, also trat er auf die Straße und schaute nach oben. Was für ein Leuchten, rote, gelbe, grüne, blaue Lichter! Was für ein ausladender, ungewöhnlicher Baum!

»Danke«, sagte Marianne und schmiegte sich an ihren Mann.

Mitten in der Nacht klingelten zwei Soldaten mit einem Schäferhund an der Tür.

»Auf Ihrem Dach«, sagte der eine Soldat, »auf Ihrem Dach steht ein unerlaubtes Objekt.«

»Das kann nicht sein«, sagte Marianne und rieb sich die Augen. Sie würde doch wissen, was sich auf ihrem Dach befinde. Außerdem hatte sie fest geschlafen.

»Kontaktaufnahme zur BRD ist strengstens verboten.« Der Hund bellte, der andere Soldat zog an der Leine.

»Ich nehme keinen Kontakt auf«, sagte Marianne. Sie haben dieses Jahr nur keinen Baum mehr bekommen, also habe ihr Mann einen Teil vom alten Apfelbaum abgesägt und ihn auf das Dach gestellt, damit die Kinder sich freuen würden. Um den Baum im Haus aufzustellen, sei er zu groß und zu vermoost gewesen, auch allerlei Ungeziefer habe in den Astlöchern gewohnt.

»Dann nehmen Sie wenigstens alle Lichter ab«, sagte der andere Soldat. »Wir wollen doch denen nichts von uns geben.«

»Gibt es dazu eine Vorschrift?«, fragte Marianne, sie war jetzt wach.

»Hm.« Die Soldaten zuckten mit den Schultern, der Hund ließ die Ohren hängen.

»Wenn es keine Vorschrift gibt«, sagte Marianne, »dann nehme ich die Lichter auch nicht ab.« Und dann schloss sie die Tür und kroch ins Bett zurück.

Am Vormittag klingelte es erneut.

»Die Lichter müssen weg«, sagte der Soldat mit dem Hund, an seiner Seite war jetzt ein Leutnant, er schwenkte mit einem Blatt Papier. »Vom Dach darf nichts leuchten, so will es die Vorschrift.«

»Ihr mit euren Vorschriften.« Mariannes Stimme bebte. »Aber im Haus darf ich das Licht doch noch anlassen, oder?«

»Versteh ich nicht«, sagte der Soldat, unsicher schaute er zu seinem Genossen.

»Na, weil man das Licht aus unseren Zimmern drüben auch sehen kann«, sagte Josef, er stand jetzt neben ihr, mit ihm an der Seite fühlte sie sich sicherer. »Ist es nun verboten, abends im Haus Licht anzumachen oder nicht?«

Der Leutnant las in seinem Schreiben. Davon wüsste er nichts. Im Gesetz habe nichts gestanden, dass in grenznahen Häusern kein Licht mehr brennen dürfe. Nur auf dem Dach wäre es nicht erlaubt. Auch ein Signal zu geben war verboten, also Morsezeichen und so. Dann tippten sie an ihr steingraues Schiffchen und verabschiedeten sich.

Josef stieg aufs Dach und nahm die Lichterkette ab. Am Grenzzaun sah er die beiden Soldaten stehen, sie schauten noch einmal zu ihm nach oben, der Hund bellte und zerrte an der Leine. Dann gingen sie weiter zum Wachturm. Drüben ging am Abend wieder das Licht auf dem Berg an, und zum ersten Mal dachte Josef, wie schön es doch aussieht.

Am nächsten Morgen trat er auf den Hof. Was für ein herrlicher Weihnachtsmorgen! Es hatte geschneit, durch das geöffnete Küchenfenster duftete es nach Majoran und Beifuß, Marianne hatte schon vor Stunden den Braten in den Ofen geschoben, die Schallplatte aufgelegt und Geschenke unter die schiefe Fichte gelegt. Bald kämen die Gäste, er merkte, wie ihm die Weihnachtswonnewärme durch den Körper floss.

Dann schaute Josef nach drüben, auf dem Muppberg ragte der Baum empor, um diese Zeit leuchtete er nicht mehr, oder leuchtete er trotzdem, aber man konnte es nicht sehen, weil Tag war?

In ein paar Jahren wäre er Rentner, dann würde er sich aus der Nähe anschauen, was sie dort oben angebunden hatten, dann könnte er endlich rüber, könnte die andere Hälfte vom Dorf sehen, so manchen alten Schulkamerad besuchen, durch die Straßen seiner Kindheit laufen, sich erinnern, träumen …

Aber für eine Nacht hatten sie es ihnen gezeigt, auch Marianne war zufrieden gewesen und hatte nicht aufgehört zu fragen, ob jemand von den Neustädtern ihr Licht gesehen haben könnte. Wie viele mochten es wohl gewesen sein?

Woher soll ich das wissen?, hatte er geantwortet. Vielleicht schauten die da drüben niemals nach drüben, zu uns hin?

Da war Marianne ganz traurig geworden, und er hatte schnell begonnen, von etwas anderem zu sprechen.

Josef ging weiter durch den Garten bis zum Zaun, der halbe Apfelbaum stakte im Schnee, man konnte noch die frische Schnittstelle am Stamm leuchten sehen. Im Frühjahr würde er einen neuen Baum pflanzen, roter Boskoop, den mochte seine Marianne am liebsten. Er strich über die Rinde. Dann drehte er sich um, schaute zum Schuppen, zum Haus. Wie friedlich alles war. Wie – was war das? Josef kniff die Augen zusammen.

Auf dem Dach seines Hauses wuchs ein Apfelbaum, hoch und wohlgeformt, er trug saftig grüne Blätter und rote, dickbauchige Äpfel. Die Vögel saßen in den Zweigen und sangen, kein aufgeregtes Frühlingstschilpen, sondern *Oh, du fröhliche,* ganz genau hörte er es, während im Garten, auf der Straße, im Tal und auf den Bergen der Schnee lag, so hoch, dass er Josef bis zur Brust reichte.

Und am ersten Weihnachtsabend, als im Dorf die ersten Lichter angingen, und die Kirchenglocken langsam verhallten, als sich der Weihnachtszauber über alles legte, und Josef noch einmal in den Hof trat, um die Luft dieses besonderen Abends einzuatmen, ging auf dem Muppberg das Licht an. Doch anders als in den vergangenen 30 Jahren war der Baum nicht mehr in gelbes Licht getaucht, sondern erstrahlte in allen Farben. Weit durch das ganze Tal leuchtete es rot, gelb, blau und grün.

»Marianne!«, rief Josef und rannte ins Haus zurück.

SERAINA KOBLER

Ella und die Dame in Rot

An einem typischen Sonntag im Advent befinden sich am Zürcher Hauptbahnhof Tausende von Menschen, in steter Bewegung. Ihre Schicksale kreuzen sich, wenn sie mit in den Manteltaschen vergrabenen Händen über Bahnsteige hasten, hintereinander die Treppen hochrollen, links gehen, rechts stehen. Sich beinahe berührende Umlaufbahnen, bedeutungslos für das, was danach kommt. Meistens.

Und der Bahnhof selbst, mit seinen reich verzierten Hallen, ist wie das weite, große Herz der Bankenstadt. Jeder kommt, jeder geht. Die Züge, die Menschen, alle. Verschmelzen zu einem steten Pulsieren von Gedanken, Ideen, lauernden Ängsten und Träumen, die den Raum der sechsundzwanzig Meter hohen Halle füllen, wo sie sich für einen kurzen Augenblick begegnen oder auch gänzlich unbemerkt bleiben. Aber manchmal auch zu einem ganz neuen Lauf der Dinge führen …

Müdes Morgenlicht spiegelte sich in der verwaschenen Limmat, ein paar verlorene braune Blätter schwammen auf dem Wasser, ein nasskalter Tag. Und Ella war sich sicher, dass die Bahnhofstraße, die sie gleich überqueren würde, wieder einmal schwarz vor Menschen war. Oder grau. Oder dunkelgrau. Warum gab es eigentlich keine bunten Kleider im Winter? Als hätte der Sommer das alleinige Recht auf

Farben gepachtet. Kaum fegten die ersten Herbststürme übers Land, zogen sich die Menschen zurück und die Straßen wurden dunkel. Dabei liebte Ella den Herbst, der sie nach den aufgekratzten Monaten in die Arme nahm, bei dem sie sich ausruhen konnte. Eingehüllt in Wollschal und weichen Pullover, mit guten Schuhen an den Füßen. Der Herbst, das waren Honigbrote und Kerzenlicht. Und Kürbissuppe im Bauch.

Sie schreckte aus ihren Gedanken hoch, als ein Auto scharf an ihr vorbeifuhr. Tatsächlich hatte sie nicht bemerkt, wie schnell die Ampel wieder auf Rot gesprungen war. Und sie fragte sich, wenn sie als junge Frau von noch nicht einmal zwanzig schon zu langsam war, wie wäre das erst einmal später … Sie schüttelte die Vorstellung weg, wie die kalten Wassertropfen, die auf die hochgezogene Kapuze ihres Mantels trommelten. Die Uhr über dem Eingangsportal zeigte, dass ihr noch gut zwanzig Minuten blieben, bis sie Silja am Gleis treffen würde.

Denn das flauschige Herbstgefühl, das sie vor einigen Wochen noch umfangen hatte, war kurz nach Allerseelen erschlagen worden. Von einem penetranten Zimtrausch: Zimtsterne, Zimtkerzen, Zimtbadesalz, Zimttee … Weihnachten setzte sie unter Druck. Es war derselbe Druck wie, ab Juni »den besten Sommer des Lebens« haben zu müssen. Einfach umgekehrt. Der Kalender in der Küche war so voll, dass ihr Vater die Tage vorsorglich mit Post-its verlängert hatte, natürlich in einer Sonderedition in Form eines Weihnachtssterns. Ella schüttelte sich erneut, als sie die hell erleuchteten Buden des Christkindimarktes sah, aber vor allem ihren Duft roch: geschmolzener Käse und natürlich – Zimt. Dazu Unmengen von Bling-Bling, das funkelnde Zentrum einer durch und durch verglitzerten Stadt. Am liebsten wäre es Ella gewesen, sie hätte sich verkriechen können, um dann irgendwann mit den Heiligen Drei Königen, besser noch mit den ersten Schneeglöckchen, wieder hervorzukommen.

Sie kramte die Tageskarten hervor, immerhin hatte sie heute etwas anderes vor. Dann kündigte das Glockenspiel auf ihrem Telefon eine neue Nachricht an. Silja, sie wollte bestimmt wissen, in welchem Wagen sie sich treffen sollten. Doch nach einem Blick auf den Bildschirm krochen Tränen der Wut in ihr hoch.

Ein bisschen Haarlack noch, dann ist es perfekt. Margrit drehte sich ein wenig zur Seite und blickte in den Spiegel, den die Friseurin hinter ihrem Kopf hochhielt, damit sie die ganze feuerrote Pracht ihrer sonst schneeweißen Haare bewundern konnte. Wobei Feuerrot traf es nicht genau, denn sie hatte sich, nach reiflicher Überlegung und über den Ordner mit Mustern gebeugt, für die 824 entschieden. Kaschmirrot, der lange Wollrock unter dem knisternden Schutzumhang hatte den Ausschlag gegeben, schon tags zuvor in einem Geschäft im Untergeschoss erstanden. Wo beinahe zu allen Tages-und Nachtzeiten irgendwelche Menschen auf den Bänken saßen, sich von der Flughafenmusik berieseln ließen, irgendetwas zum Mitnehmen in sich hineinstopften und warteten. Worauf auch immer.

Doch Margrit wollte nicht mehr warten. Sie steckte das kleine Hütchen seitlich fest, bezahlte und griff nach dem geliebten Regenschirm mit dem markanten Schwanengriff und den vielen bunten Punkten, als würde es unter ihm immer nur Farben regnen. Und doch ließ sich nicht leugnen, dass sie sich dieser Tage fühlte, als würde ein riesiges Löschpapier alle Farben aus ihr heraussaugen, egal, was sie dagegen unternahm. Ein feines Netz von Fältchen umspannt ihre Augen, so wie sie kommen, wenn das Gesicht auch dann, wenn niemand hinschaut, immer mehr nach oben geht, zu den Gedanken, zum Himmel, zur Hoffnung, die sich immer wieder neu formiert. Außer in den Tagen vor Weihnachten. Deshalb hatte sie begonnen, ziellos am Hauptbahnhof herumzustreifen, stellte sich neben den Swarovski-Weihnachtsbaum und beobachtete die Kleinkinder, die Frauen, die Männer, die Heranwachsenden, die sich verlegen anblinzelten, Mütter, die ihre Kinder an den Armen zogen, und Väter, die nicht als solche zu erkennen waren, weil im Stechschritt auf dem Weg ins Büro … Margrit beobachtete sie und dachte sich Geschichten aus, wer sie sein könnten. In der Hoffnung, dass sie davon bis zum Abend müde genug wurde, um schlafen zu können.

Ein Band von gestressten Pendlermenschen schob sich in Richtung der Gleise. Erst weiter oben, unter den Ochsenfenstern, die zum Fluss und zum Zürichberg schauten, entspannten sich auch Menschen mit einem Becher Glühwein in der Hand unter einer imposanten Lichtinstallation, die wie ein gigantischer Kronleuchter an der Hallendecke hing. Denn der Bahnhof war auch der kleinste gemeinsame Nenner, um sich zu treffen. Auf dem größten, öffentlichen Platz des Landes unter einem Dach, von dessen monumentaler Leere aber gerade nicht viel zu spüren war.

Margrits Blick blieb an einem Mann hängen, er war gerade kurz über dem, was man das »beste Alter« nennt, aber noch immer viel jünger als sie selbst. Zu einem braunen Cordanzug trug er einen Mantel, passende braune Lederhandschuhe. Und Margrit beschloss, ihn George zu nennen. Vielleicht wegen seines melancholischen Blicks, mit dem er die Ereignisse des Jahres aneinanderreihen wollte wie die funkelnden Lichter von Lucy, die sich die Bahnhofstraße hinunter ergossen. Doch stolperte er mit jedem Jahr mehr. Weil ihm immer klarer wurde, was alles in seinem Leben nicht mehr eintreffen würde. Da konnte auch der perfekt geschnittene Anzug nichts daran ändern, wenngleich ihm die äußere Form zumindest ein wenig inneren Halt verlieh. Vielleicht hatte er vor einigen Monaten seine Stelle verloren, wie der Theaterdirektor, dem ein Skandal zum Verhängnis wurde. Vielleicht hatte ihn dann auch noch sein Partner verlassen, und seither ging er dennoch jeden Tag aus dem Haus und setzte sich ins Federal, das Odeon der Eisenbähnler, wo er ein alkoholfreies Bier bestellte und hoffte, nicht aufzufallen.

Sie ließ ihren Blick weiter durch die Halle schweifen, da entdeckte sie eine Frau. In der Hand eine Tüte mit dem Aufdruck der Bahnhofsapotheke, steuerte sie die Rolltreppe in die unterirdischen Geschosse an. Margrit taufte sie Josie, und obwohl man es ihr nicht ansah, war sie sicher, dass Josie einen Sohn und eine Tochter hatte, die bereits fast erwachsen waren. Josie liebte es, draußen zu übernachten, den Geruch von Sonne auf der Haut, Räucherstäbchen und das Windspiel vor ihrem Fenster, das sie an die letzten Thailandreise erinnerte. Seit der Trennung arbeitete sie bei einer Versicherung, dort hatte sie auch ihren neuen Freund kennengelernt. Er war Fotograf und machte für die Marketingabteilung eine Kampagne, ein Naturbursche, immer so angezogen, als wäre er allzeit bereit, das Matterhorn zu besteigen. Das gefiel Josie. Und doch würde es eine sehr spezielle Weihnachtsfeier werden, wenn sie gleich den zweiten, pinken Strich auf dem Test sah, den sie auf der öffentlichen Toilette machen würde. Margrit wünschte ihr Glück und fragte sich, was wohl die Tochter sagen würde, die vielleicht genauso aussah, wie die junge Frau mit der hochgezogenen Kapuze, die an ihr vorbeiging und nicht wirkte, als könne sie dem Glühweindunst, der ihr entgegenwehte, etwas abgewinnen.

Ella-Bella, warum machst du so ein Gesicht?, hörte sie ihre Mutter plötzlich sagen. Und sie würde ihr erklären, dass sie wieder einmal versetzt worden war. Woraufhin ihre Mutter wiederholen würde, was sie ihr schon in der ersten Klasse gesagt hatte, dass sie sich doch nicht nur auf die eine Freundin konzentrieren solle. Die Welt ist groß und frei. Dann würde sie ihr sanft über die Haare streichen. Ella vermisste sie plötzlich schrecklich, noch immer. Immer wieder. Ihr Ärger fiel in sich zusammen, und sie begann innerlich, Silja zu verteidigen. Man musste sie nehmen wie das Wetter. Nicht zu beeinflussen, aber wenn die Sonne schien, dann war es schön. Na ja, und heute war halt Sturm. Das würde sie wenigstens von der Pflicht entheben, ihrer besten Freundin das perfekte Weihnachtsgeschenk machen zu müssen, das sie implizit immer erwartete.

Es musste aus der genau richtigen Mischung bestehen,

genug Geld ausgeben, aber trotzdem eine persönliche Note haben. Zudem sollte es auf etwas verweisen, einen geheimen Zusammenhang, den nur sie beide verstehen würden. In dem Ella zum Ausdruck brachte, wie gut sie beobachtete, wie sie einen Mangel in Siljas Leben noch vor ihr selbst erkannte und mit dem Geschenk die entsprechende Lücke füllte. Also alles in allem zusammengefasst: die Quadratur des Kreises – unmöglich. Darum hatte sie sich für einmal mit der Reise in den Süden etwas anderes ausgedacht. Aus der jetzt also nichts werden würde. So war das nun mal.

Sie schlenderte zurück, durch den Weihnachtsmarkt, weil ihr schlicht nichts Besseres einfiel. Unter »L'ange protecteur«, dem tintenblauen Engel von Niki de Saint Phalle, wünschte sie sich, eines Tages ebenso sehr mit sich im Reinen zu sein, wie das die Nana symbolisieren sollte, mit ihren runden, fröhlichen Formen, die ihr nicht das Geringste auszumachen schienen …

Margrit hatte sich beim Treffpunkt an das Geländer gelehnt und ruhte die müden Beine aus. Sie fühlte, wie das Löschpapier sie wieder aufzusaugen begann. Und wenn der ganze Adventszirkus dann vorbei war? Dann würde diese seltsame Phase zwischen den Jahren beginnen, die Zeit würde verschwimmen, und sie würde sich immer wieder fragen, welcher Tag denn heute sei. Natürlich hatte sie sich dies und das vorgenommen, aber am Ende spazierte sie meistens in der Stadt umher, ging die Möwen am Bürkliplatz füttern. Auch wenn sie wieder ins Leben gefunden hatte im Laufe des Jahres, vor allem im Sommer, wenn sie sich früh morgens schon auf die Holzplanken des Flussbades gelegt hatte, wo die Zeit über sie hinwegströmte wie warmer Sonnenschein. Doch zuerst musste sie die kommenden Wochen überstehen, wenn die Lücke unaussprechlich und größer wurde. Sie fast zerriss, auch nach all den Jahren noch. Etwas Schlimmeres kann einem nicht passieren, als am Grab seines Kindes zu stehen, hatte eine Freundin einmal gesagt, kurz nach Elodies Tod.

Margrit hatte darüber nachgedacht, es gab keine Skala des Leidens. Und wenn, dann wollte sie ganz bestimmt als Allerletzte da zuoberst sitzen. Noch immer bewegte sich die Trauer durch ihren Körper, noch immer besetzte sie ihn, war nicht nur Teil ihrer Gedanken, sondern auch ihrer Haut, ihrer Haare und ihrer Zellen geworden. Hatte dort ein Zuhause gefunden. Und irgendwann hatte Margrit gelernt, eine andere Art von Glück zu finden. Nicht an Erwartungen geknüpft, nicht in den großen Bögen, sie hatte keinen Anspruch mehr auf ein glückliches Leben.

Aber auf diese winzigen lichten Augenblicke, wenn die untergehende Sonne in den Fenstern der Stadt glitzerte. Wenn die zusammenstehenden Möwen auf den Geländern am Schiffssteg plötzlich aufstoben und über ihren Kopf hinwegsegelten. Und sie die Luft fühlte, die ihre Flügel durchschnitten. Sie konnte zwar den Lauf der Dinge nicht verändern, nicht jenen schicksalhaften Tag der Diagnose, in diesem türkisgrünen Raum mit der Nummer 17. Es war nicht möglich, zu dem richtigen Moment zurückzukehren und die erste verhängnisvolle Teilung ungeschehen zu machen.

Doch sie hatte gelernt, sich auf dem Zeitstrahl davor zu bewegen, in jenen kostbaren Jahren, jede Stunde, jede Sekunde ein Diamant, die sie zusammen verbrachten. Das war nicht einfach, aber über die Jahrzehnte war es ihr immer besser gelungen. Sie zeichnete die Realität weich, wie die Farbwolken in ihrem Skizzenbuch, die unter den Spänen entstanden, wenn sie die Buntstifte darüber spitzte und dann mit einem Taschentuch kreisförmig verwischte. Eine Welt, in der sie Elodie jederzeit treffen konnte, als sie noch klein war und mit geringelten Strümpfen und erwartungsvoll blitzenden Augen morgens durch das Wohnzimmer tippelte, zum Adventskalender. Oder zu warmem Kakao und Salamibroten auf dem Uetliberg, wenn der erste Schnee oben gefallen war, aber unten in der Stadt noch nicht. Schneeengel und eiskalte Fingerspitzen. Und so tat sie das bis heute wieder und wieder. Die Vergangenheit heraufbeschwören, in dem sie eine bestimmte Situation und Gewohnheiten nachstellte, bis diese ein sanftes Déjà-vu heraufbeschwor. Aber jetzt eben: Weihnachten. Da funktionierte die Magie nicht, nicht immer, sie bekam Risse.

Ella starrte auf den Sekundenzeiger der großen Bahnhofsuhr am Treffpunkt. Seltsam dachte sie, so allein am Treffpunkt zu stehen, ganz ohne Verabredung. Die Sekunden gingen langsam, die Minuten schnell. Dazwischen mischten sich Buchstaben mit den Abfahrtszeiten neu, auf der wahrscheinlich wichtigsten Tafel ein paar Meter weiter. Da erschienen auf einmal zwei mit Sehnsucht beladene Worte: Milano Centrale. Und beinahe im selben Moment bemerkte Ella, dass die Dame mit dem roten Hütchen neben den Automaten ihrem Blick gefolgt war. Ein Lächeln spielte mit dem feinen Netz um ihre Augen. Und da ging

Ella, einem Gefühl folgend, auf sie zu und dachte dabei an dickflüssigen Espresso und an Spremuta. Sie stellte sich vor, dass die Dame in Rot ihn mit zwei Stück Zucker trinken würde. Wie die helle Fassade des Mailänder Doms sie blenden würde und sie sich vielleicht sogar unterwegs Sonnenbrillen besorgen müssten. Immer mutiger werdend, kramte Ella die zweite Tageskarte aus ihrer Tasche – und dann fragte sie einfach.

JANOSCH

Der alte Mann und der Bär

Eine Weihnachtsgeschichte

Es war einmal ein alter Mann, der wohnte nicht weit weg von unserem Dorf. Keine halbe Meile war's.

Den Sommer über sammelte er Pilze und Beeren im Wald, arbeitete für die Leute im Dorf auf dem Feld, und sie nannten ihn Gregor. Sie hielten ihn für einen Narren, denn das wenige, wenige Geld, das er für die Arbeit bekam, bewahrte er auf – und ging, wenn der Winter am tiefsten war, in das Nachbardorf, es mag wohl um die Weihnachtszeit gewesen sein, denn da war immer um diese Zeit ein fremder Vogelhändler, ein Fallensteller, auf dem Markt und verkaufte Vögel an die Leute.

Es gab noch kein Radio, und die Leute hielten sich die Vögel in Käfigen und ließen sie singen.

»Den da«, sagte der alte Mann, »kaufe ich. Wie viel kostet er?«

»Sechs«, sagte der Vogelhändler, »ohne Käfig. Ein besonders guter Sänger und fast zahm.«

»Und den«, sagte der alte Mann – wenn sein Geld noch reichte. »Vier dreißig«, sagte der Vogelhändler. »Aber alle Preise sind ohne Käfig.«

»Käfig brauche ich nicht«, sagte der alte Mann und kaufte

einige Vögel, soweit sein Geld reichte. Er ließ sie von dem Vogelmann aus den Käfigen nehmen, nahm sie in die Hand und ließ sie frei. Auch der Vogelhändler hielt ihn für einen Narren, aber das war dem egal, Hauptsache, er bekam sein Geld. Und war ein Vogel schwach, kaufte der alte Mann ihn an erster Stelle, holte einen kleinen Käfig unter seiner Jacke hervor, tat den Vogel hinein und nahm ihn mit nach Haus. Er fütterte ihn den Winter über, gab ihm zu trinken, und wenn der Vogel wieder gesund war, ließ er ihn frei.

Und dies tat der alte Mann Jahr um Jahr. Etwa um die Weihnachtszeit.

Die Zeit verging, und der alte Mann wurde noch älter und wohl auch ein wenig schwächer. Er konnte nicht mehr viel für die Leute arbeiten, hatte im Sommer auch kaum Beeren, Pilze und Holz zum Heizen im Wald gesammelt. Und als dann die Zeit kam, dass der Vogelhändler auf dem Markt war, reichte sein Geld kaum noch für einen ganzen Vogel.

Weil der Vogelmann ihn nun aber schon kannte, gab er dem Alten einen grauen, armseligen Vogel zum halben Preis. Hänfling.

»Nutzlose Sorte«, sagte der Vogelhändler, »singt nicht, nicht einmal im Sommer.«

Der alte Mann verbarg den kleinen Käfig mit dem Vogel warm unter seiner Jacke und stapfte durch den Schnee davon. Aber er ging nicht nach Haus, denn dort hatte er kein Holz zum Heizen, kein Futter für den Vogel, und das Wasser im Brunnen war gefroren. Und um allein zu fliegen, war der kleine Vogel zu schwach.

»Wir gehen zum Bären«, sagte der Alte, denn er kannte eine Bärenhöhle im Wald, und in Bärenhöhlen ist es warm.

Und bald gingen ein Fuchs hinter ihm her, zwei Hasen und zwei Krähen.

Der alte Mann spürte bald keine Kälte mehr in den Beinen. Auch in den Händen nicht, und es war ihm, als könnte er fliegen, ganz leicht war alles.

»Wer ist der Mensch?«, rief der Bär, denn zwischen Bären und Menschen gibt es keine sehr große Freundschaft.

»Gregor«, sagte der Fuchs, »ich kenne ihn und bürge mit meinen Pfoten.«

»Und was will er?«, fragte der Bär.

»Etwas Futter für den Vogel«, sagte der alte Mann, und er spürte, dass er in der Luft schwebte und seine Stimme klang von weit her. »Und Wasser bitte«, sagte er, »sonst stirbt er.«

»Ist so in Ordnung«, brummte der Bär, der Vogel bekam Wasser und Futter und ward gesund.

Dem alten Mann bereiteten sie ein Lager, und dann war es ihm, als ob er schwebte. Hinauf zu den Sternen in ein großes, weißes Licht hinein. So wie von einem Engel getragen.

Es war in einem anderen Winter. Wohl kälter als je zuvor. Der Schnee hatte die Höhle des Bären fast zugeweht, und der Bär hatte keine Vorräte mehr. Die Bienen hatten im Sommer davor nicht genügend Honig gesammelt, die Beeren waren noch nicht reif gewesen, als der erste Schnee fiel, und das Laub reichte nicht aus für ein warmes Lager.

»Ich werde ins Dorf gehen«, sagte der Bär, »vielleicht finde ich dort etwas zu essen.«

Und er stapfte los.

Die Nacht war finster und der Schnee tief. Der Bär hatte lange nichts mehr gegessen und wurde immer schwächer. Bald konnte er die Beine nicht mehr aus dem tiefen Schnee ziehen und fiel um. Das Dorf war nicht mehr weit, aber der Bär war zu schwach.

Da kam ein kleiner Vogel, jener Hänfling war es vom Vogelmarkt, aus dem Käfig, aus der Höhle, setzte sich auf die Schulter des Bären und sagte ihm ins Ohr:

»Kannst du mich tragen, Bär? Ins Dorf, vielleicht gibt es dort etwas zu essen. Sonst müsste ich sterben.«

»Ja«, sagte der Bär und stand auf und trug den Vogel in das Dorf.

Dort war Licht in der Kirche, denn es war wohl um die Weihnachtszeit, aber der Küster ließ sie nicht hinein.

»Bären und Vögel«, sagte er, »haben hier nichts zu suchen. Alte Frauen und Kinder könnten sich ängstigen. Nein, nein. Nein, nein.«

Da legte sich der Bär neben die Kirchentür, verbarg den Vogel warm in seiner Pfote, und der Vogel sang ihm etwas ins Ohr. Als die Leute aus der Kirche nach Hause gingen, riefen die Kinder:

»Da liegt ein Bär, Mutter. Wir müssen ihn füttern, vielleicht ist er ein verwunschener Königssohn.«

Zu Weihnachten denken sie alle an Märchen.

»Ach was, Königssohn«, sagten die Eltern. »Und zum Füttern ist morgen auch noch Zeit.«

Aber als sie am nächsten Tag kamen, waren der Bär und der Vogel nicht mehr da. Ein Engel hatte sie geholt. Zu den Sternen getragen.

GEORGE TABORI

Ein Weihnachtsschmaus

Es war einmal ein armer Dichter, der hieß George. Er hatte eine gute Frau und sechs liebe Kinder, und sie hungerten alle, weil George nicht nur keinen Erfolg hatte, er war auch gänzlich unbegabt. Seine Geschichten ergaben keinen Sinn, seine Handschrift war unleserlich, und er konnte nicht einmal richtig schreiben. Jahr für Jahr schrieb er seine Geschichten und schickte sie den Verlegern, und sie kamen alle zurück mit einer Ablehnungskarte, die eigens für George entworfen worden war. Darauf stand entweder »Ach, du lieber Gott!« oder »Doch nicht schon wieder!« oder »Warum versuchen Sie es nicht mit Korbflechten?«.

Eines Tages – es war der Tag vor Weihnachten – kam er aus seinem Arbeitszimmer, dem einzigen beheizten Raum im Haus, und strahlte über das ganze Gesicht. »Meine liebe Frau«, sagte er, »meine geliebten Kinder! Seit vielen Jahren können wir uns keine Geschenke leisten, nicht mal einen Weihnachtsbaum. Dieses Jahr jedoch reicht es nicht einmal für ein Weihnachtsessen, aber ich habe eine Geschichte geschrieben, nicht für die herzlose Welt da draußen, sondern für euch ganz allein, und ich werde sie euch vorlesen.« Es war eine Kurzgeschichte, und sie war so entsetzlich lang, dass er vier Stunden brauchte, um sie vorzulesen, und sie war miserabel. Als er geendet hatte, hing eine Weihnachtsstille über dem Zimmer, außer dem Knurren von sieben leeren Bäuchen, und die Frau sagte: »Gib sie mir.« Und sie nahm die Geschichte mit in die Küche, hackte sie in Stücke, fügte eine Prise Salz und ein paar Körner Reis hinzu, mehr hatte sie nicht in der Speisekammer, und kochte einen Eintopf, und das war ihr Weihnachtsschmaus. Und da es eine lange Kurzgeschichte war, wurden sie alle satt.

Und das kleinste der Kinder, es hieß Natascha, sagte: »Die beste Geschichte, die ich je gegessen habe.«

HEINRICH BÖLL

Monolog eines Kellners

Ich weiß nicht, wie es hat geschehen können; schließlich bin ich kein Kind mehr, bin fast fünfzig Jahre und hätte wissen müssen, was ich tat – und hab's doch getan, noch dazu, als ich schon Feierabend hatte und mir eigentlich nichts mehr hätte passieren können. Aber es ist passiert, und so hat mir der Heilige Abend die Kündigung beschert. Alles war reibungslos verlaufen: Ich hatte beim Dinner serviert, kein Glas umgeworfen, keine Soßenschüssel umgestoßen, keinen Rotwein verschüttet, mein Trinkgeld kassiert und mich auf mein Zimmer zurückgezogen, Rock und Krawatte aufs Bett geworfen, die Hosenträger von den Schultern gestreift, meine Flasche Bier geöffnet, hob gerade den Deckel von der Terrine und roch: Erbsensuppe. Die hatte ich mir beim Koch bestellt, mit Speck, ohne Zwiebeln, aber sämig, sämig. Sie wissen sicher nicht, was sämig ist; es würde zu lange dauern, wenn ich es Ihnen erklären wollte: Meine Mutter brauchte drei Stunden, um zu erklären, was sie unter sämig verstand. Na, die Suppe roch herrlich, und ich tauchte die Schöpfkelle ein, füllte meinen Teller, spürte und sah, dass die Suppe richtig sämig war – da ging meine Zimmertür auf, und herein kam der Bengel, der mir beim Dinner aufgefallen war: klein, blass, bestimmt nicht älter als acht, hatte sich den Teller hoch füllen und alles, ohne es anzurühren, wieder abservieren lassen: Truthahn und Kastanien, Trüffeln und Kalbfleisch, nicht mal vom Nachtisch, den doch kein Kind vorübergehen lässt, hatte er auch nur einen Löffel gekostet, ließ sich fünf halbe Birnen und 'nen halben Eimer Schokoladensoße auf den Teller kippen und rührte nichts, aber auch nichts an und sah doch dabei nicht mäklig aus, sondern wie jemand, der nach einem bestimmten Plan handelt. Leise schloss er die Tür hinter sich und blickte auf meinen Teller, dann mich an: »Was ist denn das?« fragte er. »Das ist Erbsensuppe«, sagte ich. »Die gibt es doch nicht«, sagte er freundlich, »die gibt es doch nur in dem Märchen von dem König, der sich im Wald verirrt hat.« Ich hab's gern, wenn Kinder mich duzen; die Sie zu einem sagen, sind meistens affiger als die Erwachsenen. »Nun«, sagte ich, »eins ist sicher: Das ist Erbsensuppe.« – »Darf ich mal kosten?« – »Sicher, bitte«, sagte ich, »setz dich hin.« Nun, er aß drei Teller Erbsensuppe, ich saß neben ihm auf meinem Bett, trank Bier und rauchte und konnte richtig sehen, wie sein kleiner Bauch rund wurde, und während ich auf dem Bett saß, dachte ich über vieles nach, was mir inzwischen wieder entfallen ist; zehn Minuten, fünfzehn, eine lange Zeit, da kann einem schon viel einfallen, auch über Märchen, über Erwachsene, über Eltern und so. Schließlich konnte der Bengel nicht mehr, ich löste ihn ab, aß den Rest der Suppe, noch eineinhalb Teller, während er auf dem Bett neben mir saß. Vielleicht hätte ich nicht in die leere Terrine blicken sollen, denn er sagte: »Mein Gott, jetzt habe ich dir alles aufgegessen.« – »Macht nichts«, sagte ich, »ich bin noch satt geworden. Bist du zu mir gekommen, um Erbsensuppe zu essen?« – »Nein, ich suchte nur jemand, der mir helfen kann, eine Kuhle zu finden; ich dachte, du wüsstest eine.« Kuhle, Kuhle, dann fiel mir's ein, zum Murmelspielen braucht man eine, und ich sagte: »Ja, weißt du, das wird schwer sein, hier im Haus irgendwo eine Kuhle zu finden.« – »Können wir nicht eine machen«, sagte er, »einfach eine in den Boden des Zimmers hauen?« Ich weiß nicht, wie es hat geschehen können, aber ich hab's getan, und als der Chef mich fragte: Wie konnten Sie das tun?, wusste ich keine Antwort. Vielleicht hätte ich sagen sollen: Haben wir uns nicht verpflichtet, unseren Gästen jeden Wunsch zu erfüllen, ihnen ein harmonisches Weihnachtsfest zu garantieren? Aber ich hab's nicht gesagt, ich hab' geschwiegen. Schließlich konnte ich nicht ahnen, dass seine Mutter über das Loch im Parkettboden stolpern und sich den Fuß brechen würde, nachts, als sie betrunken aus der Bar zurückkam. Wie konnte ich das wissen? Und dass die Versicherung eine Erklärung verlangen würde, und so weiter, und so weiter. Haftpflicht, Arbeitsgericht, und immer wieder: unglaublich, unglaublich. Sollte ich ihnen erklären, dass ich drei Stunden, drei geschlagene Stunden lang mit dem Jungen Kuhle gespielt habe, dass er immer gewann, dass er sogar von meinem Bier getrunken hat – bis er schließlich todmüde ins Bett fiel? Ich hab' nichts gesagt, aber als sie mich fragten, ob ich es gewesen bin, der das Loch in den Parkettboden geschlagen hat, da konnte ich nicht leugnen; nur von der Erbsensuppe haben sie nichts erfahren, das bleibt unser Geheimnis. Fünfunddreißig Jahre im Beruf, immer tadellos geführt. Ich weiß nicht, wie es hat geschehen können; ich hätte wissen müssen, was ich tat, und hab's doch getan: Ich bin mit dem Aufzug zum

Hausmeister hinuntergefahren, hab' Hammer und Meißel geholt, bin mit dem Aufzug wieder raufgefahren, hab' ein Loch in den Parkettboden gestemmt. Schließlich konnte ich nicht ahnen, dass seine Mutter darüber stolpern würde, als sie nachts um vier betrunken aus der Bar zurückkam. Offen gestanden, ganz so schlimm finde ich es nicht, auch nicht, dass sie mich rausgeschmissen haben. Gute Kellner werden überall gesucht.

SALOMO FRIEDLAENDER

Das Weihnachtsfest des alten Schauspielers Nesselgrün

Am 21. August 1910 wurde der bejahrte Schauspieler Giselher Nesselgrün so sentimental, wie er es sonst nur an Weihnachten war, und mit einer von der Theatromanie begünstigten Einbildungskraft versetzte er sich in eine so festliche Stimmung, dass er beim Gärtner ein Tannenbäumchen erstand und alles irgend Nötige zur Ausschmückung und gehörigen Bescherung einkaufte. »Das ist doch geradezu lächerlich«, knurrte er, »die Feste zu feiern, wie sie fallen! Die Natur ist nur eine Art unbequemes Theater mit unübersehbarer Regie – ach! und mit lumpiger Gage. *Corrigeons la nature!*«

Gegen Abend entzündete Nesselgrün die ganze Pracht, sein Phonograph ließ einen herrlichen Choral ertönen. Der alte Herr schellte, seine Wirtin kam und geriet über das Ungewöhnliche in einige Besorgnis.

»Ihre Kinderchen, bitte!«, rief der alte Herr.

»Ja, aber Herr Nesselgrün, mit Weihnachten hat es doch noch Zeit – fühlen Sie sich wohl?«

»Ich danke, Frau Julke; also, bitte, die Kinder!«

Die Kinder erschienen, von Frau Julke ängstlich behütet, zwei Buben und noch ein ganz kleines Mädchen. Sie brachen in ein grässliches Hallo aus, als im Moment ein kleines Tischfeuerwerk losprasselte und abbrannte. Frau Julke seufzte und fuhr mit der Hand nach dem Herzen. Dann sagte sie:

»Mir freut es gewiss, Herr Nesselgrün, wenn Sie meine Kinders so 'ne Überraschung machen – das muss ich Sie aber doch sagen: so alt als ich geworden bin.«

»Julke!«, unterbrach sie der alte Herr streng, »Sie verstehen nichts von Regie, und Ihr Kaffee schmeckt wie Langeweile mit Ekel drin – jehn Sie hinter die Kulisse, das rate ich Ihnen!«

Die Kinder weinten, Frau Julke riss sie aus dem Zimmer und schlug die Tür hinter sich zu. »Eine schlimme Weihnacht«, brummte Giselher. Er sah aus dem Fenster, weil es ihm unten nicht geheuer schien. Eine Menge Menschen starrten zu ihm hinauf, unter ihnen stand Frau Julke, gestikulierte stark und hielt eine Rede. Die Leute lachten und johlten. Giselher stellte den Phonographen ins Fenster. »Stille Nacht, heilige Nacht«, ertönte es in den Lärm hinein. Die Leute führten jetzt vor Vergnügen wahre Veitstänze auf. Nesselgrün wurde wütend: »Das Spiel ist vortrefflich«, schrie er hinunter, »die Regie bewährt sich vollkommen. Dass das Publikum aus der Rolle fällt und den dürftigen prosaischen Umstand, dass heute *außerhalb* unseres Spiels Ende August ist, nicht vergisst«, – mit eins entstand unten tiefe Stille, alles hielt den Atem an, unwillkürlich gefesselt – »dass das Publikum«, fuhr Nesselgrün ingrimmig fort, »nicht so viel Illusionskraft hat, sich im Sommer den Winter vorzustellen, kommt mir bedenklich vor. Es ist ein Mangel an künstlerischer Kraft. Müsst ihr immer erst ins Theater gehen, Leute, oder auf Traum und Fastnacht, auf Rausch und Irrsinn warten, ehe ihr so kühn werdet, die Natur zu dirigieren? Ist nicht Weihnachten ein so schönes, erquickliches Fest, dass man es mindestens einmal in jedem Monat feiern sollte? Glaubt mir altem, ausgedienten Manne!«

Damit schleuderte er Konfetti und künstlichen Schnee auf die Straße, und in einem Nu steckte er das kindliche Volk mit seiner Begeisterung an. Die allezeit zu Scherz, Fest und Freude aufgelegte Jugend riss die Eltern mit sich fort. Alle Gärtnerläden wurden geplündert. Bald flammten Lichtbäume an allen Fenstern; man sang heilige Lieder. Der kleine Ort war die ganze Nacht hindurch voller Fröhlichkeit.

»Es ist der schönste Erfolg, den jemals ein Schauspieler errungen hat!«, seufzte Nesselgrün. »Da leben sie nun, ganz in meine Illusion gehüllt. Ach! aber wer andere hineinversetzen will, darf selber nicht darin sein.« Er zog seinen Schlafrock eng um seine alten Glieder.

»Frau Julke!«, brüllte er.

Die Frau steckte ihre Nase durch die Tür.

»Welches Datum haben wir heute?«

»Außerhalb oder sonstwo?«, replizierte die Julke.

Nesselgrün lachte: »Sehen Sie, Frau Julke«, belehrte er sie, »dem Theater gegenüber muss man vorsichtig sein. Wäre die Regie noch besser gewesen, dann hätte es heute auch außerhalb geschneit.«

»Oh, du mein Gott«, jammerte die Julke, »Sie machen alle Welt verrückt. Einen vons Theater nehme ich nie wieder!«

HANS FALLADA

Fünfzig Mark und ein fröhliches Weihnachtsfest

Wir waren frisch verheiratet, Itzenplitz und ich, und hatten eigentlich gar nichts. Wenn man sehr jung ist, dazu frisch verheiratet und sehr verliebt, macht es noch nicht viel aus, wenn man »eigentlich gar nichts« hat. Gewiss, manchmal kamen so kleine seufzerische Anwandlungen, aber dann war immer einer von uns, der lachend sagte: »Es braucht ja nicht alles auf einmal zu kommen. Wir haben doch alle Zeit, die Gott werden lässt ...« Und die kleine Anwandlung war vorbei.

Aber dann erinnere ich mich doch an ein Gespräch, das zwischen uns im Stadtpark geführt wurde, wo Itzenplitz aufseufzend sagte: »Wenn man doch nicht immer gar so sehr mit dem Pfennig rechnen müsste –!«

Ich hatte keinen rechten Begriff von der Sache. »Na und?«, fragte ich. »Was dann –?«

»Dann würde ich mir was anschaffen«, sagte Itzenplitz träumerisch.

»Und was denn zum Beispiel?«

Itzenplitz suchte. Sie musste wirklich erst suchen, ehe sie sagte: »Zum Beispiel ein Paar warme Hausschuhe.«

»Ach nee!«, sagte ich ganz verblüfft und war völlig außer Fassung über meines Weibes Elisabeth (wurde Ibeth, wurde Itzenplitz) Sinnen und Trachten. Denn wir führten dies Gespräch im Hochsommer, die Sonne prallte, und was mich anging, so gingen meine Wünsche in diesem Augenblick nicht weiter als zu einer kühlen Brause und einer Zigarette.

Doch müssen als Niederschlag dieses Hochsommergesprächs dann unsere Weihnachtswunschzettel entstanden sein. »Weißt du, Mumm«, hatte Itzenplitz gesagt und energisch ihre lange, spitze Nase gerieben, »wir sollten jetzt schon anfangen, jeden Wunsch, der uns einfällt, aufzuschreiben. Nachher zu Weihnachten geht alles in einer Hatz, und man schenkt sich womöglich etwas ganz Dummes, was man nachher nicht braucht.«

Auf einen Zettel aus meinem Abonnentenwerbeblock schrieben wir also den ersten Weihnachtswunsch: »Ein Paar warme Hausschuhe für Itzenplitz«, und darunter, weil es doch streng gerecht bei uns zugehen sollte, setzte ich nach vielem Stirnrunzeln und Nachdenken: »Ein gutes Buch für Mumm!« Mumm bin ich. »Fein«, sagte Itzenplitz und fixierte den Wunschzettel so begeistert, als könnten sich aus dem Papier Hausschuhe und Buch stracks loslösen.

Und dann wuchs unser Wunschzettel aus dem Hochsommer in den Spätherbst, in den ersten Schlackerschnee, in die ersten weihnachtlichen Schaufenster, wuchs, wuchs … »Das macht gar nichts, dass so schrecklich viel darauf steht«, tröstete Itzenplitz. »Dann haben wir die Auswahl. Eigentlich ist es doch mehr eine Streichliste. Kurz vor Weihnachten streichen wir alles, was nicht geht, jetzt haben wir das Wünschen doch noch frei.« Sie dachte nach und sagte: »Wünschen kann ich mir doch, was ich will, nicht wahr, Mumm?«

»Ja«, sagte ich leichtsinnig.

»Schön«, sagte sie, und schon schrieb sie, schon stand da: »Ein bleuseidenes Abendkleid (ganz lang).« Sie sah mich herausfordernd an.

»Na, weißte, Itzenplitz«, bemerkte ich.

»Wünschen ist frei, hast du gesagt.«

»Richtig«, stimmte ich zu und schrieb: »Ein Vierröhrenradioapparat« – dabei sah ich sie herausfordernd an. Und dann gerieten wir in einen heftigen, mit ungeheurem Scharfsinn geführten Streit, was wir nötiger brauchten, Abendkleid oder Radio – und wussten beide ganz genau, dass weder das eine noch das andere in den nächsten fünf Jahren auch nur in Frage kam.

Aber das alles war viel, viel später, vorläufig stehen wir beide noch im sommerlichen Stadtpark und haben unsere ersten beiden Wünsche aufgeschrieben. Ich habe schon ein paarmal Itzenplitz' Nase erwähnt, »Entenschnabel« sage ich manchmal auch dazu. Also mit dieser Nase wittert sie immer herum, und dazu hat sie die raschesten Augen von der Welt. Sie fand immerzu was, und so rief sie auch in diesem Augenblick: »Da ist er ja! Oh, Mumm, da ist unser erster Weihnachtsgroschen!« Und sie stieß ihn mit der Fußspitze an.

»Weihnachtsgroschen?«, fragte ich und hob ihn auf. »Dafür hol ich mir jetzt im Schützenhaus drei Zigaretten.«

»Gibst du ihn her! Der kommt in unsere Weihnachtssparbüchse!«

Lauter neue Dinge. »Hast du denn eine Sparbüchse?«, fragte ich. »Nie so ’n Ding bei dir gesehen!«

»Ich find schon eine, du! Lass mich man suchen.« Und sie sah sich unter den Parkbäumen um, als sollte das Suchen gleich losgehen.

»Wir machen es so«, schlug ich vor. »Wir überschlagen uns, was wir uns zu Weihnachten spendieren wollen, sagen wir mal fünfzig Mark … Bis Weihnachten gibt’s noch sechsmal Geld, und da legen wir uns jedes Mal acht Mark, nein, acht Mark fünfzig zurück. Und jetzt hole ich mir meine Zigaretten.«

»Der Groschen gehört mir! Und überhaupt, so was Dummes und Ausgerechnetes wie deinen Quatsch eben, das ist eine stramme Leistung. Das machen wir ganz anders …«

»Ach nee –? Wie denn?«

»Wenn wir sonntags vom Ausflug ganz müde sind und möchten mit der Bahn nach Haus fahren, dann nehmen wir die fünfzig Pfennig und latschen zurück, und je schwerer es uns fällt, umso schöner ist es …«

»Wahrhaftig!«, höhnte ich.

»Und wenn du ’ne Brause möchtest und ich Schokolade, und wenn wir sonntags Rouladen möchten und essen stattdessen saure Linsen – und überhaupt: ein ganz dummer Junge bist du! Und mit dir rede ich drei Tage kein Wort, und auf der Straße gehe ich nun schon überhaupt nicht mit dir …!«

Und damit ließ sie mich stehen und peste allein los, und ich ging langsam hinterher. Aber als wir nachher in die Stadtstraßen kamen, ging sie auf der einen und ich auf der andern Seite, als hätten wir nichts miteinander zu tun. Und nur wenn so ein richtiger dicker Haufe sonntäglicher Bürger daherkam, wurde ich furchtbar gemein und rief nach der andern Straßenseite hinüber: »Pssst! Frollein! Hören Sie doch mal, Frollein!« Die Bürger machten Stielaugen, und sie kriegte ein rotes Gesicht und warf den Kopf wütend in den Nacken …

Aber einmal lief sie doch zu mir rüber, da war ihr eingefallen, dass wir ja eine leere Büchsenmilchdose hätten, nur mit den zwei Löchern drin, und da könnte ich doch mit dem Stemmeisen einen Schlitz reinhauen, und wir hätten eine knorke Sparbüchse. Wo es doch sogar Büchsenmilch »Glücksklee« war …

»Großartig«, höhnte ich. »Wie das Geld wohl aussehen mag, wenn es ein halbes Jahr im Milchschlamm gelegen hat!« Weg war sie, und: »Psst! Frollein!« Sie war richtig auf achtzig.

Aber dann fiel mir was ein, und ich raste zu ihr rüber und schrie: »Hör mal, du, daran haben wir ja gar nicht gedacht, zu Weihnachten gibt's doch fünfzig Mark Gratifikation!« Erst wollte sie mich ja anfunkeln und fing schon an, wer mir Trottel wohl eine Gratifikation geben würde, aber dann überlegten wir den Fall doch ernsthaft und grübelten, ob es in diesem Jahr bei den schlechten Geschäften überhaupt eine Gratifikation geben würde, und vielleicht doch ja, beinahe sicher doch ja, und kamen zu dem Ergebnis: »Wir wollen so tun, als käme keine. Aber herrlich wäre es …!«

Nun muss ich aber noch berichten, wieso wir eigentlich so mit dem Groschen rechnen mussten und wovon wir eigentlich lebten und was für Aussichten wir eigentlich mit der Gratifikation hatten. Es ist gar nicht so einfach, auseinanderzusetzen, was für eine Art Tätigkeit ich hatte, und ich muss heute selber den Kopf schütteln, und klar ist mir nicht mehr (so kurze Zeit das auch nur her ist), wie ich meine mancherlei Tätigkeiten miteinander vereinigte. Vormittags ab sieben jedenfalls saß ich erst mal auf der Redaktion eines Käseblättchens und machte die Hälfte des lokalen Teils voll, während mir gegenüber Herr Redakteur Preßbold saß und die ganze sonstige Zeitung mit Hilfe von Bildern, Matern, Korrespondenzen, Radio und einer sehr defekten Schreibmaschine füllte. Dafür bekam ich achtzig Mark im Monat, und das war unsere einzige feste Einnahme. War das aber überstanden, dann ging ich los auf Abonnenten- und Inseratenfang, dafür bekam ich Tantieme, eine Reichsmark fünfundzwanzig für jeden Abonnenten und zehn Prozent von jedem Inserat. Dazu hatte ich aber auch das Inkasso einer freiwilligen Krankenkasse (drei Prozent der Beiträge) und die Erhebung der Mitgliedsbeiträge eines Turnvereins (fünf Pfennig pro Mann und Monat). Und um die Sache recht zu krönen, fungierte ich auch noch als Schriftführer des Wirtschafts- und Verkehrsvereins, aber davon hatte ich nur die Ehre und die Spesen und die etwas nebulose Aussicht, dass die Herren mal was für mich tun würden, wenn sich grade mal was fände.

An Tätigkeit fehlte es also nicht, und das Betrübende an der ganzen Geschichte war nur, dass alle Tätigkeiten zusammen kaum so viel einbrachten, um Itzenplitz und mich am Leben zu erhalten – »was anschaffen« war Fremdwort. So manches Mal kam ich vergnittert und trostlos nach Haus, wenn ich den halben Tag umhergelaufen war, an fünfzig

Türen geklingelt und keine fünf Groschen verdient hatte. Heut bin ich fest davon überzeugt (wenn sie's auch immer noch nicht wahrhaben will), dass Itzenplitz nur darum so voller aufreizender Einfälle war, um mich in Fahrt und damit auf andere Gedanken zu bringen.

Es muss so im Herbst gewesen sein, nasses Nebelwetter und mieseste Stimmung bei mir, und unsere Weihnachtssparbüchse hatte noch immer keine rechte feste Form angenommen, dass ich nach Haus kam und Itzenplitz mit einem Küchenmesser in der einen und einem der Länge nach durchgesägten Brikett in der andern Hand vorfand.

»Was in aller Welt machst du da?«, fragte ich erstaunt, denn sie war dabei, mit der Messerspitze dies halbe Brikett auszuhöhlen. Die andere Hälfte lag vor ihr auf dem Tisch.

»Still, Mumm!«, flüsterte sie geheimnisvoll. »Überall sind schlechte Menschen.« Und sie zeigte mit dem Messer nach der nur mit Tapete überklebten Tür, hinter der jener Nachbar hauste, den wir unter uns nur Klaus Störtebeker nannten.

»Also, was ist los?« Und nun erfuhr ich es denn im Verschwörerton, sie hatte das Brikett halbiert und wollte es aushöhlen und einen Schlitz reinmachen und mit Syndetikon wieder zusammenkleben, und das sollte unsere Weihnachtssparbüchse werden, und zwischen die andern Briketts wollte sie's stecken. Und ihre Augen funkelten vor List und Geheimnis, und ihre lange Nase schnüffelte mehr als je … »Und vollkommen meschugge bist du!«, sagte ich. »Und außerdem, Weihnachten, der Heber hat gesagt, an eine Gratifikation ist dies Jahr überhaupt nicht zu denken, der Chef ist sooo, weil's Geschäft schlecht geht …«

»Fein«, sagte sie, »erzähl mir alles schön der Reihe nach, damit ich richtig weiß, wer das Brikett am Weihnachtsabend an den Kopf kriegt.«

Ich habe schon berichtet, unser Redakteur war Herr Preßbold. Das war ein feiner Kerl, schnauzig, polterig, immer dicker werdend, aber zu sagen hatte er nichts, soviel er auch sagte. Zu sagen hatte alles Herr Heber, der die Kasse unter sich hatte und die Bücher führte und das Ohr des Großen Häuptlings besaß. Den Großen Häuptling bekamen wir kleinen Indianer nur alle halbe Jahr mal zu sehen, der karriolte ewig mit seinem Mercedes im Lande umher und hatte hier ein Sägewerk und da 'ne kleine Provinzzeitung und hier ein Zinshaus und da ein Gütchen.

Aber bei uns war seine rechte Hand Herr Heber, ein langschinkiger, dürrer, trockener Zahlenmann, und bei dem hatte ich eine Bohrung angelegt von wegen Weihnachtsgratifikation und fünfzig Mark, aber ich war nicht fündig geworden, im Gegenteil, er hatte sich bei mir erkundigt, ob ich denn schon vom ersten diesjährigen Frost was abbekommen hätte und ob ich 'ne Ahnung hätte, was das hieße, in einem Verlustbetrieb zu arbeiten, und ich sollte froh sein, wenn der Saustall nicht zu Neujahr zugemacht würde.

Und was das Schlimmste war, Preßbold, mit dessen Unterstützung ich fest gerechnet hatte, tutete auf demselben Horn und machte mir noch Vorwürfe wegen meiner Rosinen, ich sollte froh sein, wenn wir nicht abgebaut würden, und den Großen Häuptling bloß nicht reizen. Und während die beiden so auf mich einredeten, dachte ich, dass mir Verlustbetrieb und die Sorgen des Großen Häuptlings ganz piepe seien, und an meinem Auge rauschten die Wunschzettel vorbei, weggeweht wie vom Herbstwind, und es tanzten dahin die warmen Hausschuhe und das Abendkleid und das gute Buch mit der Weihnachtsente.

Ja, richtig, die Weihnachtsente, sie bietet mir Gelegenheit, eine neue Person (nur einmal flüchtig erwähnt) in meinen wahrheitsgetreuen Bericht einzuführen: unsern Nachbar hinter der Tapetentür, genannt Klaus Störtebeker. Wie Störtebeker richtig hieß, das haben wir wohl nie gewusst, er hatte jedenfalls die nördliche, wie wir die südliche Mansarde hatten. Er war ein richtiger schwarzer Mann, eigentlich kann ich ihn nur so zeichnen, dass ich berichte, dass er völlig schwarz wirkte: schwarze struppige Haare, schwarze, wild funkelnde Augen und einen schwarzen strubbligen Bart. In der Stadt und namentlich bei der Polizei war er eine sehr bekannte und gefürchtete Persönlichkeit, weil er ein Säufer und ein Krakeeler war. Nebenbei war er noch Heizer im Städtischen Elektrizitätswerk. Wir wohnten dicht bei dicht: Und wenn er sich im Bett umdrehte, hörten wir das, und so wird er denn von uns ja auch alles gehört haben.

Das mit der Ente jedenfalls hatte er gehört, das war auch eine Weihnachtsdiskussion zwischen uns gewesen. Bei ihr wie bei mir war im elterlichen Haus zu Weihnachten die Gans traditioneller Vogel gewesen, aber darauf gerieten wir nun doch bei der Debatte, dass eine Zwölfpfundgans (»wenn sie weniger wiegt, sind's nur Haut und Knochen«) für uns zwei beide etwas zu viel war. Also eine Ente, sozusagen Gans in Oktav statt Folio, grade das Richtige für zwei, aber wo kaufen und wie teuer ...?

In diesem Augenblick erklang in Störtebekers Kammer

ein Gebrüll, ein raues, unverständliches Gebrüll, und eine Minute darauf schlug eine Faust gegen unsere Tür. Schwankend, aber wild anzusehen wie ein Urwaldbiest, direkt aus dem Bett, so stand Störtebeker in unserer Tür, nur in Hemd und Hose, die er mit einem strammen Griff der linken Hand hochhielt. »Besorg ich euch, den Weihnachtsvogel«, krächzte Störtebeker und funkelte uns an.

Wir waren ziemlich erschrocken und verlegen. Itzenplitz rieb sich die Nase und murmelte immerzu nur was von »sehr freundlich« und »sehr liebenswürdig«, und ich versuchte einen Sermon, dass wir noch nicht völlig entschlossen wären, vielleicht käme doch eine Gans in Frage oder ein Truthahn …

»Dussels!«, brüllte Störtebeker und schmiss die Tür, dass der Kalk von der Decke flog.

Er muss uns aber unsere »Dusselei« trotzdem nicht übelgenommen haben, das Entenangebot erneuerte er zwar nicht, aber als er eine Woche vor Weihnachten Itzenplitz auf dem Vorplatz traf, wie sie versuchte, aus zwei Brettern einen Tannenbaumfuß zusammenzuhämmern, nahm er ihr die Bretter fort und erklärte: »Mach ich. Hab ein gehobeltes Brett beim Kessel. Schenk ich euch zu Weihnachten. Prima Fuß.«

Aber das ist schon wieder vorgegriffen, eigentlich sind wir noch bei der Gratifikation. Mein erster Angriff also war abgeschlagen, und gewissermaßen zum Troste unternahmen wir nun eine Überprüfung unserer Finanzlage, stellten fest, was wir denn nun eigentlich seit dem großen Weihnachtssparentschluss beiseitegebracht hatten. Das war gar keine so einfache Feststellung, denn Itzenplitz hatte ein ganzes System von Einzelkassen: Wirtschaftsgeld, Taschengeld, Mumms Geld, Kohlenfonds, Neuanschaffungskasse, Mietefonds und Weihnachtskasse. Und da in fast allen Schachteln und Schächtelchen entsprechend unserer Finanzlage meistens Ebbe herrschte, schliefte das bisschen Geld, das da war, wie ein Dachs aus einer Kasse in die andere, und anzusehen war dem Rest nicht, in welche Kasse er gehörte.

Itzenplitz rieb viele Male ihre immer röter werdende Nase, legte hierhin und dorthin, nahm weg, tat zu, während ich am Ofen stand und sarkastische Bemerkungen machte. Schließlich schien festzustehen, dass der Weihnachtsfonds innerhalb dreier Monate auf sieben Mark fünfundachtzig angeschwollen war, vorausgesetzt, dass die Briketts bis zum Ersten reichten. Falls nein, gehörten auch noch zwei Mark fünfzig in den Kohlenfonds.

Wir sahen uns an … Aber es kommt kein Unglück allein, und so tauchten ausgerechnet in diesem Moment vollständiger Pleite in Itzenplitzs Hirn erstens Schwiegermama, zweitens Tutti und Hänschen auf, Nichte und Neffe –: »Mama und den Kindern habe ich doch immer was zu Weihnachten geschenkt. Das muss gehen, Mumm!«

»Bitte, bitte … aber wenn du mir verraten möchtest, wie –?«

Itzenplitz verriet es nicht, sondern tat etwas Geniales, sie holte mich mal wieder ab vom Käseblättchen und spann dabei den ollen, langweiligen Knochen von Heber in eine geradezu hinreißende Unterhaltung. Ich sehe ihn dort noch sitzen mit seinem langen, betrübten Pferdegesicht, ordentlich mit ein bisschen Rot auf den Backen, sitzen an der einen Seite der Schranke der Expedition, Itzenplitz auf unserm einzigen Rohrstuhl auf der andern Seite der Schranke, Itzenplitz in Glacéhandschuhen und ihrer rotgetupften, weißseidenen Bluse zum Trägerrock, in ihrem billigen Sommermäntelchen. Und sie packte aus, sie plauderte, sie brabbelte, sie schwätzte, sie klönte! Sie gab ihm das Gift, das er haben wollte, sie fütterte sein olles, verstocktes Junggesellenherz mit Klatsch, sie erfand vom Fleck weg, sobald nur ein Name fiel, die schönsten Geschichten. Sie klatschte über Leute, die sie nie gesehen, verlobte, entlobte, es war ein Wirbel, setzte Kinder in die Welt, ließ Erbtanten sterben, aber die Köchin von Paradeisers –!

Und in Hebers alte, glupsche Fischaugen kam richtiges Leben, seine Knochenfaust schmetterte auf die Schranke. »Von dem habe ich mir das doch immer gedacht –! Nein, so was!!« Und sachte, sachte pirschte sie sich von der Liebe ins Geld, von den teuren neuen Gardinen bei Spieckermanns, wie die das könnten, und wir könnten es jedenfalls nicht, und bei Leisegangs sollte es auch wackeln, aber hier sähe es ja, Gott sei Lob und Dank, glänzend aus, kein Wunder, bei der Geschäftsführung –: »Und überhaupt rechnen wir fest darauf, dass Sie beim Chef ein gutes Wort für uns einlegen wegen der Weihnachtsgratifikation. Herr Heber, Sie können's erreichen …«

Sie saß da, leergepumpt, aber ihre Augen hatten förmlich einen Strahlenkranz von Eifer und Entzücken und Beschwörung – und ich konnte nicht anders, ich schlich mich hinter sie und stieß sie drei-, viermal mit den Knöcheln in den Rücken, um ihr meine Begeisterung merklich zu machen. Aber das olle lange Ekel von Heber war natürlich keine Spur gerührt, er räusperte sich nur trocken und erklärte mit erhobener Stimme und einem Seitenblick auf mich, er wüsste schon Bescheid und mit Speck finge man Mäuse, ihn aber nicht, und wer sich die Pfoten verbrennen wollte, der möchte nur immer selbst zum Chef gehen, bitte schön –!

Es war eine vollkommene, schmähliche Niederlage. Mit kläglichem Gestammel flohen wir aus der Expedition, und Itzenplitz tat mir schrecklich leid. Mindestens fünf Minuten sagte sie kein Wort, sondern schnüffelte nur kummervoll vor sich hin, so zerschmettert war sie.

Aber wie dem auch sein mochte, wie tief auch die Aussichten auf Gratifikation stehen und wie düster unser Weihnachtsausblick auch sein mochte – am 13. Dezember schneite es in diesem Jahr zum ersten Mal. Es war ein richtiger trockener Kälteschnee, der auf gefrorenen Boden fiel und da liegen blieb, und wir hielten es natürlich nicht aus, sondern liefen los in Frost und Gestöber.

Gott, die kleine, olle, langweilige, geduckte Kleinstadt –! Die Gaslaternen brannten im Schneegestöber für gar nichts, und in unserer Vorstadtstraße liefen die Leute wie blasse Schemen einher. Aber dann kamen wir in die Breite Straße, und alles war strahlend hell von den vielen Schaufenstern. Und die ersten Weihnachtskerzen (olle elektrische) brannten, und wir lehnten mit den Köpfen gegen die Scheiben und diskutierten dies und zeigten uns das. »Sieh mal, das wäre grade für uns richtig!« (Siebenundneunzig Prozent der ausgestellten Sachen waren grade für uns richtig.)

Und dann war da das alte gute Feinkostgeschäft von Harland, und eine Welle von Leichtsinn hob uns, und wir gingen hinein und kauften ein halbes Pfund Haselnüsse, ein halbes Pfund Walnüsse, ein halbes Pfund Paranüsse. »Nur damit es ein bisschen weihnachtlich wird bei uns. Nussknacker brauchen wir nicht, wir knacken zwischen der Tür.« Und dann kamen wir zu der Buchhandlung von Ranft, und siehe, da war etwas Herrliches: »Buddenbrooks« für zwei Mark fünfundachtzig ... »Und, sieh mal, Itzenplitz, die haben sicher bisher zwölf Mark gekostet und jetzt zwei Mark fünfundachtzig, das sind doch bar gespart neun Mark fünfzehn ... Und es muss doch was an Inseraten zu Weihnachten einkommen!« Und wir kauften die »Buddenbrooks« und kamen zum Kaufhaus von Hänel und gingen hinein, bloß um mal zu sehen, was für Mutter und Tutti und Hänschen in Frage käme, und wir kauften für Mutter ein Paar schwarze, sehr warme Handschuhe (fünf Mark fünfzig) und für Tutti einen Ball, phantastisch groß, für eine Mark und für Hänschen einen Roller (eine Mark fünfundneunzig). Und noch immer trug die Woge und hob uns, und noch sehe ich Itzenplitz unter dem Gewimmel von Käuferinnen vor einem Spiegel stehen und den kleinen weißen Kragen auf ihrem Mantel probieren, mit so einem ernsten, glücklichen Gesicht (welch glücklicher Ernst!) –: »Und etwas schenkst du mir ja doch zu Weihnachten, nicht wahr, Mummimännchen, und später ist vielleicht der Kragen nicht mehr da – ist er nicht süß?«

Es schneite noch immer, als wir nach Haus wanderten, wir gingen dicht eingehängt, ihre Hand in der Ulstertasche bei meiner, und richtig wie richtige Weihnachtskäufer waren wir mit Paketen behängt. Und waren unglaublich glücklich, und die Inserate würden schon kommen ...

Aber während zu Haus Itzenplitz Bratkartoffeln zum Abendessen fertigmachte, packte ich, der ich ein ordentlicher, beinah pedantischer Mann bin, die Pakete aus und legte die Einkäufe zusammen, und dann steckte ich das ganze Einwickelpapier in unseren kleinen Kochofen, genannt Brüllerich, und er brüllte auf und prasselte. Wir waren so glücklich beschwingt über unsere Bratkartoffeln, und plötzlich sprang Itzenplitz auf und rief: »Sei nicht bös, Mumm, ich muss und muss mal schnell den kleinen süßen Kragen anprobieren!«

Ich gewährte es, aber – wo war der Kragen? Und wir suchten, nein, nein ... »O Gott, du hast ihn sicher mit dem Einwickelpapier verbrannt!« – »So blöd werd ich sein, Kragen zu verbrennen, gar nicht mitgebracht hast du ihn ...« Und sie riss den Ofen auf und starrte in die Glut, starrte, starrte (»er war so süß«), ich aber raste los und drang in das geschlossene Kaufhaus und ängstigte müde Verkäuferinnen beim Zusammenpacken um ein verschwundenes Paket und ging langsam, langsam wieder nach Haus ... Und bedrückt und still schlichen wir umeinander herum, bis es Schlafengehzeit war ...

Aber immer wieder wird es Morgen, man wacht auf, und noch liegt der Schnee, blinkend und strahlend unter dem klaren Winterhimmel. Und ein Kragen ist nicht die Welt –: »Warte nur, wie viel Kragen wir uns noch in unserm Leben kaufen können ...« – »Wir sind die Richtigen, haben's ja dazu, mit Kragen für drei Mark zu heizen –!«

Doch es war nun der Vierzehnte, und zwei mal sieben ist zweimal meine Glückszahl, und ob ich nun besonders früh auf die Zeitung kam oder ob die olle Lenzen verschlafen hatte, jedenfalls spukte sie da noch rum bei ihrer Reinmacherei, unsere olle Lenzen, ein Reibeisen, mit einem Gesicht wie ein Reibeisen, die neun Kinder großgezogen hatte, unfassbar wie, aber alle taten nicht gut und ließen lieber ihre olle Mutter für sich arbeiten, als dass sie einen Finger krumm machten.

Und die olle Lenzen erzählte mir krächzend und spuckend, wie sie bei Hesses im Schokoladengeschäft – da machte sie auch rein – einen großen Weihnachtsmann aus Schokolade geschenkt bekommen hatte … »Bald 'nen halben Meter hoch, war ja man bloß hohl, aber was hätten meine Enkelkinder für 'nen Spaß gehabt! Und ich stell ihn auf das Vertiko und hab all die Tage meine Freude dran, und wie ich ihn heute beim Staubwischen anfasse, da hat doch das Aas, die Friedel, meine Jüngste, die jetzt in die Spinnerei geht, der verfressene Balg, hat sie doch von hinten den ganzen Weihnachtsmann aufgefressen, nur noch das bisschen Vorderseite ist da … Hatte 'ne Vase hintergestellt, dass er bloß nicht umfällt …« Sie krächzte, schnaubte, röchelte gradezu vor Wut. »Aber warte, wenn ich von Heber meine zwanzig Mark zu Weihnachten kriege, nicht einen Pfennig kriegt sie ab, und wenn sie mir das ganze Weihnachtsfest rumtückscht, dass sie nicht zu Tanz gehen kann …«

Wozu ich bemerkte, dass es dies Jahr mit den Heber'schen Gratifikationen wohl Essig sein würde. Aber die olle Lenzen …, ein Pulverfass, wie sie spuckte und spie! »Dem werde ich es zeigen, dem Jammerknochen, dem elenden! Der soll von mir noch was zu hören bekommen! Zu Weihnachten kein Geld? Ach, hauen Sie doch bloß ab, Herr Mumm! Glauben Sie, der Olle kippt einen Klaren weniger wegen der schlechten Geschäfte? So blau! Aber immer auf die kleinen Leute! Der soll was hören!«

Und Heber bekam zu hören. Da stand sie, die Lenzen, grauslig anzuschauen, zerschlissen, verschabt, verrunzelt, und sie gab an ... Der Lärm zog sogar Preßbold aus seiner Höhle, und seltsam, dieser selbe Preßbold, der mich schnöde im Stich gelassen hatte, jetzt, da die Lenzen loslegte, gab auch er Töne von sich, sachte Begleitmusik: »Richtig finde ich es ja auch grade nicht, Heber ...« Und: »Da hat Frau Lenz ganz recht ...«

Bis Heber, kalkweiß vor Wut, ausbrach: »Raus hier alle aus meiner Expedition! Bewillige ich die Gratifikationen –? Verrückt seid ihr alle, meschugge! Aber warten Sie, Mumm, Sie sind der Stänker, Mumm ...« Ich wartete nicht. Wieder ein Angriff abgeschlagen. Trübe Aussichten ...

Mein Bericht aber über unser erstes Weihnachten wäre nicht vollständig, wenn nicht Kinder darin vorkämen. Sprachen Itzenplitz und ich von unsern früheren Weihnachtsfesten, so waren es die Feste unserer Kinderzeit, die lebendig wurden. Später gingen sie ineinander über, wie damals hatten nie wieder die Tannenbäume gestrahlt – und ich konnte Itzenplitz noch alles erzählen, wie es gewesen war, als ich das Puppentheater bekam und dann, zwei Weihnachten später, die Bleifiguren zum Robinson Crusoe ...

»Richtig schön ist es nur mit Kindern. Ein bisschen allein wird es ja sein bei uns ...« Und Itzenplitz sah langsam um sich, sah in die Winkel, wo die dunklen Schatten standen ...

Und dann bekamen wir doch noch ein Kind, kurz vor Weihnachten. Es war der 18. Dezember, aus dem Schnee war

Schmutz geworden, grausige, alles durchdringende Nässe, trübe, zähe Nebel, Tage, die nicht hell wurden. An einem dieser Nachmittage, die nicht Tag und nicht Nacht waren, hatte es vor unserer Zimmertür geklagt und geweint, fast wie ein kleines Kind, und als Itzenplitz die Tür aufgemacht hatte, da kauerte dort etwas, halbtot vor Nässe und Kälte: eine Katze, eine junge, grauweiße Katze.

Ich bekam unsern Gast erst ein paar Stunden später zu sehen, als ich nach Haus kam von der Werbung, er sah schon ein bisschen trocken aus und glatter, aber auch da war es kein Zweifel, dass dieses kleine, grauweiße Biest mit einem schwarzen Fleck über das halbe Gesicht eine richtige hundskommune Straßenkatze war ... »Hule-Mule«, sagte Itzenplitz. »Unsere Hule-Mule ...«

Ja, da war nichts dagegen zu sagen, diese Nacht würde sie noch in der Sofaecke schlafen, und morgen würde Itzenplitz sehen, dass sie beim Kaufmann eine alte Margarinekiste bekam und Flicken darein für Hule-Mule (obwohl in einem so jungen Haushalt selbst Flicken knapp sind) – nun, und so hatten wir jedenfalls ein Kind und würden nicht ganz, ganz allein sein.

In dieser Nacht aber wachte ich auf, es musste spät sein, aber das Elektrische brannte, und am Sofa stand eine weiße Gestalt im Nachthemd, stockstill. »Itzenplitz«, rief ich. »Komm doch, du erkältest dich ja ...« Sie machte nur eine abwehrende Bewegung, und nach einer Weile stand auch ich auf und trat neben sie.

»Sieh doch«, flüsterte sie. »Sieh doch!« Das Kätzchen war wach geworden. Es strich mit den Vorderpfoten den Kopf entlang, dann streckte es eine rosige Zunge aus und gähnte. Es dehnte sich. Itzenplitz sah atemlos zu. Mit zwei Fingern kraulte sie die Katze leise unterm Kopf.

»Hule-Mule«, flüsterte sie. »*Unsere* Hule-Mule …«

Sie sah mich an.

So was vergisst sich nicht. Eigentlich hatte ich mein Weihnachten schon weg und Ostern, Pfingsten und alle großen Festtage dazu. »Unsere Hule Mule!«

Und aus dem Achtzehnten wurde der Neunzehnte, und die Tage gingen weiter, und das Geld blieb knapp, und das Annoncengeschäft hielt nicht, was es versprach, und die Aussichten waren düster. Am Zweiundzwanzigsten abends fing Itzenplitz zu bohren an, ob Heber sich denn gar nichts merken ließe und ob ich denn nicht einmal mit dem Großen Häuptling selber sprechen wollte, und es wäre doch keine Art, und es müsste einem doch Bescheid gesagt werden …

Am Dreiundzwanzigsten strich ich um Heber herum wie ein Bräutigam um seine junge Braut, aber er ließ sich nichts merken und war so knochig und fischig wie je. Und am Dreiundzwanzigsten abends hatten Itzenplitz und ich unsern ersten richtigen Krach, weil ich nichts gesagt hatte, und außerdem hatte Hule-Mule aus einem Alpenveilchen, unserm einzigen Alpenveilchen, das uns Frau Preßbold geschenkt hatte, alle Blütenstiele rausgezogen, und außerdem hatte Störtebeker den Tannenbaumfuß noch immer nicht abgeliefert, sondern Itzenplitz wieder mal auf »morgen« vertröstet.

Morgen brach an, der 24. Dezember, Weihnachtstag, und sah aus wie ein ganz gewöhnlicher, diesiger, grauer Wintertag, nicht warm und nicht kalt. Um zehn ging Heber zum Chef, und ich hab gesessen und auf seine Rückkehr gelauert, hab einen Kohl über den Weihnachtsfilm, der im Olympia-Kino lief, geschrieben, der war nicht von schlechten Eltern. Heber kam wieder und sah knochig und fischig aus wie eh und je und setzte sich an seinen Platz und rief brummig zu mir rüber: »Mumm, Sie müssen gleich zu Betten-Ladewig gehen. Der behauptet, er hat nur 'ne Viertelseite aufgegeben und Sie haben 'ne halbe geschrieben. Immer machen Sie so 'nen Mist ...«

Und während ich durch die Straßen trabte, dachte ich immer nur: Arme Itzenplitz ..., arme Itzenplitz ... Ich war innen ganz zusammengefallen, fünf Mark hatten wir noch im Haus, aber richtig, richtig hatte ich nie an eine Gratifikation geglaubt. Wenn man was ganz nötig braucht, kriegt man es nie.

Bei Ladewig hatte natürlich ich recht, es fiel ihm wieder ein, und er war so anständig, es zuzugeben. Und ich schlich langsam zurück auf die Zeitung und sagte es Heber, und der meinte: »Na also, ich sag's ja immer ... So was wollen Geschäftsleute sein. Übrigens da, unterschreiben Sie die Quittung, ich hab den Chef doch wieder mal rumgekriegt ...«

Erst war es wie ein Taumel, einen Augenblick war mir richtig schwarz vor den Augen. Und dann wurde alles hell, strahlend hell, und am liebsten hätte ich den ollen Kabeljau rechts und links abgeknutscht. Und dann griff ich nach dem Fünfzigmarkschein und schrie: »Eine Sekunde, Herr Heber ...« und raste, wie ich ging und stand, den Schein in der Pfote, die Breite Straße runter in die Neuhäuser Straße über den Kirchplatz, über den Reepschlägergang in die Stadtrat-Hempel-Straße und stürmte die Treppe hinauf und brach wie ein Hurrikan in unsere Bude und knallte den

Schein auf den Tisch und schrie: »Schreib auf, was wir kaufen, Itzenplitz! Hol mich um zwei ab!« Und küsste sie und wirbelte sie rum und war schon wieder unten und wieder auf der Zeitung, und dieser Spiegelkarpfen von einem Heber hatte sich doch wahrhaftig noch nicht von seiner Verblüffung erholt und mümmelte nur ganz kümmerlich vor sich hin: »So doof wie Sie möchte ich nur mal 'ne Stunde am Sonntag sein, Mumm!«

Aber als es zwei wurde und Heber gegangen war, kam sie. Dies aber war der Zettel, unser Weihnachtsbesorgungszettel, unser endgültiger, den sie mir zu lesen gab:

1. Fürs Essen:		
1 Ente	500	
Rotkohl	0.50	
Äpfel	0.60	
Nüsse	2.00	
Feigen, Datteln, Rosinen	3.00	
Sonstiges	5.00	16.10
2. Für den Baum:		
Unser Baum	1.00	
12 Kerzen	0.60	
Kerzenhalter	0.75	
Lametta	0.50	
Wunderkerzen	0.25	3.10
3. Für Hule-Mule:		
1 Eimer frischer Sand	0.25	
1 Bückling	0.15	0.40

4. Für Mumm:

Handschuhe	4.00	
Zigaretten	2.00	
1 Oberhemd	4.00	
1 Schlips	2.00	
Noch was	2.00	14.00

5. Für Itzenplitz:

1 Lotterielos	1.00	
1 Schere	2.50	
1 Kragen	3.00	
1 Schal	6.00	
Haarschneiden und Frisieren	2.00	14.50

Unser Weihnachten: *48.10*

»Hör mal zu«, begann Itzenplitz im Eilzugstempo, denn um vier war Hebers Mittagspause vorbei, und bis dahin musste alles besorgt sein. »Hör mal zu. Es ist ja schrecklich viel Geld für die Fresserei, aber die Ente langt mindestens vier Tage, und es ist ja nur einmal Weihnachten. Für meine Näherei muss ich jetzt endlich 'ne richtige Schere haben, mit der Nagelschere, das geht nicht länger. Und die Preise werden alle so ziemlich stimmen, und bis zum Ersten behalten wir grade sieben Mark übrig, für jeden Tag eine Mark, und damit kommen wir gut aus. Wunderkerzen muss ich am Baum haben, weißt du, die so zischen und prasseln, und ich kann wirklich nichts dafür, dass ich fünfzig Pfennig besser weggekommen bin als du, ich könnte ja auf das Los verzichten, aber man muss doch auch nach

Weihnachten auf was hoffen, wenn wir auch sicher nichts gewinnen …«

»Was ist ›noch was‹ –?«, unterbrach ich ihren Redestrom.

»Oh, Mummimännchen, dass ich noch ’ne ganze kleine, klitzekleine Überraschung für dich habe!«

»Ich will auch zwei Mark für ›noch was‹ haben«, erklärte ich drohend.

»O Gott, da bleiben uns nur fünf Mark übrig, und wenn der Gasmann kommt, und ich schneide zwei Mark fünfzig besser ab als du! Und es ist wirklich nicht nötig, ich bin ja soo glücklich über unser Weihnachten!«

»Ich will aber«, beharrte ich.

Und dann ging Itzenplitz und holte die olle Lenzen, und die versprach, bis vier mich stellzuvertreten – und eine einladende Stellvertreterin war sie. Aber wer sollte schon am Vierundzwanzigsten nachmittags auf die Zeitung kommen?

Wir aber rasten los, und natürlich stimmten alle Preise nicht, sondern mein Oberhemd kostete sieben, und dafür ließen wir den Schlips fallen und drückten die Handschuhe um eine Mark. Itzenplitz aber fand einen herrlichen Schal, rot und weiß und blau, aus so ’nem gefältelten Seidenstoff für vier Mark fünfzig. Und den gleichen Kragen wie den verbrannten bekamen wir auch! Die Ente aber aus dem alten guten Feinkostgeschäft von Harland wog vierzweizehntel Pfund und kostete fünf Mark fünfundvierzig, was war das aber auch für eine Ente!

Natürlich reichte die Zeit nicht bis vier, aber wir verabredeten, dass ich jetzt rasch, rasch auf die Zeitung sollte, damit der Heber nichts merkte, und um halb fünf sollte ich mir Feierabend erbitten. Bis dahin aber wollte Itzenplitz sich Haare schneiden und frisieren lassen, und dann wollten wir gemeinsam den Rest unserer Einkäufe besorgen.

Fünf Minuten vor vier war ich auf der Zeitung, und siehe, die olle Lenzen hatte einem Brautpaar eine Verlobungsanzeige für neun Mark achtzig abgenommen (alles konnte die Frau), und als Heber kam, ruhte ich nicht, bis er mir meine achtundneunzig Pfennig Tantieme ausbezahlt hatte. Und er war ganz fassungslos, dass ich schon wieder Geld brauchte, wo ich doch grade meine Gratifikation bekommen hatte, aber ich muss sagen, schließlich war er richtig weihnachtlich großzügig und gab mir eine ganze Mark.

Gleich nach halb fünf hatte ich wirklich Feierabend und raste in die Steinmetzstraße, und richtig war der gute Unger wirklich zu Haus, der vor drei Wochen seine Verlobung aufgelöst und sich seine Brautgeschenke hatte zurückgeben lassen. Und wir wurden handelseins, und ich kaufte von ihm die süße dünne Goldkette mit dem Aquamarinanhänger: drei Mark Anzahlung (zwei Mark »noch was« plus eine Mark Verlobungstantieme) und fünfzehn Wochenraten zu einer Mark ab 1. Januar.

Aber wenn ich gedacht hatte, dass Itzenplitz schon wartend vor der Friseurtür stehen würde, so war das nicht so. Alle Mädchen und Frauen schienen sich ausgerechnet heute frisieren zu lassen. Aber dann war ich, trotz meiner kalten Füße, nicht böse, als sie da vor mir mit ihren Locken und Löckchen und Ringelchen auftauchte, und wir stürzten uns wieder in den Strudel der Weihnachtseinkäufe, an meiner Brust aber lag der Aquamarin.

Dann waren wir zu Haus, es war schon lange dunkel, und ich kriegte den Eimer zu fassen und raste los ins Baugeschäft nach Sand, und schön knurrig war der Platzverwalter, dass ich da noch mit so ’nem dicken Auftrag auf Katzensand um drei Viertel sieben angetrudelt kam. Zu Haus aber fand ich Itzenplitz in heller Verzweiflung. Störtebeker hatte sich noch immer nicht mit seinem Tannenbaumfuß gemeldet, aber zu Haus war er, wir hörten ihn rascheln.

Hand in Hand schlichen wir über den dunklen Vorplatz und klopften an seine Tür, hörten, wie er sich im Bett hin und her schmiss, hörten schnarchen, machten leise die Tür auf: In einer Pulle steckte eine Flackerkerze, und mit einer andern, halb geleerten Pulle war der Klaus Störtebeker eingepennt. Wir hatten ja schreckliche Angst vor ihm, aber wir schlichen doch wie die Indianer in die Kammer und suchten nach dem Fuß. Es war nicht viel zu suchen, und der Fuß war eben noch immer nicht da. Grade aber war Itzenplitz dabei, mit echt weiblicher Hartnäckigkeit eine Schublade aufzuziehen, da krächzte es vom Bett her: »Na, ihr jungen Lauser … Tannenbaumfuß? Morgen bestimmt!« Und schlief schon wieder.

Fünf Minuten vor sieben raste ich stadtwärts, und im Eisengeschäft von Günther waren Tannenbaumfüße ausverkauft, und bei Mamlock rasselte vor meiner Nase die eiserne Rolljalousie runter.

Zehn Minuten nach sieben trat ich wieder daheim an, ohne Tannenbaumfuß, und da stand unser Bäumchen in einem Sandeimer, in einem Hule-Mule-Katzensandeimer, herrlich drapiert mit einem weißen Tischtuch – stand unser Weihnachtsbaum, strahlte und funkelte.

Schönes, herrliches Weihnachtsfest – und die olle Itzenplitz fing doch wahrhaftig an zu heulen über den Aquamarinanhänger. »So was Schönes hab ich nun freilich nicht für dich.« Und das Feuerzeug war doch wirklich gut. Dann aber standen wir und sahen uns an, wie »unsere Hule-Mule« mit Knacken und Zerren ihren Bückling verdrückte, und leise sagte Itzenplitz: »Im nächsten Jahr brauchen wir keine Hule-Mule.«

CHRISTINE BRÜCKNER

Weihnachten in Frieden

Das erste Weihnachtsfest im Frieden! Ausgangserlaubnis für die besiegte und befreite Bevölkerung bis um zwei Uhr dreißig in der Heiligen Nacht. Die Amerikaner stifteten aus eigenen Beständen pro Kopf der Bevölkerung ein Kilogramm Weizenmehl und 400 Gramm Zucker, braunen Zucker aus Kuba, der wie gesüßter Fleischextrakt schmeckte.

Am großen Herd in der Küche, wo man sonst aus durchgerührten weißen Bohnen Schmalz, gewürzt mit Thymian, kochte und gegärten Magerquark mit falschem, am Wegrand gepflücktem Kümmel zu ›Stolper Jungchen‹ verrührte und wo man die feuchten Brotscheiben röstete, damit sie keine Blähungen verursachten, da backten in den Vorweihnachtstagen die Frauen nachmittags gemeinsam Weihnachtsgebäck, im Kopf die alten Maße und Rezepte. Aber statt der vorgeschriebenen Eier nehmen sie jetzt Milch, statt Vollmilch Magermilch; als diese verbraucht ist, nehmen sie Wasser, anstelle von Bienenhonig Zuckerrübenkraut und statt Zucker Süßstoff. Ein Schuß Essig gibt die gleiche treibende Kraft wie Backpulver. Aus Blech hatte man Backformen in alten Mustern hergestellt, Stern und Herz, Baum und Mond, Vogel und Fisch. Alles läßt sich ersetzen. Auch der Weihnachtsfrieden war nur so etwas wie ein Ersatzfrieden.

Der Tannenbaum wird in der Küche aufgestellt. Alle, die Arme und Beine regen können, beteiligen sich an den Vorbereitungen, stellen Strohsterne her, gießen Kerzen, bestäuben Kienäpfel mit Gips. Man zerschneidet eine Hakenkreuzfahne zu schmalen Streifen, bindet Schleifen daraus und schmückt damit den Baum. In den tiefen Fensternischen stehen langbrennende Hindenburglichter, zur Beleuchtung von Bunkern und Unterständen vorgesehen.

Die geistliche Ausgestaltung der Christnacht hat der Diakon Quint aus der Lausitz übernommen. Sein Sohn Anselm, vor vier Wochen hohlwangig aus dem französischen Kriegsgefangenenlager Bad Kreuznach entlassen, bläst die Posaune, die seine Mutter im Fluchtgepäck gerettet hat. ›Dies ist die Nacht, da mir erschienen des großen Gottes Freundlichkeit ...‹

Maximiliane schiebt die Kiste, in der ihr neugeborenes Kind liegt, näher an den Herd. ›Dies Kind, dem alle Engel dienen, bringt Licht in meine Dunkelheit.‹ Natürlich wenden sich alle Augen dem Kind in der Kiste zu.

Bevor der Diakon noch das Wort ergreifen kann und bevor auch nur die erste Zeile aus dem Zweiten Kapitel des Lukas-Evangeliums gesprochen ist, setzt ein leises, ansteckendes Weinen ein, dem die Generalin mit den Worten: »Und wenn wir auch alles verloren haben, unseren Stolz haben wir nicht verloren« ein Ende macht.

Der Diakon tut das Beste, was er tun kann – ein großer Prediger ist er nie gewesen –, er läßt weg, was er gelernt hat, spricht aus dem Herzen, schlägt die Bibel, die er in den Händen hält, nicht auf. Dies ist der Zeitpunkt für die Offenbarung.

»Ich sehe eine neue Stadt, die Hütte Gottes bei den Menschen. Er wird bei ihnen wohnen, sie werden Sein Volk sein, und Er wird mit uns sein, kein Tod wird mehr sein, kein Leid mehr, kein Schmerz mehr. Er wird kommen und abwischen unsere Tränen …«

Maximiliane betrachtet ihr Kind, das die Augen geöffnet hat. Sie hört nicht mehr auf die Worte; ihre Seele braucht wenig Nahrung, kommt mit wenigen Sätzen aus. Warum nicht jetzt? denkt sie. Warum erst in einer künftigen Stadt? Worauf wartet Er noch? Er wird abwischen unsere Tränen.

Die Quindts mit und ohne ›d‹ rücken näher zusammen. Frau Hieronimi besorgt das Einschenken, füllt ein heißes, rotes und süßes Getränk in die dickwandigen Jugendherbergstassen. Man singt Weihnachtslieder und singt sich dabei vieles von der Seele. Das Weihnachtsgebäck wird auf Zinntellern herumgereicht, und keiner zählt diesmal nach, wieviel sich jeder davon nimmt. Die Kinder sitzen am großen Küchentisch und benutzen Sterne und Herzen zu einem Puzzle-Spiel. Maximiliane nimmt Viktoria, die schon seit Tagen wie jedem Ereignis auch diesem entgegengefiebert hat, auf den Schoß. Im Wechselgesang singt sie mit Anna Hieronimi »›Maria durch ein Dornwald ging … da haben die Dornen Rosen getragen …‹«

Von der uralten Tante Maximiliane Hedwig, der man einen Lehnstuhl nahe an den Herd gezogen hat, kommt ein Klageton, ähnlich dem Ton, der entsteht, wenn zwei Eisschollen aneinanderstoßen.

Edda holt einen Arm voll Holzscheite aus dem Schuppen und schichtet sie in den Backofen, damit sie dort trocknen. »Was für ein umsichtiges kleines Mädchen!« – »Nichts muß man ihm auftragen, alles tut es von selber!« Man lobt es, lobt zugleich die Mutter. Maximiliane muß nicht mehr erwähnen, daß Edda ein Sonntagskind ist, um ihr zu ihrem Recht zu verhelfen. Auch der Name ›Kuckuck‹, den der alte Quindt dem kleinen Findling gegeben hat, verliert sich immer mehr.

Joachim stellt sich neben seine Mutter. Es ist zwar schon eine Weile vergangen, seit die Generalin die Quindts an ihren Stolz erinnert hat, aber der Junge braucht immer lange Zeit zum Nachdenken.

»Haben wir auch einen Stolz?« fragt er.

»Nein!« antwortet seine Mutter.

»Worauf ist Tante Elisabeth stolz?«

»Ihr Mann ist ein General. Und sie hat zwei Kinder geboren und aufgezogen.«

»Wir haben fünf Kinder!«

»Stolz ist nicht wichtig, Mosche.«

»Was ist wichtig, Mama?«

Maximiliane denkt einen Augenblick nach. »Mut ist wichtig. Und Geduld«, sagt sie dann. »Und jetzt schließ die Augen und denk an zu Hause! Was siehst du?«

Joachim strengt sich an, macht sich steif und sagt: »Die fünf Säulen. Und den Pferdeschlitten. Und Riepe auf dem Kutschbock. Und ...«

»Siehst du! Das ist wichtig, Mosche. Daß man auch noch etwas sieht, wenn man die Augen schließt.«

Und dann muß Joachim vor allen Anwesenden sein Gedicht aufsagen. Er zittert am ganzen Körper, auch die Stimme. »›Wärst du, Kindchen, im Kaschubenlande, wärst du, Kindchen, doch bei uns geboren ... Rote Schuhchen für die kleinen Füße, fest und blank mir Nägelchen beschlagen ...‹« Er bleibt nicht stecken, verspricht sich kein einziges Mal, läßt keinen Vers aus. »›Wärst du, Kindchen, doch bei uns geboren!‹« Aus dem Gedächtnis der Mutter ins Gedächtnis des Kindes übergegangen.

Auch er wird gelobt, wird in die Armee geschlossen, geküßt. »Ein richtiger kleiner Quindt!«

Ein Korb mit Äpfeln wird herumgereicht. Dann holt jeder ein paar Geschenke hervor, vom Mund Abgespartes, Selbstgeschnitztes, liebevoll und wertlos. Aber auch ein Rodelschlitten kommt zum Vorschein, vom Stellmacher des Dorfes aus Brettern zusammengenagelt und vom Schmied mit Kufen beschlagen. Golo stürzt sich darauf und läßt sich von Joachim über den Steinboden der Küche ziehen, schwingt seine Krücke, von der er sich noch immer nicht getrennt hat, wie eine Peitsche. Der alte baltische Onkel Simon August bekommt mehrere Zigarren, Frau Hieronimi erhält von Maximiliane deren ganze Monatsration an Zigaretten; sie zündet sich sogleich eine davon an und sagt mit einem Seitenblick zur Generalin: »Die deutsche Frau raucht wieder!«

Die Tanten aus Mecklenburg verteilen handtellergroße Leinendecken mit Lochstickerei, die Muster selbst entworfen. Erst am nächsten Morgen wird man gewahr werden, daß man keinen Tisch besitzt, auf den man ein Zierdeckchen legen könnte. Die Decken werden in den Schachteln verschwinden, die man unter die Betten schiebt, weil man keinen Schrank besitzt.

Frau Hieronimi überreicht den beiden alten Damen feierlich einen emaillierten Nachttopf, den sie mit Tannenzweigen und Strohsternen weihnachtlich geschmückt hat. Er erweckt Heiterkeit. Alle kennen die nächtlichen Schwierigkeiten der Damen, deren Kammer durch lange, ungeheizte Gänge und Stiegen vom nächsten Klosett entfernt liegt.

Die Generalin bringt das Gespräch wieder in die richtigen Bahnen und eröffnet den Reigen der Weihnachtsgeschichten.

»Bei uns in Königsberg«, erzählt sie, »zog am Heiligen Abend, wenn es dämmrig wurde, so gegen vier Uhr, die Stadtkapelle durch die Straßen. Bei uns in der Regentenstraße traf sie so gegen halb fünf Uhr ein. Die Kinder drängten sich am Fenster und warteten schon ungeduldig, auch das Personal stand im Salon, am anderen Fenster. Bei uns spielten sie ›O Tannenbaum‹, das Lieblingsweihnachtslied meines Mannes. Im Marschtempo! Anschließend überreichte die Köchin meinem Mann das Tablett mit dem selbstgemachten Marzipan. Die Form hatte er eigens für unsere Familie anfertigen lassen. Sie war dem Schwarzen Adlerorden nachgebildet, den sein Urgroßvater von Friedrich Wilhelm dem Dritten verliehen bekommen hatte, in Originalgröße! Er nahm dann einen der Marzipanorden und überreichte ihn mir als erster. ›Den ersten Orden für meine liebe Frau Elisabeth!‹ Und dann sagte er …«

»Suum quieque!« unterbrach Roswitha ihre Mutter.

»Das Schwein quiekt!« ergänzte ihre Schwester Marie-Louise, und beide brachen in Gelächter aus.

»Suum cuique!« berichtigte die Generalin mit erhobener Stimme. »›Jedem das Seine!‹, wie es auf dem Orden zu lesen war! Und dann überreichte er den Kindern ihre Orden, erst der Ältesten, dann der Jüngsten und dann auch dem Personal. Genau dem Rang nach, zuerst der Köchin. Es war jedesmal wie eine Auszeichnung, und so wurde es auch von allen empfunden. Wir verbrauchten für das Marzipan mehr als zehn Pfund Mandeln.«

Die übrigen Quindts antworteten mit achtungsvollem »Oh!«.

»Jedenfalls feierten wir alle zusammen wie eine große Familie«, schloß die Generalin; doch ihre Tochter Roswitha ergänzte: »Und anschließend ging das Personal in die Kammern und weinte.«

Auch Maximiliane läßt ihre Gedanken zurückgehen und überlegt, ob die Kinderfräulein und die Hausmädchen nach der Bescherung auf Poenichen in ihren Kammern geweint haben mögen, und kommt zu dem Ergebnis, daß es wohl genauso gewesen war. Als nächste beginnt Frau Hieronimi zu erzählen. Sie streicht ihr Haar eng an den Kopf und läßt die Hände auf den Ohren liegen, als müsse sie die Gedanken darin festhalten.

»Am Nachmittag, noch bevor wir in die Kirche gingen, gab es schon frische süße Mohnpielen, steif von Korinthen und dick mit Zucker und Zimt bestreut. In jedem Haus besaß man eine Weihnachtspyramide, aus Holz gedrechselt und bemalt, jede war anders; auf der unsrigen stand die Jahreszahl 1797. Vor der Kirchtür wurden die Kerzen angezündet. Dann trug jeweils ein Kind aus jeder Familie die Pyramide wie einen Lichterbaum hinein und pflanzte ihn, im Chor, in einen der Ständer; andere Kinder stiegen die Treppe zur Empore hinauf und setzten ihren Baum auf die Brüstung. Mit jedem Lichterbaum wurde es heller in der

Kirche. Im vorigen Jahr haben wir noch Kerzen gehabt, die wir selbst aus Bienenwachs gegossen hatten. Mein Jüngster hat die Pyramide getragen. Er wollte es erst nicht, er war schon fünfzehn Jahre alt. Zwei Tage später haben sie ihn zur Flak geholt. Keiner hat beim Aufbruch zur Flucht an die Pyramide gedacht.«

»Solch eine Pyramide läßt sich ersetzen!« sagt die Generalin.

»Ja«, entgegnet Frau Hieronimi. »Alles läßt sich ersetzen, sogar das Bein eines fünfzehnjährigen Jungen!«

Sie bricht in unbeherrschtes Schluchzen aus.

»Jeder hat hier sein Schicksal!« sagt die Generalin ungehalten.

»Aber nicht jeder hat die Kraft mitbekommen, es zu tragen!« wirft der alte baltische Onkel ein und versucht abzulenken. Er zieht aus seinem Rock eine Flasche. »Ich habe hier ein Schlückchen zu trinken. Reiner Korn! Einen Löffel für jeden!«

Mit ruhiger Hand füllt er die Löffel, die man ihm hinstreckt.

»Feine Leute trinken nie mehr als einen, allenfalls zwei Schnäpse. Und wir sind doch alle sehr feine Leute, nicht wahr! Und etwas essen muß man dazu, ›Sakuska‹ sagte man bei uns. Und jetzt werde auch ich eine Geschichte erzählen, eine lustige. Eine Geschichte muß lustig sein. Bei uns erzählt man lustige Geschichten, die man weitererzählen kann, wenn man wieder zu Hause ist. Es war in einer stürmischen Weihnachtsnacht. Die Chausseen waren vereist, und ein Schneesturm kam auf, so einer, wo man meint, die Wölfe zu hören …«

Mehr hörte Maximiliane von der Geschichte nicht. Die Stichworte genügten. Sie kaute der Reihe nach die Nägel ihrer Finger ab, während jener Weihnachtstag vor ihr auftauchte, als sie mit ihrem Mann auf der Fahrt von der Bahnstation nach Poenichen in einen pommerschen Schneesturm geriet, der ihn in Zorn versetzte; dazu der mißratene ›Karpfen polnisch‹, die weinende Mamsell Pech und am Ende Viktors kategorisches ›Komm!‹, mehr ein Racheakt als ein Zeugungsakt, die Frucht davon: Golo, dieses ungestüme Kind, das sich bei der Geburt schon das Schlüsselbein brach. Sie hört die Hebamme Schmaltz ›Du leiwer Gott!‹ sagen und taucht dann mit hörbarem Aufatmen aus dem pommerschen Schneesturm wieder auf, sucht nach Golo und entdeckt ihn zwischen den Knien des baltischen Onkels, den Mund weit geöffnet, damit er nur alles schlucken kann, was er hört.

» … und am Ende wurde der Karpfen dann doch noch verspeist!«

Die Geschichte war zu Ende. Der baltische Onkel holt eine der Zigarren hervor, die man ihm geschenkt hat. Edda eilt bereits zum Herd, hält einen Kienspan ins Feuer und trägt ihn vorsichtig zu dem alten Herrn. Der zündet sich bedächtig seine Zigarre daran an.

»Ich danke euch allen für diesen schönen Weihnachtsabend!« sagt er.

Aber nur die Kinder haben ihm zugehört. Die Erwachsenen sitzen da und hängen ihren eigenen Erinnerungen nach. Jeder erzählt seine Geschichte mehr sich selbst als den anderen.

Statt eine Weihnachtsgeschichte zu erzählen, berichtet

ein Herr Österreich, pensionierter Oberfinanzrat aus Breslau, der dort während des Krieges eine Quint geheiratet und aus persönlicher Liebhaberei Ahnenforschung betrieben hatte, über den Auszug des ersten Quinten, der zu Beginn des 15. Jahrhunderts als Lehnsherr des Burggrafen von Nürnberg in dessen Gefolge von hier nach dem Osten, ins Brandenburgische, gezogen war. Der Burggraf habe seine Burg an die Stadt Nürnberg verkauft, während der Eyckel glücklicherweise im Besitz eines Zweiges der Quindt, wenn auch eines unechten, geblieben sei. »Und jetzt diese Rückkehr!« schloß er seinen Bericht, und alle hingen wieder ihren Gedanken nach.

Golo schreckt sie daraus auf. Er hat sich in den Besitz der Posaune gebracht, steigt auf einen Stuhl, setzt das Instrument an den Mund, bläst mit dicken, roten Backen nach Leibeskräften hinein, ein stämmiger Barockengel; er bringt ein paar helle Töne zustande, für die er großen Beifall erntet.

Maximiliane läßt Viktoria vom Schoß gleiten, nimmt den Säugling aus der Kiste und zieht sich mit ihm in eine der dunklen Fensternischen zurück, um ihn zu stillen. In diesem Augenblick stürzt Viktoria unvermutet zum Herd und legt die Hand auf die heiße Platte. Schreckensrufe von allen Seiten. Man betrachtet die Brandwunden, gibt Ratschläge: »Feuchte Seife!« – »Die frische Innenhaut eines Eies!« – »Mehl!« Nichts davon war zu beschaffen. Maximiliane wehrt alle Ratschläge ab, nimmt Viktoria wieder auf den Schoß, leckt die wunde Hand und nimmt sie in den Mund. Sie weiß, was dieses Kind benötigt und was es sich nur auf diese Weise beschaffen wollte; Beachtung, wo doch alle anderen Geschwister bewundert worden waren, sogar der Säugling, der auch jetzt wieder friedlich in seiner Kiste schläft, nicht einmal weint, wenn man ihn von der Brust nimmt.

Die Kinder werden müde; für jedes findet sich ein Schoß und ein Paar Arme, die es an sich ziehen.

Als alle Lieder gesungen sind, schaltet Anselm Quint sein Radiogerät ein, den amerikanischen Soldatensender American Forces Network. Bing Crosby singt gerade ›Dreaming of a white Christmas‹. Eine Botschaft aus einem fernen, reichen Land, dazu angetan, die Herzen noch mehr zu weiten. Noch einmal werden die Teller mit dem Gebäck herumgereicht und gelobt. ›Wer ist noch, welcher sorgt und sinnt? Hier in der Krippe liegt ein Kind.‹

Als um Mitternacht die Glocken im Dorf läuten, öffnet der Diakon das Fenster. Auch im Dorf hat man Weihnachten gefeiert; wie, danach fragt von den Flüchtlingen auf dem Eyckel keiner.

Wenn jene Quindts, die das erste Weihnachtsfest nach dem Krieg miteinander gefeiert haben, später davon erzählen werden, wird immer von dem Gebäck die Rede sein. ›Ohne alles mit Essig‹, werden sie sagen und dabei mageren, kalorienarmen Putenbraten essen, einen Riesling dazu trinken und von jenem ›Heißgetränk‹ des Jahres 1945 erzählen, das chemierot aussah und nach Süßstoff schmeckte, ähnlich wie sie 1945 von Königsberger Marzipan, Mohnpielen und ›Karpfen polnisch‹ erzählt haben. ›Habt ihr denn nur gegessen?‹ werden die Kinder sie fragen. Und keiner von ihnen wird imstande sein zu berichten, was anders war bei jenem Weihnachtsfest.

HENRY DAVID THOREAU

Wintergäste

Ich hielt einige lustige Schneestürme aus und verbrachte manch gemütlichen Winterabend bei meinem Kaminfeuer, während draußen die Schneeflocken einen wilden Tanz aufführten und selbst das Geschrei der Eulen verstummte. Viele Wochen lang traf ich niemanden auf meinen Spaziergängen, nur hie und da kam jemand zum Walde, um Holz zu fällen und es im Schlitten nach dem Dorfe zu fahren. Übrigens halfen mir die Elemente, beim tiefsten Schnee einen Pfad durch den Wald zu machen, denn nachdem ich einmal durchgegangen war, blies der Wind die Eichenblätter in meine Fußspuren. Sie blieben dort liegen und brachten, indem sie die Sonnenstrahlen absorbierten, den Schnee zum Schmelzen; so erhielt ich nicht nur eine trockene Rinne für meine Füße, sondern an der dunkeln Linie auch einen Führer in der Nacht.

Um diese Zeit bekam ich selten Besuch. Wenn der Schnee sehr tief war, so wagte sich ein, zwei Wochen lang kein Wanderer in die Nähe meines Hauses, und ich wohnte so behaglich darin wie eine Feldmaus – oder wie Haustiere und Geflügel, das, unter Schneewehen vergraben, sogar ohne Futter lange Zeit zu überdauern vermag; oder wie die Familie eines der ersten Ansiedler der Stadt Sutton, deren Haus in Abwesenheit des Besitzers durch den starken Schneefall des Jahres 1717 vollständig begraben wurde. Ein Indianer entdeckte es an dem Loch, das der Atem des Schornsteins in den Schnee gefressen hatte, wodurch die Familie gerettet werden konnte. Aber kein gutmütiger Indianer kümmerte sich um mich; es war auch nicht nötig, denn der Herr des Hauses war zu Hause. Der ›große Schnee‹! Wie lustig hört sich dies an! Die Farmer konnten mit ihren Gespannen nicht zu ihren Wäldern und Mooren gelangen, sodass sie die Schatten spendenden Bäume vor ihrem Hause umhauen mussten. Erst als die Schneekruste trug, schnitten sie auf dem Moor die Bäume ab, und zwar, wie sich im nächsten Frühjahr herausstellte, zwölf Fuß über dem Boden.

Im tiefsten Schnee sah der ungefähr eine halbe Meile lange Pfad, den ich von der Landstraße bis zu meinem Haus getreten hatte, wie ein getüpfelter Mäander mit weißen Zwischenräumen zwischen den Tupfen aus. Eine Woche lang machte ich bei unverändertem Wetter genau die gleiche Anzahl Schritte beim Hin- und Herweg, indem ich bedachtsam und mit der Präzision eines Abgleichzirkels in meine eigenen Spuren trat. Zu solchen Kniffen zwingt uns der Winter. Oft jedoch waren sie von des Himmels eigenstem Blau gefüllt. Kein Wetter aber hielt mich von meinen Spaziergängen oder vielmehr Ausflügen ab, denn oft trabte ich acht bis zehn Meilen weit durch den Schnee, zu einem Rendezvous mit einer Buche, einer Gelbbirke oder einer alten Bekannten unter den Tannen. Doch die Tannen wurden zu Kiefern, wenn sie vor lauter Eis und Schnee ihre Glieder niederhängen ließen und mit geschärfen Spitzen dastanden. Oder ich watete durch zwei Fuß tiefen Schnee zu den Spitzen der höchsten Hügel hinauf und schüttelte mir bei jedem Schritt ein Schneegestöber über den Kopf. Manchmal auch zappelte und kroch ich auf Händen und Knien hinauf, wenn die Jäger im Winterquartier lagen. Eines Nachmittags vergnügte ich mich damit, eine gestreifte Eule *(Strix nebulosa)* zu beobachten, die auf dem niedrigen toten Ast einer Weißtanne, dicht bei dem Stamm, im hellen Tageslicht dasaß, während ich auf Armeslänge vor ihr stand. Sie konnte mich hören, wenn ich mich bewegte und den Schnee unter meinen Füßen zum Knirschen brachte, aber nicht deutlich sehen. Wenn ich das meiste Geräusch machte, streckte sie den Hals heraus, sträubte die Halsfedern und riss weit die Augen auf; doch gleich fielen die Lider wieder zu, und sie begann einzunicken. Auch ich fühlte einen einschläfernden Einfluss, als ich sie so eine halbe Stunde lang beobachtet hatte, wie sie, die geflügelte Schwester der Katze, gleich einer Katze mit halb offenen Augen dasaß. Nur ein kleiner Schlitz blieb zwischen den Lidern, wodurch sie einen halbinselförmigen Zusammenhang mit mir behielt. So blinzelte sie nach mir aus dem Land der Träume und versuchte, den verschwommenen Gegenstand oder das Augenstäubchen, das ihre Vision unterbrach, zu realisieren. Endlich wurde sie, bei etwas lauterem Geräusch oder einer Annäherung meinerseits, unruhig und drehte sich faul auf ihrem Sitz herum, als ob sie über die Störung ihrer Träume ungeduldig würde. Als sie dann mit langsamem Flügelschlag durch die Tannen davonflog, wobei sie ihre Flügel zu überraschender Weite ausbreitete, konnte ich von ihnen auch nicht den leisesten Ton vernehmen. Bei ihrem Flug durch die Tannenzweige wurde sie mehr durch das zarte Gefühl, mit welchem sie ihre Umgebung erkannte, als durch das Gesicht geleitet. Mit ihren sensitiven Schwingen tastete sie sich durch die Dämmerung hindurch zu einem neuen Ruheplatz, wo sie in Frieden den Anbruch ihres Tages erwarten durfte.

Wenn ich den langen Pfad, der für die Eisenbahn gemacht wurde, entlangging, kam mir manch pfeifender, schneidender Wind entgegen, denn nirgends findet er freieren Spielraum als hier; hatte er mich dann auf die eine Wange geschlagen, so hielt ich Heide, der ich war, ihm auch die andere hin. Auch auf der Fahrstraße von Bristers Hügel war es nicht viel besser. Denn wie ein freundlicher Indianer ging ich nämlich auch dann noch immer zur Stadt, als die Schneewehen aus dem weiten, offenen Feld die Wälle der Waldenstraße ausgefüllt hatten und eine halbe Stunde genügte, die Spuren des zuletzt Vorbeigegangenen zu verwischen. Kam ich dann zurück, so hatten sich dort, wo der geschäftige Nordwestwind bei scharfen Straßenbiegungen den staubartigen Schnee aufgehäuft hatte, neue Verwehungen gebildet, durch die ich mich hindurchkämpfte. Nicht eine Kaninchenspur, nicht einmal der zarte Eindruck, die feine Fährte einer Feldmaus waren zu sehen. Dennoch kam es selbst im tiefsten Winter selten vor, dass ich nicht auf einen warmquelligen Sumpf stieß, auf dem das Gras und der Strunkkohl in immer frischem Grün prangten und ein abgehärteter, mutiger Vogel die Rückkehr des Frühlings erwartete.

Wenn die Teiche fest zugefroren sind, bilden sie nicht nur neue, kürzere Wege nach vielen Punkten, sondern sie bieten auch von ihrer Oberfläche aus neue Gesichtspunkte zur

Betrachtung der vertrauten Landschaft ringsum. Wenn ich Flints Teich überquerte, nachdem er mit Schnee bedeckt war, so erschien er mir, obwohl ich oft darauf gerudert und Schlittschuh gelaufen war, so überraschend weit und fremd, dass ich immer an Baffins Bay denken musste. Die Hügel von Lincoln stiegen am Ende einer schneeigen Ebene, auf der ich mich nicht erinnern konnte vorher gestanden zu haben, ringsum empor. Die Fischer, welche sich in endloser Entfernung mit ihren wolfsähnlichen Hunden langsam über das Eis hinbewegten, konnten für Seehundjäger oder Eskimos gelten und glichen bei nebligem Wetter sagenhaften Wesen, von denen man nicht wusste, ob es Riesen oder Zwerge seien. Ich machte diesen Weg, wenn ich mich, um abends Vortrag zu halten, nach Lincoln begab, sodass ich zwischen meiner Hütte und dem Vortragssaal keine Straße betrat und an keinem Haus vorüberkam. Im Gänseteich, der an meinem Wege lag, wohnte eine Kolonie von Spitzmäusen, welche ihre Nester weit über das Eis erhöht hatten, doch war keine von ihnen im Freien zu sehen, wenn ich über den Teich ging. Der Walden, der wie die übrigen Teiche gewöhnlich von Schnee entblößt oder nur dünn und stellenweise zugeweht war, stellte meinen Hof dar, wo ich frei umherspazieren konnte, wenn die Schneedecke sonst überall zwei Fuß tief war und die Dörfler sich auf ihre Straßen beschränken mussten. Hier, fern von Dorfstraße und Schlittenglockengeklingel, das nur in langen Intervallen zu mir drang, schlitterte ich über das Eis hin und lief Schlittschuh wie in einem gut ausgetretenen Hof, auf welchen sich Eichenwälder und feierliche, von Schnee niedergebeugte und von Eiszapfen starrende Fichten niederneigten.

In Winternächten und oft auch an Wintertagen hörte ich von unendlich weit den einsamen, traurigen, aber melodischen Ruf der Heuleule. Es war ein Ton, wie ihn die gefrorene Erde erklingen lassen würde, wenn sie mit dem richtigen *plectrum* geschlagen würde, die wahre und mir schließlich ganz vertraute *lingua vernacula* des Waldenwaldes, wenn ich schon nie den Vogel im Moment, in welchem er ihn ausstieß, sah. Selten öffnete ich an Winterabenden meine Tür, ohne ihn zu hören: »Hu-hu-hu-hurru-hu«, klang es tief daher, oder die ersten drei Silben klangen wie »Hauderduh«; oft hieß es auch nur »Huhu«. Einmal wurde ich im Anfang des Winters gegen neun Uhr abends durch das laute Trompeten von Wildgänsen aufgeschreckt, und als ich unter die Türe trat, hörte ich sie über mein Haus hinfliegen. Das Rauschen ihrer Flügel glich dem Sturmwind, wenn er über den Wald jagt. Sie zogen über den Teich, Fair Haven zu, wahrscheinlich durch mein Licht am Niederlassen gehindert, während der Anführer die ganze Zeit im Takt seinen Trompetenstoß ertönen ließ. Plötzlich und unverkennbar antwortete den Gänsen eine Katzeneule ganz nahe bei mir, mit der schrillsten, fürchterlichsten Stimme, die ich je von einem Waldbewohner hörte, in regelmäßigen Abständen, als ob sie entschlossen sei, diesen Eindringling von der Hudson Bay durch die Entfaltung einer stärkeren und umfangreicheren Stimme zu beschämen und ihn zum Concordgebiet hinauszu›buhuen‹.

Ich hörte auch das Dröhnen des Eises im Teich, meines großen Schlafgenossen, als ob er unruhig in seinem Bett wäre und sich gern herumdrehen möchte, mit Blähungen zu schaffen hätte und schweren Träumen. Oder es weckte mich das durch den Frost verursachte Krachen des Bodens; es war, als ob ein Wagen mit der Deichsel gegen meine Tür gefahren wäre, und beim Erwachen fand ich einen Spalt von einer Viertelmeile Länge und drei Zoll Breite in der Erde.

Manchmal hörte ich in mondhellen Nächten die auf der Suche nach einem Rebhuhn oder irgendwelchem Wildbret befindlichen Füchse über das Schneefeld streifen; gleich Waldhunden bellten sie, heiser und dämonisch, als ob sie von einem Angstgefühl bedrückt würden und nach Ausdruck suchten, nach Licht verlangten und gern richtige Hunde wären, um frei in den Straßen herumlaufen zu können. Denn sollte, wenn wir mit Jahrtausenden rechnen, nicht auch bei den Tieren wie bei den Menschen die Zivilisation fortschreiten? Sie kamen mir vor wie rudimentäre, Höhlen grabende Menschen, die sich nach allen Seiten zu wehren haben und auf ihre Verwandlung warten. Manchmal kam einer, den das Licht angezogen hatte, zu meinem Fenster heran, bellte in der Fuchssprache einen Fluch nach mir und zog sich dann wieder zurück.

Gewöhnlich weckte mich morgens das rote Eichhörnchen, indem es über das Dach und an den Wänden des Hauses auf und ab lief, als ob es eigens zu diesem Zweck aus dem Wald hergeschickt worden wäre. Im Verlauf des Winters warf ich einen halben Scheffel Korn, welches nicht reif geworden war, auf die Schneekruste vor meiner Tür und amüsierte mich damit, das Benehmen der verschiedenen Tiere, welche dadurch angelockt wurden, zu beobachten. In der Dämmerung und bei Nacht kamen die Kaninchen und ließen sich's wohl schmecken. Den ganzen Tag über kamen und gingen die roten Eichhörnchen und gewährten durch ihre Manöver viel Unterhaltung. Erst kam eines vorsichtig durch die Buscheichen heran, lief wie ein vom Wind gejagtes Blatt in Absätzen über die Schneekruste, dann mit erstaunlicher Eile und Energieverschwendung ein paar Schritte herüber, wobei es mit einer Geschwindigkeit dahinfüßelte, als ob es um die Wette ginge. Dann lief es wieder ebenso viele Schritte hinüber, kam aber nie mehr als ein paar Schritte auf einmal näher. Plötzlich hielt es mit lächerlichem Ausdruck und der Dreingabe eines Purzelbaumes inne, als ob die Augen der ganzen Welt auf es gerichtet wären – denn alle Bewegungen des Eichhörnchens, selbst in den verborgensten Tiefen des Waldes, lassen, wie die einer Balletttänzerin, auf Zuschauer schließen. Es verschwendete mehr Zeit, als nötig gewesen wäre, die ganze Entfernung langsam abzugehen. Ich sah niemals ein Eichhörnchen langsam gehen. – Plötzlich war es unversehens auf dem Gipfel einer jungen Pechtanne, zog seine Uhr auf und schimpfte alle imaginären Zuschauer aus, schwätzte mit der ganzen Welt und hielt Monologe zu gleicher Zeit – aus welchem Grund, konnte ich nie entdecken, auch war derselbe ihm wohl selbst nicht bekannt. Endlich streckte es die Pfote nach einer Ähre aus, wählte sich eine, die ihm gerade zusagte, tanzte auf die gleiche unberechenbare trigonometrische Art bis auf den obersten Stock des Holzhaufens unter meinem Fenster, wo es mir ins Gesicht sah und hier stundenlang sitzen blieb, während welcher Zeit es sich hie und da mit einer neuen Ähre versah.

Endlich kamen die Häher herbei, deren schrilles Geschrei lang vorher hörbar war. Schon aus weiter Entfernung kamen sie nur mit großer Vorsicht heran und flogen auf schleichende, verstohlene Art von Baum zu Baum, wobei sie die Kerne aufpickten, welche die Eichhörnchen fallen ließen. Dann setzten sie sich auf den Zweig einer Pechtanne und versuchten in der Geschwindigkeit eine Nuss zu schlucken, die für ihre Speiseröhre zu groß war und sie zu ersticken drohte. Nach großen Anstrengungen wurde sie ausgestoßen, und eine Stunde lang hackten sie mit dem Schnabel daran herum, um sie zu zerspalten. Das waren richtige Diebe, und ich hatte keinen Respekt vor ihnen. Die Eichhörnchen aber gingen, wenn im Anfang auch schüchtern, zu Werk, als ob sie nähmen, was ihnen von Rechts wegen gehörte.

Mittlerweile kamen auch die Meisen in Scharen herbei, pickten die Körner auf, welche die Eichhörnchen fallen gelassen hatten, flogen damit auf den nächsten Zweig und hämmerten, indem sie dieselben unter die Krallen legten, mit ihren kleinen Schnäbeln darauf los, als ob Insekten in der Rinde wären, bis sie für ihren engen Schlund genügend klein gemacht waren. Eine kleine Schar dieser Meisen kam täglich heran, um ihr Mittagessen aus meinem Holzstoß oder die Krümchen vor meiner Tür aufzupicken, unter leisem, zwitscherndem, lispelndem Singen, das sich anhörte wie das Klingen von Eiszapfen im Gras, dann wieder mit lustigem »Däh-däh-däh«; seltener, an frühlingswarmen Tagen, erklang es vom Walde her wie ein duftig-sommerliches »Pliebie«. Sie wurden so zutraulich, dass sich schließlich einmal eine auf den Arm voll Holz setzte, welchen ich ins Haus trug, und an den Stöcken pickte. Während ich im Dorfgarten mit Hacken beschäftigt war, setzte sich einmal ein Spatz für einen Augenblick auf meine Schulter, und ich fühlte, dass ich dadurch mehr ausgezeichnet wurde als durch irgendeine Epaulette, welche mir zu tragen vergönnt gewesen wäre.

INGRID NOLL

Weihnachten im Schlosshotel

Viele Hotels haben über die Weihnachtsfeiertage geschlossen, meines nicht – im Gegenteil, wir sind stets bis zur letzten Mansarde ausgebucht. Die überdurchschnittliche Belegung liegt wohl an unserem speziellen Programm, das besonders kinderlose Paare anspricht. Schon an den Adventssonntagen wird eine Kutsch- oder Schlittenfahrt angeboten. Jeden Nachmittag gibt es Spekulatius und Glühwein am Kaminfeuer, und das Schlemmermenü am Heiligen Abend zieht sich über Stunden hin. An den folgenden Feiertagen sind kulturelle Veranstaltungen wie Kirchenkonzerte oder Ballettaufführungen angesagt. Unsere Gäste trinken relativ viel und sind dankbar, dass sie dem Trubel oder auch der Besinnlichkeit am Heimatort entfliehen konnten und weder einen Baum schmücken noch eine Gans braten oder gar ihre eigenen Besucher bewirten müssen.

Ich spreche zwar immer von *meinem* Hotel, aber natürlich gehört das Schlosshotel nicht mir persönlich; immerhin bin ich in der zweiten Etage für Ordnung und Sauberkeit verantwortlich. Im Allgemeinen steigen keine Hungerleider in unserem Fünf-Sterne-Palast ab, und deswegen ärgert es mich, wenn sich gerade die Reichen als ausgesprochene Geizkragen, ja Diebe erweisen.

Um nur ein Exempel herauszugreifen: Die gefällig in plissiertem Seidenpapier eingewickelten Miniaturseifen à 15 Gramm, die in jedem Badezimmer zur Verfügung stehen, werden in der Hälfte aller Fälle von den Gästen einfach mitgenommen. Schon mehrfach wurde ich von Freunden gefragt, was denn ein Hotel mit angebrochenen, aber wenig benutzten Seifen anfangen soll, aber da gibt es unendlich viele Möglichkeiten. Cordula, die Frau unseres Direktors, traf zum Beispiel ein Abkommen mit einem katholischen Kindergarten, den sowohl meine als auch ihre eigene Tochter besuchen. Die Puppenseifen, wie unsere Kinder sie nennen, sind wie geschaffen für schmutzige kleine Pfoten. Meine Sophie ist ganz stolz, wenn sie wieder einmal einen vollen Beutel bei den Erzieherinnen abgeben darf.

Doch wenn es nur die Seifen wären, die unsere Hotelgäste mitgehen lassen, dann würde ich kein Wort darüber verlieren. Jeden Morgen schiebe ich den schweren Reinigungswagen durch die Flure und ersetze Aschenbecher, Kugelschreiber, Flaschenöffner, Hotelbibeln, Kleiderbügel, ja Frotteemäntel oder Badematten. Es gibt sogar clevere Gäste, die alle Fläschchen der Minibar austrinken und mit Wasser auffüllen. Laut Cordula handelt es sich bei dem – in Fachkreisen *Schwund* genannten – Verlust im Laufe eines Jahres um 5-stellige Beträge, wobei ein Grandhotel wie meines noch besser davonkommt als eines mit nur vier Sternen. Als irgendwann sogar eine große Tagesdecke aus altrosa gestreiftem Chintz verschwand, beschloss ich zurückzuschlagen.

Schon immer interessierten mich die Kosmetika weiblicher Gäste, und ich prüfe alle Produkte mit sachkundiger

Bewunderung. Nur wer bloß einen einzigen Tag bleiben will, belässt seinen Kram bisweilen im Beauty Case. Die meisten Frauen packen ihren Kulturbeutel als Erstes aus und stellen ihre Döschen, Tuben und Fläschchen dekorativ auf der Glaskonsole ab. Inzwischen habe ich die Preise für sämtliche Markenartikel im Kopf und kann sofort feststellen, in welcher Parfümerie die Damen einkaufen. Es gibt sündhaft teure Tages- und Nachtcremes, die völlig unerschwinglich für mich sind. Der Mehrheit unserer Ladys sieht man es ohnedies nicht an, was für ein Vermögen sie sich ins Gesicht schmieren. Und wie verbraucht sie ohne Intensivpflege aus ihrer Seidenwäsche gucken würden, will ich lieber gar nicht wissen.

In meiner Kitteltasche stecken ein paar Plastikdöschen und ein Teelöffel, mit dem ich beim Aufräumen der Badezimmer winzige Mengen der Wunderelixiere abzweige. Und damit meine Finger keine Spuren hinterlassen, benütze ich, auch aus hygienischen Gründen, ein Glasstäbchen zum nachträglichen Glattstreichen. Klar ist auch, dass ich mich niemals mit fremdem Parfum einsprühe, wie neulich eine dumme kleine Praktikantin.

Auf diese dezente Weise konnte ich nicht nur jahrelang meinen täglichen Bedarf decken, sondern auch einen kleinen Vorrat für Urlaubstage anlegen. Ich hatte noch nie ein schlechtes Gewissen und Angst vorm Erwischtwerden, denn welcher Frau wird es gleich auffallen, wenn eine derart geringe Portion fehlt?

Gegen reiche Frauen, wenn sie für ihr Spitzengehalt hart arbeiten müssen, habe ich nichts. Auch die zahlreichen Geliebten, die sich zur Kongresszeit mit ihrem verheirateten Lover hier einquartieren, verdienen eher mein Mitgefühl. Wenn ich attraktive junge Frauen an der Seite eines alten Fettsacks sehe, denke ich mir, sie bekommen ihren Luxus nicht geschenkt. Meine Aggressionen richten sich gegen die Prinzessinnen, die Erbinnen, denen ohne jegliche Gegenleistung ein Vermögen zugefallen ist. Bei ihnen bediene ich mich häufiger als bei den anderen. Soll mir keiner nachsagen, ich machte keinen Unterschied.

Seit Ewigkeiten residierte Mary Schönwald jeweils vier Wochen im Sommer und im Winter im Schlosshotel. Bis zu ihrem sechzigsten Lebensjahr soll sie ihre jeweiligen Verlobten oder Geliebten mitgebracht haben, zu meiner Zeit kam sie ohne Begleitung. Sie gehörte zu jenen Auserwählten, deren Cremetöpfe ich fast täglich plünderte. Mary war so reich, dass sie ihre Perlenkette oft achtlos herumliegen ließ und nicht in den Safe zurücklegte. Für mich wäre es ein Leichtes gewesen, ihre Kette oder einen Ring unter dem Bett hervorzuangeln und einzustecken. Aber ich wollte auf keinen Fall dem Ruf meines Hotels und seiner Besitzer schaden.

Abends schaue ich in den Zimmern nur schnell nach dem Rechten, decke die Betten auf und lege ein Zellophantütchen mit Champagnertrüffeln aufs Kopfkissen. Falls es nötig ist, wechsle ich auch die Handtücher. Eigentlich wollte ich gerade am Heiligen Abend möglichst früh zu Hause sein, weil meine Mutter und meine Tochter mit der Bescherung auf mich warteten. Andererseits war ich mir sicher, dass mich jetzt kein Hotelgast überraschen konnte, denn sie saßen alle beim 6-gängigen Festmahl. Auch meine beiden Kolleginnen vom Spätdienst hatten sich bereits verabschiedet, und ich war ganz allein auf meiner Etage.

Wie so oft herrschte Chaos in Marys Suite, denn sie hatte sich wohl erst in letzter Minute umgezogen. Zu ihren Gunsten muss ich sagen, dass sie zwar nicht zu den Trophäenjägern und Langfingern gehörte, dafür aber legte sie ihre angebissenen Äpfel stets in das Obstkörbchen zurück, was mich ebenso zur Weißglut brachte. Und so war es auch diesmal. Als ich den Granny Smith entsorgt, ihren Pelzmantel und die Klamotten wieder auf die Bügel gehängt und die Schuhe in den Schrank gestellt hatte, beschloss ich, diesmal etwas tiefer in ihre Salbentöpfe zu langen. Was sprach dagegen, mich gleich an Ort und Stelle für das Weihnachtsfest hübsch zu machen? Ganz professionell begann ich das Abschminken mit Reinigungsmilch und adstringierender Lotion, massierte dann eine orientalische Wundercreme ein und trug ein schimmerndes Fluid mit Marys Naturschwämmchen auf. Ich hatte meine Kittelschürze abgelegt, um sie nicht mit Make-up zu beschmieren, und war noch längst nicht mit Rouge und Wimperntusche fertig, als ich einen feinen, schabenden Ton im angrenzenden Schlafzimmer hörte, der mir das Blut in den Adern gerinnen ließ. Mary konnte es kaum sein, da sie bei festlichen Gelegenheiten die Letzte war, die es ins Bett zog. Lautlos zog ich die angelehnte Badezimmertür einen Spalt weit auf und sah im Toilettenspiegel zwei gelbe Gummihandschuhe, die sich am Safe zu schaffen machten.

Mir wurde speiübel vor Angst, denn ich war mir ziemlich sicher, dass ich die Eingangstür abgeschlossen hatte.

Nur ein Profi konnte so geräuschlos eindringen. Würde er mich entdecken und als unwillkommene Zeugin auf der Stelle beseitigen?

Ohne den erbarmungswürdigen Laut von mir zu geben, der mir in der Kehle steckte, kroch ich unter das Waschbecken und stellte mich tot. In diesem Moment wurde mir bewusst, dass meine Schürze an der Außenseite der Türklinke hing und mich verraten würde. Mein armes Kind!, dachte ich, gerade am Heiligen Abend wird es zur Waise werden!

Plötzlich hörte ich eine mir bekannte Stimme *Schlamperei* sagen. Die gelbe Gummihand grabschte nach meiner Schürze und fegte sie vom Griff herunter. Fast gleichzeitig wurde die Tür aufgerissen, meine Chefin stand auf der Schwelle und sah mich auf dem Boden kauern.

»Was machst du denn da?«, fragte sie. Geistesgegenwärtig behauptete ich, nach einer Haarnadel zu suchen, die mir gerade heruntergefallen sei.

Cordula und ich kennen uns noch von der Hotelfachschule her. Damals wurden wir fast gleichzeitig schwanger und mussten unsere Ausbildung abbrechen; sie hatte allerdings bessere Karten als ich, weil sie sich den Juniorchef unseres Hotels angelacht und zum Vater ihrer Tochter gemacht hatte. Mein damaliger Freund war ein Japaner, der sich leider jeglicher Verantwortung entzog und auf Nimmerwiedersehen in seine Heimat entschwand. Unsere zeitgleiche Schwanger- und Mutterschaft ließ uns schnell zu Freundinnen werden; ich verdanke Cordula den Job im Hotel und die Aussicht auf eine besser bezahlte Stelle als Leiterin des Etagenservices.

Noch nie hat sich die schlaue Cordula täuschen lassen. Ihre flinken Augen wanderten zu den offen stehenden Cremetöpfen, der Puderdose und dem Haarpinsel, der eine dunkle Spur Mascara auf der marmornen Ablage hinterlassen hatte. Dann sah sie mir voll ins Gesicht und erkannte sofort, wie gekonnt ich meine Kreativität dort eingesetzt hatte.

Wortlos reichte sie mir meine Schürze, in der es peinlicherweise klapperte.

»Was haben wir denn da?«, fragte sie, griff in die Tasche und zog die gut gefüllten Döschen und den Teelöffel heraus. Ich antwortete ihr nicht, sondern setzte ein dümmliches Grinsen auf. Meine Beförderung konnte ich ein für alle Mal vergessen, wahrscheinlich endete mein Vergehen sogar mit einem Rausschmiss.

Ein paar Sekunden lang musterte Cordula mich nachdenklich.

»Woher konntest du so schnell wissen, dass sie erst vor wenigen Minuten gestorben ist?«, fragte sie.

Tot? Wer? Ich verstand gar nichts. Dann erfuhr ich, dass Mary Schönwald bereits bei der Gänseleberpastete kreidebleich zusammengesackt war. Man half ihr unauffällig wieder auf die Beine, bettete sie im Büro auf ein Sofa und ließ sofort den Notarzt kommen, der ihr aber nicht mehr helfen konnte.

»Mein Gott, sie hat noch die Rechnung vom Sommer offen!«, klagte Cordula. »Wer weiß schon, wann die Erben ermittelt sind und sich zum Bezahlen bequemen! Wahrscheinlich hast auch du bis jetzt kein Trinkgeld erhalten.«

Das stimmte. Gemeinsam räumten wir nun das Sicherheitsfach aus, denn die geistesgegenwärtige Cordula hatte

Marys Handtasche mit Zimmer- und Safeschlüssel sofort an sich genommen. Die Beute legten wir auf die Bettdecke und freuten uns wie kleine Mädchen am Funkeln und Glitzern.

»Die gesamten Kronjuwelen kann man nicht gut einsacken«, meinte Cordula, »die Steine sind leider allzu exklusiv. Am besten nimmt man reines Gold, das lässt sich überall an den Mann bringen.«

Ich war unendlich erleichtert und begann flink, die Schönheitsmittel aufzuräumen.

»Lass mal sehen«, sagte Cordula, »womit hat sich die Alte denn ihre Furchen zugekleistert? Myrrhe-Lotion? Weihrauch-Creme? Das ist ja wie bei den Heiligen Drei Königen, nur das Gold hat noch gefehlt.«

Jetzt nicht mehr. Schwer beladen ging ich am späten Abend nach Hause und leuchtete dort mit dem Tannenbaum um die Wette.

ANNA STOTHARD

Angel

Die Woche vor Weihnachten war hektisch, wenn man als Wahrsagerin bei einer Hotline arbeitete. Angel trug Hausschuhe und hatte die Füße auf den Schreibtisch gelegt. Sie nahm eine Mandarine aus der Schüssel und hielt das Telefon ans Ohr. Roter Lack splitterte von dem Fingernagel, den sie unter die Mandarinenschale schob. Während sie die einzelnen Spalten aß, hielt sie das Telefon ein wenig zur Seite. Die Anruferin erzählte von ihrem Goldfisch. Angel konnte sich nicht mehr erinnern, wie sie auf dieses Thema gekommen waren, aber die meisten Menschen wollten sowieso einfach nur reden. Besonders jetzt, so kurz vor Weihnachten, wo alle in einem Rausch aus Glühwein und Einkaufswut umherirrten. Angel schluckte das Stück Mandarine hinunter. Die Anruferin schien festzustecken, immer wieder nur im Kreis zu schwimmen – vielleicht sollte sie ihren Horizont erweitern, etwas Neues ausprobieren. Genau das – nur ohne die Fischmetapher – erzählte sie zwar fast allen älteren Damen, aber das machte es nicht weniger wahr.

Es war Heiligabend, und im Zimmer über Angel wurden Weihnachtslieder gespielt. Aus der Gemeinschaftsküche zogen der Geruch nach verbrannten Mince Pies und der süßliche Duft von Glühwein den Flur entlang. Angel war zweiundzwanzig und hatte lange, schwarze Haare, ein blasses Mädchen in einem lila Jogginganzug und rosa Secondhand-Hausschuhen. Sie wohnte in der Nähe des Brighton Pier im Erdgeschoss einer ehemaligen Pension namens The Seashell, deren möblierte Zimmer im Moment von zwei Familien, vier alleinstehenden Männern und einer Angel bewohnt wurden. Die Küstenstadt war für Eisverkäufer und sonnenverbrannte Touristen gedacht, nicht für überfrorene Pfützen und Saufgelage im Advent. Ihr kleines Zimmer mochte früher einmal Charme gehabt haben, doch davon geblieben waren nur das gerahmte Foto einer Muschel an der Wand über dem Einzelbett und die Tapete mit Strandmotiv, aber die Tapete löste sich bereits, und die Heizung war kaputt. Angels einziges Zugeständnis an Weihnachten war eine kleine Porzellanpuppe im roten Stoffkleid, die eigentlich oben auf einen Weihnachtsbaum gehörte, aber stattdessen auf ihrem Schreibtisch stand, neben der Schale mit den Mandarinen und dem Buch *Die besten Motivationszitate* aus der Bibliothek, dessen Ausleihfrist längst abgelaufen war.

Das Telefon klingelte. Angel holte tief Luft, räusperte sich und meldete sich dann mit fröhlicher Stimme: »Frohe Weihnachten, Angel am Apparat. Wie heißen Sie?«

»Samantha«, gab Weihnachtsanruferin Nummer siebzehn mürrisch zurück und machte damit deutlich, dass sie eine von den Einsilbigen war, die Hellseher nicht sonderlich mochten.

»Vielen Dank, dass Sie sich an uns gewendet haben, Samantha. Haben Sie etwas Spezielles auf dem Herzen, oder soll ich Ihnen ganz allgemein die Karten legen?«

»Eher so allgemein«, antwortete sie und klang genervt, als wäre ihr das Ganze egal, als hätte sie nicht die letzte Viertelstunde damit verbracht, ihre Kreditkartendaten einzugeben und die Profile der verschiedenen Wahrsagerinnen zu durchforsten. Angel lauschte auf Hintergrundgeräusche, die ihr einen Anhaltspunkt bieten könnten. Ein Wäschetrockner, ein Radio, Verkehrslärm oder ein Fernseher zum Beispiel, aber es war völlig still. Diese Stille war für sich genommen natürlich auch eine Art Anhaltspunkt.

»Ich lege Ihnen jetzt das Keltische Kreuz«, log Angel. Sie wusste auch so, was die Leute beschäftigte, sie musste dafür keine Schwerter, Kelche oder Pentakel bemühen. »Ich drehe die erste Karte um.« Angel überlegte kurz, wie sie einsteigen sollte. Ein alter Freund oder früherer Geliebter würde sich demnächst melden? Dem konnte man schwer widersprechen. Oder vielleicht, dass Samantha zu oft das Herz entscheiden ließ statt des Kopfs? Wenn jemand mehr als ein Pfund pro Telefonminute zahlte, stand das ja wohl fest. Bevor Angel sich entscheiden konnte, unterbrach die Anruferin ihre Gedanken:

»Moment mal, ich muss mir das vorstellen können. Arbeiten Sie von zu Hause aus, oder sitzen Sie in so einer Art Callcenter? Und wie alt sind Sie?«

»Ich bin fünfunddreißig«, log Angel. »Ich arbeite von zu Hause aus.« Mit solchen persönlichen Details musste man immer sehr vorsichtig sein. Niemand will hören, dass die Wahrsagerin gerade ihre Unterwäsche zum Trocknen auf die Heizung gelegt hatte oder dass es Fertignudeln zum Mittag gab. Es wollte auch keiner etwas über die Kuscheltiere vom Jahrmarkt erfahren, die auf ihrem Bett wohnten.

Niemand wollte wissen, dass die »außerordentlich intuitive Hellseherin in zweiter Generation« das Fenster ihres möblierten Zimmers mit Zeitungspapier zugeklebt hatte, weil man von der Straße aus hineinsehen konnte und sich die Vorhänge nicht richtig zuziehen ließen. Die Kunden wollten verschlissenen Samt und Ethno-Deko, geschliffene Glaskerzenhalter und bunte Seidentücher.

»Ich bin auch zu Hause. Vor meinem Fenster zur Straße hinaus kann ich gerade ein Rotkehlchen sehen.« Die Frau hatte es offensichtlich nicht eilig. Der Anruf kostete ein Pfund zwanzig pro Minute (von denen Angel an Wochentagen lediglich fünfundzwanzig, an Wochenenden siebenundzwanzig Pence bekam und, wenn ihre Arbeitszeit zwischen Mitternacht und sieben Uhr morgens lag, noch eine Pauschale von drei Pfund dazu). »Es sitzt in der Eiche und sieht mich an. Mein Mann und ich haben früher fast jedes Wochenende Ausflüge gemacht, um Vögel zu beobachten. Mögen Sie Rotkehlchen?«

»Gehen Sie immer noch zusammen Vögel beobachten?«, wagte Angel einen Vorstoß. Ein Schauder überlief sie, ob aufgrund einer Vorahnung oder nur wegen der Kälte, konnte sie nicht genau sagen. Die Wärme des kleinen Heizlüfters unter dem Schreibtisch reichte nur wenige Zentimeter weit, sodass ihre Zehen stets fast gekocht wurden, der Rest ihres Körpers jedoch eiskalt blieb. Letzte Woche war sie bei einem Telefonat so abgelenkt gewesen, dass der Heizlüfter die Sohlen ihrer Hausschuhe geschmolzen hatte. Während sie zu erraten versuchte, wie das nächste Zeugnis einer minderjährigen Mutter ausfallen würde, klebten sie einfach am Fußboden fest.

»Der hat für so was keine Zeit mehr«, sagte die Anruferin.

Angel stellte sich die intelligent klingende Frau in einem weichen Sessel mit Blumenmuster vor, in einem blitzblanken Zimmer mit Fenstern, die bis zum Boden reichten. Eine Doppelhaushälfte, im Garten ein Kirschbaum.

Sie holte tief Luft und fragte: »Wie lange läuft seine Affäre schon?« Sie ging damit zwar ein Risiko ein, es war jedoch ein wohlkalkuliertes, denn die Anruferin war am Weihnachtsabend allein und erzählte gerade einer völlig Fremden voll Bitterkeit von einem ehemaligen gemeinsamen Hobby.

Angel hatte schon früher als Wahrsagerin gearbeitet, den Sommer über draußen, auf Seebrücken im ganzen Land, und später in Hotels und Tagungsräumen, Kinos und Einkaufszentren. Wenn sie einem Menschen gegenübersaß, konnte sie ihm mit Leichtigkeit seine Bedürfnisse und Ängste am Gesicht ablesen. Ihr Stiefvater bezeichnete es als eine »Gabe«. Da hatte er vielleicht nicht ganz unrecht, andererseits war er auch nicht derjenige, der sich nach einem langen Tag auf einem Jahrmarkt oder im Einkaufszentrum wie ein Häufchen blankgeleckter Hühnerknochen fühlte. Über das Telefon waren diese Signale zum Glück etwas gedämpfter, und sie verließ sich auf ihre Intuition.

»Wie bitte?«, fragte Samantha.

»Wie lange die Affäre schon dauert, wollte ich wissen. Das verraten mir die Karten nämlich nicht.«

»Ein paar Jahre. Ist er gerade bei ihr?« Als sei es ihr peinlich, überhaupt gefragt zu haben, sprach die Anruferin schon weiter, bevor Angel antworten konnte: »Sagen Sie es mir lieber nicht. Natürlich ist er bei ihr. Am Weihnachtsabend hat doch wohl keiner einen Geschäftstermin. Aber ich bin selbst schuld, ich musste ja unbedingt fünfzig werden. Wird er mich verlassen? Bitte antworten Sie mir auch darauf nicht.«

»Auch die Stille spricht zu uns. Erst wenn wir aufhören zu weben, wird das Muster deutlich«, zitierte Angel aus dem Bibliotheksbuch, um etwas Zeit zu gewinnen.

»Lesen Sie mir hier etwa gerade für ein Pfund pro Minute Glückskekssprüche vor?«

»Ein Einhorn kann keinen Bocksprung machen«, antwortete Angel, um die Stimmung aufzuheitern. Samantha lachte nicht.

»Wie alt sind Sie eigentlich wirklich? Sie klingen nicht wie fünfunddreißig.«

»Zweiundzwanzig.« Das gab sie nur selten zu. Sie war zu jung. Keiner nahm ihr ab, dass sie sich in dem Alter schon mit Trauer und Einsamkeit auskannte.

»Und wieso arbeiten Sie mit zweiundzwanzig am Weihnachtsabend für eine Wahrsagerhotline?«

»Mein Arbeitgeber zahlt zwar keine Rentenbeiträge für mich, aber dafür kann ich mir meine Zeit frei einteilen.«

Samantha lachte auch diesmal nicht. Kein einfaches Publikum. Angel schluckte den Speichel hinunter, der sich unter ihrer Zunge gesammelt hatte. Mittlerweile konnte sie Samanthas Traurigkeit schmecken, was über das Telefon nur selten vorkam und ihr so gar nicht gefiel. Von dem Geschmack pulsierte ihr Mund wie nach den billigen sauren Gummitieren, die man im Kino kaufen konnte. Sie öffnete die Schreibtischschublade und holte die Tarotkarten in ihrem roten Samtsäckchen heraus. Ihr Stiefvater hatte ihr diese Karten in einem kleinen Eckladen gekauft, damals, als sie noch nicht Angel hieß. Es war ein Geschenk zu ihrem zehnten Geburtstag, und die Karten hatten nach indischem Essen gerochen und fettige Fingerabdrücke gehabt, aber der Stapel hatte vibriert, als sie ihn in die Hand nahm. Das Talent, die Emotionen anderer aufzusaugen und Ärger geradezu anzuziehen, konnte man nicht für zwei neunundneunzig erwerben, zusammen mit einer Tafel Schokolade und einer Tüte Chips zum Abendbrot. *Aber sie waren zumindest mitverantwortlich,* dachte Angel. Sie mischte die Karten.

»Letzte Nacht«, begann Samantha wie aufs Stichwort, und Angel hielt in Erwartung der kommenden Offenbarung den Atem an, »bin ich aufgewacht und dachte, meine Tochter wäre bei mir im Zimmer. Aber ich konnte mich nicht bewegen. Im Traum sah sie so unschuldig und gleichzeitig so angespannt aus wie früher als Kind immer. Ich wollte mit ihr reden, aber ich konnte die Lippen nicht bewegen.«

Beim letzten Wort versagte Samantha die Stimme. Angel schwieg, in der Hoffnung, die Anruferin würde fortfahren, doch das war ein Fehler.

»Tut mir leid«, sagte Samantha mit zitternder Stimme, »ich muss auflegen. Ich hätte Sie nicht damit behelligen sollen. Es war ein Fehler.«

Bevor sie reagieren konnte, hatte die Frau schon aufgelegt, und Angel saß frustriert vor dem Telefon. Ihre Haut juckte, besonders die Handflächen. Sie nahm sich noch eine Mandarine und begann sie zu schälen, um damit vielleicht den Geschmack von Samanthas Gefühlen zu überdecken, aber vom Geruch der Frucht wurde ihr schlecht. Sie bemerkte, dass ihre Hände leicht zitterten, und strich stattdessen der Weihnachtsfigur auf ihrem Schreibtisch über das Gesicht, das leer zurückstarrte. Über ihr lief im Radio *O Little Town of Bethlehem*. Draußen vor dem Fenster schrien die Möwen, und Männer torkelten aus den Pubs nach Hause zu ihren Familien, wo die Ehefrauen wahrscheinlich gerade Geschenke einpackten und die Kinder schon im Bett lagen. Angel drehte mit geschlossenen Augen eine Karte um und wusste sofort, dass es die fünfzehnte Trumpfkarte sein würde, eine der großen Arkana, dass der mysteriöse Teufel sie anstarren würde. Kampf. Manipulation. Verlust. Sie steckte ihn schnell zurück in den Kartenstapel und mischte seine Augen unter.

In den nächsten Stunden war sie beschäftigt. Langsam verschwand das Sonnenlicht. Ein Mann beschwerte sich, dass er sich durch den neuen Job seiner Frau entmännlicht fühlte. Angel riet ihm, wenn seine Frau das nächste Mal Arbeit mit nach Hause brächte und bis spätabends beschäftigt wäre, ihr einfach wortlos eine Tasse Tee hinzustellen und einen Kuss aufs Haar zu geben.

»Tee!« Der Mann schnaufte verächtlich. »Ich zahl hier ein Pfund die Minute, und Sie sehen Tee voraus!«

»Große Liebe erwächst aus kleinen Aufmerksamkeiten«, ließ ihn Angel mit ihrer weisesten Stimme wissen. Auf der Straße wurde es ruhig, nur von oben war immer noch leise Weihnachtsmusik zu hören, also waren ihre Nachbarn wohl eingeschlafen und hatten das Radio laufen lassen. Sie brauchten immer irgendein Hintergrundgeräusch, den Fernseher, das Radio, Streit.

Es war Geisterstunde, drei Uhr morgens. Um drei Uhr morgens passiert nie etwas Gutes, nicht mal zu Weihnachten, obwohl es doch die passendste Arbeitszeit für den Weihnachtsmann und Hellseherinnen war. Menschen, die nicht schlafen können, sind die Haupteinnahmequelle von Wahrsagerhotlines, zu ihrer Panik kommt das Mondlicht und tut ein Übriges. Angel saß still da und wartete auf den nächsten Anrufer. Sie deckte sich selbst eine Karte auf. Die Liebenden, aber sie standen auf dem Kopf. Nackt, mit offenen Armen, falsch herum.

Das Telefon klingelte, und sie wusste sofort, dass es wieder die Frau sein würde, deren Traurigkeit durch das Telefon sickerte. Angel hätte gern eine Tasse Tee gehabt, einen Moment Ruhe, eine Scheibe Toast, aber sie nahm trotzdem ab. Wenn man als verfügbar eingeloggt war, aber nicht ans Telefon ging, bekam man Honorarabzug. Wehe dem, der mal auf die Toilette musste. Und Angel hatte außerdem auch Lust, mit ihr zu sprechen.

»Ich bin eine ganze Weile nicht durchgekommen. Ich dachte, Sie wären nicht mehr da.«

»Ich bin da, keine Sorge«, sagte Angel.

In der Stimme der Frau lag Sehnsucht. Angels Stiefvater hatte immer gesagt, sie würde die Unglücklichen dieser Welt magisch anziehen. Er hatte das als Kompliment gemeint, weil die Kaputten tiefere Taschen hätten, aber Angel war noch nie froh darüber gewesen. Es machte ihr keinen Spaß, als Kind mit den Männern und Frauen mitzufühlen, die in ihrer Jahrmarktsbude saßen und ihr auf die Tarotkarten weinten. Es machte ihr keinen Spaß, als Jugendliche unfreiwillig auf derselben spirituellen Wellenlänge zu landen wie Mütter, die von ihren Männern verlassen worden waren, oder in die Seelen alter Männer zu blicken, die sie am liebsten mit zu sich nach Hause genommen hätten. Sie fühlte die Gier der Suchtkranken und die innere Leere der Versager, als wären es ihre eigenen Emotionen. Ihr Stiefvater fuhr sie von Stadt zu Stadt und dachte sich jedes Mal einen neuen Namen für sie aus, denn Menschen, in denen etwas zerbrochen ist, wird man sonst so schnell nicht wieder los. Er erklärte ihr, dass die Menschen Mitgefühl gern mit Liebe verwechselten, weshalb sich alle so von ihr angezogen fühlten. *Du bist nicht von dieser Welt,* sagte er immer. *Du kommst von weiter oben.* Sie hatte das selbst nie so empfunden, dass sie über den Leuten stünde. Außen vor vielleicht. Darunter. Erdrückt von ihnen. Doch zugehörig hatte sie sich tatsächlich nie gefühlt. Nur einmal ganz kurz, als sie verliebt war.

»Lassen Sie sich Zeit«, sagte Angel. »Ich werde mir Mühe geben, Ihnen zu helfen.«

»Sie können mir nicht helfen.«

»Lassen Sie es mich doch versuchen.«

»Trinken Sie ein Glas Wein mit mir? Ich meine, Sie gießen sich was ein, und dann trinken Sie Ihren Wein, während ich meinen trinke, und – meine Güte, was ist denn das für eine blödsinnige Idee, ich bin einfach zu dumm.«

»Das ist überhaupt nicht blödsinnig. Klar trinke ich ein Glas Wein mit Ihnen.«

Angel konnte sich schon lange keinen Wein mehr leisten, goss sich aber stattdessen etwas Wasser in die Teetasse auf ihrem Schreibtisch.

»Na dann.«

Sie stieß mit der Tasse gegen die Tischkante, was nicht im Geringsten nach einem Weinglas klang.

»Prost. Frohe Weihnachten.«

»Frohe Weihnachten«, sagte Samantha.

»Sie sind einsam«, rutschte es Angel heraus, bevor sie hatte überlegen können, wie sie es tiefer und hellseherischer klingen lassen könnte. Sie hätte sagen sollen: »Im Alleinsein liegt die Kraft; von der Anwesenheit anderer abhängig zu sein bedeutet Schwäche« (Seite siebzig), oder »Je stärker und kreativer der Geist, desto größer die Tendenz zur Religion der Einsamkeit« (Seite zwölf). Sie hatte schon so oft in ihrem Zitatebuch gelesen, dass sie die meisten auswendig kannte.

»Sind nicht alle einsam, die Sie anrufen?«

»Möchten Sie über Ihre Tochter reden?«

»Führen Sie auch persönliche Gespräche mit Kunden?«

»Früher ja, aber heute nicht mehr«, antwortete Angel.

»Würden Sie eine Ausnahme machen?«

»Nein, ich gehe nicht aus dem Haus.«

Samantha ließ den Satz auf sich wirken. »Wie lange schon nicht mehr?«

»Ist doch egal.«

»Können Sie wirklich hellsehen?«

Angel ging im Kopf die verschiedenen Antwortmöglichkeiten auf diese vertraute Frage durch. Sie könnte mit der atmosphärisch dichten Lieblingserklärung ihres Stiefvaters einsteigen, dass sie in völliger Stille während einer Sonnenfinsternis geboren worden war, genau in dem Moment, wo Erde, Mond und Sonne exakt auf einer Linie standen und alle Vögel in Essex für einen Augenblick verstummten. Sie war jedoch nicht sicher, ob diese Geschichte stimmte. Ihr Stiefvater hatte einen Hang zum Dramatischen und übertrieb ganz gern ein bisschen, wenn er sie anpries.

»Ich spüre, welche Ängste ein Mensch hat, besonders, wenn er oder sie vor mir steht«, sagte Angel. »Über das Telefon ist es schwieriger, aber ich kann es immer noch fühlen. Ich merke das an der Art, wie jemand hustet oder schluckt oder lacht. Ich empfinde die Schuldgefühle oder die Trauer anderer Menschen in mir selbst. Wenn ich in einem Café neben jemandem sitze, der traurig ist, fängt mein ganzer Körper an zu jucken. Wenn im Bus jemand fünf Reihen hinter mir sitzt, der Angst hat, schlägt mein Herz schneller.«

Sie hielt die Tarotkarten in der Hand und hatte das Bedürfnis, eine aufzudecken.

»Das glaube ich Ihnen nicht.«

»Das ist in Ordnung, Sie müssen mir nicht glauben. Es stimmt aber.«

»In Ihrem Profil steht, Sie wären Hellseherin in zweiter Generation. Was soll das heißen?«

»Meine Mutter konnte mit Toten reden.«

Angel verschwieg, dass ihre Mutter, wenn sie high war, gern völlig Fremden erzählt hatte, wie deren Katze ums Leben gekommen war oder wo der Onkel sein Testament versteckt hatte.

»Sie sprechen in der Vergangenheit von ihr«, sagte Samantha.

»Mein Stiefvater hat mich großgezogen. Meine Mutter hat uns verlassen. Wieso reden wir eigentlich über mich?«

»Mich interessiert halt, ob meine Hellseherin von irgendwem etwas zu Weihnachten bekommt.«

»Mein Stiefvater hat mir früher immer Mandarinen und Nagellack geschenkt.«

»Meiner Tochter habe ich auch immer Nagellack geschenkt«, sagte Samantha leise. »Pink war ihre Lieblingsfarbe.«

»Ich spüre Angst«, sagte Angel. Sie war jedoch nicht sicher, ob es die Angst der Tochter oder der Mutter war, oder vielleicht sogar ihre eigene, die plötzlich an die Oberfläche kam. Es lag Hunger in der Luft, und Wut.

»Als Kind hatte meine Tochter Angst vor der Dunkelheit und vor einem Obdachlosen, von dem sie dachte, er würde sie immer anstarren. Und vor schwarzen Katzen. Den Aberglauben hat sie irgendwie nie abgelegt. Sie konnte ziemlich wild sein und war viel zu impulsiv. Ich glaube, den meisten Menschen ging sie auf die Nerven. Mit neunzehn hat sie immer noch bei uns gewohnt und musste weinen, wenn sie eine einzelne Elster gesehen hat oder auf eine Ritze zwischen den Gehwegplatten getreten ist.«

Samantha verstummte. Angel schwieg ebenfalls.

»Sind vor Ihrem Fenster Vögel?«, fragte Samantha schließlich.

»Ich sehe nicht oft aus dem Fenster.«

»Wieso nicht?«

»Lenkt mich nur ab.«

»Haben Sie Angst?«

»Ja.«

»Aber jetzt ist doch bestimmt niemand auf der Straße, ist ja noch früh.«

Angel stand auf und ging gehorsam zum Fenster. Vorsichtig zupfte sie eine kleine Ecke Zeitungspapier ab und spähte hinaus. Das Paar über ihr kaufte für sie ein, und ab und zu bestellte sie sich etwas im Internet, deshalb hatte sie das Haus schon seit zwei Jahren nicht mehr verlassen. Seitdem hatte sich nicht viel verändert. Die Häuser benötigten immer noch einen neuen Anstrich. Die Mülltonnen quollen immer noch über. Die Winternacht färbte die ganze Straße blau. Sogar die Kinder, die Weihnachten kaum erwarten konnten, schliefen noch.

»Da sind ein paar Möwen am Himmel«, sagte Angel, »und gegenüber stehen Reihenhäuser und eine abgebrannte Spielhalle. Auf dem Schild von der Spielhalle ist eine betrunkene Meerjungfrau, die sich mit der Schwanzflosse am Haus festhält. Als ich hier eingezogen bin, sind auf dem Parkplatz daneben immer ein paar Jungs rumgelungert und haben gedealt, aber jetzt ist er leer. Ich hoffe, die warten gerade auf den Weihnachtsmann.«

»Wie sehen Sie aus?«

»Ich habe lange schwarze Haare, die seit zwei Jahren nicht mehr geschnitten worden sind. Und ich bin ziemlich blass. Aber mir wurde schon oft gesagt, dass ich hübsche Augen habe, und ich habe einen Leberfleck auf der linken Schulter, der laut einer Freundin aussieht wie Italien. Sie meinte, irgendwann fahren wir mal zusammen nach Rom und wohnen in einem Palast und erzählen den Leuten da, was die Zukunft für sie bereithält.«

»Sind Sie denn nach Rom gefahren?«

Angel drückte das Zeitungspapier wieder an die Fensterscheibe und ging zurück zum Schreibtisch.

»Nein.«

Sie deckte eine Karte auf. Der Narr, die Nummer null,

ein Mann mit einer Narrenkappe, der auf einem Felsvorsprung steht und einen Schritt ins Leere macht. Sie schauderte.

Im Haus war es bis auf den Heizlüfter und ein paar Geräusche aus den Rohren jetzt völlig still. Angel schloss die Augen und gönnte sich die Vorstellung eines großen, roten Munds an ihrer Schulter, weiche Hände, die noch nie Geschirr gespült hatten, und grüne Augen, die sie voller Liebe ansahen. Angel fühlte ein Kribbeln bei dieser Erinnerung, und ihr brach trotz der Kälte am ganzen Körper der Schweiß aus.

»Tut mir leid, mein Mann kommt gerade«, sagte Samantha. »Ich habe die Tür gehört.«

Wieder legte sie ohne Verabschiedung auf. Stille breitete sich im Zimmer aus. Angel legte auf. Mit zitternden Händen zog sie sich die Sweatjacke und das weite graue T-Shirt mit dem Schriftzug eines Hotels aus Brighton aus, in dem sie ihre Dienste als Wahrsagerin angeboten hatte, bevor es pleiteging (und ja, sie hatte es kommen sehen, wenn auch nur, weil der Manager nie pünktlich zahlte). Es war lange her, dass jemand sie berührt hatte. Sie betrachtete sich in dem pockennarbigen Spiegel über dem Waschbecken. Sie war zu dünn, ihre Wangen eingefallen. Von der Kälte, von den Gedanken an Münder und Finger und von Samanthas Traurigkeit, die sich in ihr ausbreitete, hatte sie eine Gänsehaut.

Mit zwölf hatte sie einem Nachbarn gesagt, dass dessen Frau mit seinem Bruder schlief, und er hatte daraufhin eine Zigarette auf ihrer Hand ausgedrückt. Die Narbe war heute noch zu sehen. Er hatte so etwas wahrscheinlich schon vermutet, und trotzdem war er mit der Antwort nicht zufrieden, für die er gezahlt hatte. Auf Angels rechtem Bein breitet sich ein feines Netz aus Narben aus. Als ihr Stiefvater erfuhr, dass er unheilbar an Krebs erkrankt war, zerschlug er eine Weinflasche auf ihrem Knie, weil sie es ihm nicht gesagt hatte. Jeder konnte ihm ansehen, dass er krank war, dazu brauchte es keine hellseherischen Kräfte. Seine Augen lagen tief in den Höhlen, er hatte stark an Gewicht verloren und hustete sich jedes Mal die Lunge aus dem Leib, wenn er nur ein paar Stufen steigen musste. Aber sie hatte es nicht ausgesprochen, das stimmte.

Sie strich fast liebevoll über die Narben am Bein und ein paar andere Male, die er ihr im Laufe der Jahre verpasst hatte. Dann berührte sie den Leberfleck und dachte an ihre Freundin und die Paläste, von denen sie geträumt hatten. Nach dem Tod ihres Stiefvaters hatte sie sich im freien Fall befunden. Von ein paar Eigenarten und Wutausbrüchen abgesehen, hatte er sich stets große Mühe gegeben, sie vor sich selbst und anderen zu beschützen. Ohne ihn wusste sie nicht einmal, wie man ein Hotelzimmer bucht. Sie wusste nicht, wie sie Geld von ihrem Konto abheben konnte oder woher die nächsten Kunden kommen sollten.

Der Weihnachtstag verging. Ältere Damen, die ihre Brille verlegt hatten, eine aufgelöste Verlobung, ein Mann, dessen Vater vor Kurzem gestorben war und seinen Sohn damit finanziell ruiniert hatte und der nun sichergehen wollte, dass er wenigstens im Testament berücksichtigt worden war. Angel hoffte bei jedem neuen Anrufer, es sei Samantha. Die Karten wollten auch, dass Samantha noch einmal anrief. Der Teufel, die Liebenden, der Narr, alle vibrierten. Das Telefon klingelte.

»Frohe Weihnachten, Samantha!«, sagte Angel, bevor Samantha sich überhaupt gemeldet hatte. Angst und Wut strömten durch den Hörer. Angels Mund war voller Speichel und Hitze.

»Der Unfall meiner Tochter vor zwei Jahren war kurz nach Weihnachten«, sagte Samantha.

Angel strich der kleinen blonden Weihnachtspuppe mit den grünen Augen über das pausbäckige Engelsgesicht.

»Ein Jahr vor dem Unfall hat sie jemanden kennengelernt, eine junge Frau, die wusste, wann sie Geburtstag hat und was ihr Lieblingsbuch ist, und ihren zweiten Vornamen kannte, bevor die beiden überhaupt ein Wort miteinander gewechselt hatten. Alles Sachen, die sich innerhalb von zehn Minuten auf Facebook rausfinden lassen, aber Lucy war schnell fasziniert von so was. Sie war viel zu gutgläubig.«

Angel holte Luft und rückte mit dem Stuhl ein Stück zurück. Sie streckte die Beine unter dem Tisch aus und warf einen Blick auf die vielen Kuscheltiere auf ihrem Bett. Geschenke, die sie nicht weggeben oder unter dem Bett verstauen konnte, weil sie auch mit Gegenständen mitfühlte. Langsam taten ihr die Schultern weh, weil sie schon so lange den Hörer zwischen Ohr und Schulter geklemmt hielt. Sie stand auf und ging die drei Meter hinüber zum Fenster. Durch die Ritzen zwischen den Zeitungsseiten drang Tageslicht herein. Angel strich über das Papier.

»Lucy hat dann plötzlich sehr viel Zeit in einem feuchten möblierten Zimmer unten bei der Seebrücke verbracht. Damals habe ich mir das nur ungern eingestanden, aber ich glaube, die beiden waren verliebt.«

Angel hörte die Stimme ihres Stiefvaters im Kopf: *Was bist du denn für eine Hellseherin, dass dich das jetzt überrascht?* Ihre Hände begannen zu zittern. Wenn die Nachbarn von oben doch bloß mal den Fernseher leiser stellen würden. Sie hörte Kinderlachen durch die dünnen Wände, es klang, als würden sie Fangen spielen. Alle machten sich fertig, um nach draußen zu gehen, zogen sich Schuhe an, suchten Geschenke für Freunde und Familie zusammen. Angel zupfte das Zeitungspapier Stück für Stück von der Fensterscheibe und ließ die Fetzen zwischen ihre Hausschuhe auf den Boden fallen.

»Ich muss jetzt auflegen, Samantha. Meine Schicht ist zu Ende. Und ich weiß nicht, wovon Sie reden.«

Angel hätte gern ihre heißen Wangen gegen das kühle Glas gedrückt, tat es jedoch nicht. Sie zog das Klebeband von den Scheiben ab.

»Der Privatdetektiv hat ein Jahr gebraucht, um dich zu finden.«

Zwischen den Zeitungsseiten wurde Stück für Stück die Außenwelt sichtbar. Eine alte Frau führte ihren Rottweiler Gassi und nahm ab und zu verstohlen einen Schluck aus einer Flasche, die in einer Papiertüte steckte. Ohne es zu wollen, wusste Angel sofort, dass sie zu Weihnachten nur eine Großpackung Hundefutter und ein Quietschtier gekauft hatte. Gegenüber stand eine hübsche Frau in einem roten Poloshirt am Fenster, und Angel wusste, dass sie sich beim Flambieren des Christmas Pudding den Finger verbrannt hatte und sehnsüchtig darauf wartete, endlich schwanger zu werden, mittlerweile jedoch vermutete, dass etwas mit ihr nicht ganz in Ordnung war.

»Ich glaube, Sie verwechseln mich«, sagte sie.

Leute kamen um die Ecke und klingelten an einer Haustür. Ein Junge sang lauthals und ziemlich falsch los. Sein Bedürfnis nach Anerkennung war fast greifbar. Angel wusste, dass er sich eine Spidermanfigur zu Weihnachten gewünscht und vor Wut geweint hatte, als er stattdessen einen Batman auspacken musste. Als er die Enttäuschung seiner Mutter spürte, packte ihn das schlechte Gewissen, und nun versuchte er, es wiedergutzumachen, indem er besonders laut sang. Schon jetzt war Angel alles zu viel, die Gefühlswelten dieser Menschen, die von überallher auf sie einstürmten, und der lauter werdende Klang der Weihnachtslieder.

Ohne es zu wollen, schmeckte Angel den Kirschlipgloss und roch das billige Parfum, das immer den Raum erfüllt hatte, wenn Lucy zu einer Sitzung kam. Nachdem Angels Stiefvater gestorben war, hatte sie sich das Zimmer gemietet und zu ihrem Arbeitsplatz gemacht. Sie hatte ein Schild mit Leuchtschrift ins Fenster gestellt, um auf sich aufmerksam zu machen, es hatte jedoch nicht viel gebracht, da das Fenster auf eine Seitenstraße hinausging. Sie vermisste ihren Stiefvater, war aber gleichzeitig froh, nicht mehr in Casinos und auf Seebrücken auftreten zu müssen. Eines Tages kam ein etwa gleichaltriges Mädchen herein und bat darum, Tarotkarten gelegt zu bekommen. Das Mädchen lachte fast nie, aber wenn sie etwas lustig fand, lächelte sie ganz kurz, wobei man die Lücke zwischen ihren Vorderzähnen sah, und sagte: »Wie witzig.« Sie trug Kleider mit Blumenmuster und Pumps und schien nie arbeiten zu müssen. Sie gewann häufig an den Jahrmarktsbuden, und nachdem sie zu einer von Angels Stammkundinnen geworden war, brachte sie ihr oft Plüschgorillas und Teddys mit. Sie hatte ein ebenmäßiges, rosiges Gesicht und blonde Locken, genau wie die kleine Weihnachtspuppe, die sie Angel schenkte, ein paar Monate, nachdem sie sich kennengelernt hatten. Ihr Stiefvater hätte ihr bestimmt geraten, nur ja vorsichtig zu sein, sich nicht zu sehr auf das Mädchen einzulassen, aber die nachmittäglichen Tarotsitzungen mit Lucy fühlten sich an wie Explosionen in ihren Blutgefäßen und Sonnenschein.

»Es ist keine Verwechslung«, sagte Samantha.

Angel sah aus dem Fenster. Sie hörte Samantha atmen.

Sie dachte daran, wie das Fenster einmal Lucys makelloses Gesicht eingerahmt hatte, wie überwältigt sie von ihrer Schönheit gewesen war. Eines Tages hatte sich Lucy über die Karten hinweg zu Angel herübergebeugt und sie geküsst, ganz kurz nur, dieses erste Mal, prüfend, und danach war Angel eine ganze Weile lang glücklich.

»Es tut mir leid«, sagte Angel.

Sie hätte am liebsten den Tisch umgeworfen, an dem sie jeden Tag saß, auf dass die kleine Puppe in die Luft flog, und die Mandarinen, die ihr Stiefvater ihr gekauft hätte, wenn er noch am Leben wäre, und *Die besten Motivationszitate* mit dem Aufkleber der Bibliothek von Brighton auf dem Umschlag und die Station des Telefons, das sie extra für diese Arbeit gekauft hatte, und ihre Tarotkarten. Sie bewegte sich jedoch nicht, blieb still neben dem Fenster stehen. Ihre Hände zitterten, sie drückte sie gegen das Glas. Das Zimmer fühlte sich viel kleiner an als noch vor ein paar Stunden.

Das Problem war, dass Lucy damals sehr schnell die

ganze Zeit hatte bei ihr sein wollen, die Körper aneinandergeschmiegt, die Gesichter so nah, dass die eine die Luft der anderen atmete. Aber Angel war es nicht gewohnt, jemand anderem so nah zu sein.

»Sie fehlt mir«, sagte Samantha.

Ein halbes Jahr, nachdem Lucy in Angels Leben aufgetaucht war, nahm sie das Schild aus dem Fenster, schloss die Tür ab und legte Lucy einen Brief auf die Fußmatte, dass sie Zeit für sich bräuchte, um herauszufinden, was sie wirklich wollte. Sie müsste eine Weile allein sein. Es war kurz vor Weihnachten und roch nach verbrannten Mince Pies. Angels Sinne waren angeschlagen, und sie sah nicht vorher, dass sie wenige Tage später von den Vermietern darüber informiert werden würde, dass Lucy an einer Überdosis gestorben war. Sie sah auch nicht vorher, dass sie noch vor Neujahr die Fenster mit Zeitungspapier zukleben und das Haus nicht mehr verlassen würde.

»Was siehst du jetzt gerade vor deinem Fenster?«, fragte Samantha.

»Weihnachten«, antwortete Angel.

Im Haus gegenüber aßen Leute zu Mittag, und eine glückliche junge Familie ging mit einem Welpen spazieren. Angel lehnte die Stirn gegen die Scheibe. Die Weihnachtssänger lachten. Es hatte angefangen zu schneien, weiße Flocken fielen vom Himmel, und der Wind trieb sie sanft vor sich her.

»Das Rotkehlchen ist wieder da. Als Kind hat Lucy Rotkehlchen immer so gemocht, genau wie ich.« Samantha schwieg. »Ich bin so einsam, Angel. Ich weiß nicht, was ich machen soll. Würdest du dich mit mir treffen?«

Menschen traten aus ihren Häusern auf die Straße, um dem Schnee zuzusehen, manche trugen Papierhüte. Sie streckten die Arme in die Luft wie Engel und reckten die Nase hoch zum Himmel.

»Ja«, sagte Angel.

Männer, Frauen, Kinder – faszinierend, dass beim Anblick von gefrorenem Regen alle denselben Gesichtsausdruck bekamen. Wir sind eine seltsame Spezies, immer auf der Suche nach dem Besonderen im Alltäglichen. Angel hoffte, dass der Schnee liegen blieb und alles noch eine Weile so schön sauber aussah, bevor sie sich wieder hinaus in die Welt wagte.

SARAH PINES

Kleinere Festlichkeiten

Es dauerte zwei Jahre, und Marianne ist endlich geschieden. Am Heiligen Abend fährt sie zum Familiengericht auf dem Wilshire Boulevard und unterzeichnet die Papiere.

»Frohe Weihnachten, Ma'am«, sagt der junge Beamte im hellblauen T-Shirt.

Weihnachten. Vor vierzehn Jahren hatte sie kurz vor Weihnachten Joseph geheiratet, sie in Gold mit riesiger Blumenborte an der Hüfte, er im schmalen silbernen Anzug. Dann kam recht bald der Scherbenhaufen, die strudelnde Spirale abwärts. Und nun wurde Weihnachten zu ihrem persönlichen Feiertag.

Vom Gericht nimmt sie das Auto zur Aussichtsplattform des Griffith Park oberhalb von Hollywood. Der Platz vor dem Observatorium ist leer und liegt in der Sonne so grell da, dass ihre Sonnenbrille versagt. Es riecht nach Sandstaub und Eukalyptus. Unten ausgebreitet die Stadt, und Marianne spürt eine kurze melancholische Freude. Endlich offiziell geschieden.

Vor zwei Jahren hatte sie ihn mit der anderen erwischt, blutjung und in einem winzigen Kleid ohne BH, als lebten sie alle immer noch in den verdammten Neunzigern. Ekelhaft, wie er da in der Garage auf dem Stuhl gesessen hatte, und das flimmernde Mädchen vor ihm auf dem Boden kniete. Und es war ihre Garage.

Marianne hatte gar nichts sagen müssen, keine Vorwürfe, kein »hab ich euch erwischt«, sie hatte nur die Garagentür aufgestoßen und dort auf der Schwelle gestanden, dräuend und barfuß, im voluminösen Morgenrock, mit Fettcreme im Gesicht, und die beiden waren auseinandergestoben wie Fliegen.

»Marianne!«, mehr nicht, nur ihren Namen hatte Joseph geschrien und dabei am Reißverschluss seiner Hose gezerrt.

Das Mädchen, mit der Joseph fremdgegangen war, war hübsch und adrett, aber nicht imposant wie Marianne, der Mezzosopran, Star aller Weltbühnen, wogender Busen, Wagner, Figaro, *Voi che sapete,* große Namen, große Kurven. Wenn Marianne sang, verstand das kindisch klatschende und meist weiß beschopfte Publikum tief im Herzen, was Katharsis war. Marianne, umgeben von Orchestern, Tönen und Flöten, in Wien ebenso zu Hause wie in der Drecksstadt L. A., gegen den Tod ansingend, für alle, die zu ihr hochstarrten, Woche für Monat für Jahr. Erst gestern hat sie das *Ave Maria* gesungen, wie immer zu Weihnachten, immer am selben Ort, organisiert vom Roten Kreuz in Brentwood.

»Tja, um die Wohlfahrt kommst du nicht herum«, sagte Mabel, ihr Manager, der als fetter, sich ewig schnäuzender Mittfünfziger seinem klingenden Namen keine Ehre machte. »Du musst gemeinnütziger werden, das ist Teil deines Vertrages, Schätzchen, nur dieses eine Lied, einmal im Jahr. Die Herzen werden warm, es ist die Zeit der Liebe.«

Mabel hatte die Nase hochgezogen und mit dem Kugelschreiber auf die Tischplatte geklopft.

Wie lächerlich es ihr vorkam, draußen im Park auf dem knallgrünen Gras unter Palmen zu stehen, aus der Luft ergoss sich eine Kühle, wie sie im Herbst an Schweizer Seeufern wehte, und mit ihrem Gesang der Mutter Gottes zu danken. Joseph hatte ihr nie gedankt, dass er ausschließlich auf ihre Kosten lebte; es schien ihm alles selbstverständlich, die Ressorts, Reisen, die leeren Museen, in denen sie nachts exklusive Führungen bekamen, die roten Teppiche und das Parkett, erste Reihe – »Ach, nicht doch, das kann doch niemals Ihre Frau da auf der Bühne sein, Sie Angeber«, sagten ihm die Leute, und Joseph lachte – und all die anderen brausenden Fahrten, auf die Marianne ihn mitschleppte, die Schalentierorgien, die Mitternachtstoasts mit Pastete, edle Restaurants in jeder nur möglichen Stadt, ob in den USA oder in Europa, in die er nie auch nur einen seiner pelzigen Füße hätte setzen können, wäre er nicht mit einem Opernstar verheiratet gewesen.

Mit ihr, der Dinosaurierin, die keine Kinder kriegen konnte und wahrscheinlich deshalb den erstbesten Mann geehelicht hatte, der Geld brauchte. Einen UPS-Fahrer in braunen Shorts, Närrin, die sie war, weil es keine heilige Geburt für sie gab, kein Leib angefüllt mit Gnade, dafür besaß sie die Stimme Gottes und den Sklaven Joseph. Selbst einen Ehevertrag hatte er sich aufschwatzen lassen, so gierig und verzweifelt war er, und nach der Scheidung blieb für ihn nichts. Dennoch hatte es zwei Jahre gedauert, bis sie ihn los war; die schlimmsten zwei Jahre ihres Lebens.

»Du kannst dich jetzt nicht scheiden lassen«, hatte Mabel

gesagt, »dein Image, was sollen die Leute denken, das wird dich zerstören, die sitzen gelassene Diva, und dann kommt doch die neue Produktion, der Staatspreis, verdammt.«

Mabels pflaumenblaues Betablocker-Gesicht war noch dunkler geworden. Marianne hatte ihn auf dem Golfplatz des Country Club in Bel Air getroffen; Mabel trug einen austernfarbenen Anzug mit Pelzbesatz, für den es zu heiß war, und stützte sich schwer auf seinen Schläger.

»Hör zu Mariannchen, Mary, mein Schatz. Joseph ist mit auf deinem Vertrag, ihr seid eine Einheit, die heile Welt, wenn ihr schon keine Kinder habt, müsst ihr zumindest einigermaßen intakt wirken.«

Und Marianne hatte sich gefügt, auch Joseph hatte keine Wahl. Verwöhnt und arm wie er war, wollte er ohnehin nicht ausziehen. Er lief weiter neben ihr auf roten Teppichen, saß weiter vorn im Parkett, nicht mehr warm zu ihr hochschauend, sondern leer. In ihrem flachen und luftigen Bungalow in Brentwood hatte er ein anderes Zimmer bezogen, zur Straße raus, nicht wie ihres zum Garten, von wo Agaven und die Zweige von Avocadobäumen durch die Fenster quellen. Tagsüber war er nicht zu Hause, nachts hörte sie ihn telefonieren. Er bestellte noch immer Essen und Kleider auf ihre Rechnung.

Dann hatte sie vorletzten Monat den Grammy gewonnen. Und das war's. Sie hatte von Mabel gefordert, sich unverzüglich scheiden lassen zu dürfen. Das konnte sie sich nun leisten. Mabel gab nach. Noch am selben Tag hatte sie begonnen zu rauchen, lange, schmale Zigaretten mit Goldfilter. Sie war in Josephs Zimmer gegangen, das nach seinem Cologne roch, dunkel und erdig, und hatte der Haushälterin Anweisungen gegeben zu packen – »Aber nicht mehr als zwei Koffer voll«. Als Joseph kam und still seine Sachen holte, lag sie draußen am Pool mit dem Rücken zum Haus und schaute dem Boy zu, wie er mit einem Netz umständlich Blätter aus dem Wasser fischte.

Dieses Jahr würde sie allein zu Hause Weihnachten feiern, sie hatte zum ersten Mal seit Ewigkeiten keine Einladungen angenommen oder Dinnerpartys geplant. Familie hat Marianne nicht mehr. Ihre Mutter, die in den Sechzigerjahren mit ihr aus Dortmund gekommen war, lebt nicht mehr; ihren Vater kennt sie nicht. Auf dem Heimweg hält sie bei Canter's Deli und kauft Fischsalat, Challah, Gurken und eine Unmenge Räucherlachs und Kaviar, mit Hack gefüllte Empanadas.

Als sie zu Hause ankommt, treibt der Weihnachtsbaum in der hinteren Ecke des Pools. Vor ein paar Tagen hatte ihn der Hausboy, in einem grünen Taucheranzug steckend, in der Poolmitte mit einem Seil am Ablauf angebracht. Durch das dunkelblaue Wasser hindurch sah sie, dass sich das Seil gelöst hatte. Der Baum war mit rotem Krempel behangen, roten Kugeln mit Goldrand, hellrote, fast ins Orange stechende Engel mit dunkelrotem Haar, selbst die elektrischen Kerzen glühten rot, Tag und Nacht.

Zur ihrer Linken lebt eine junge Familie. Ihre Terrassentüren stehen offen, und durch die pinkfarbenen Blüten, die die beiden Grundstücke trennen, schimmern Kleider. Der Mann und die Frau sitzen gern im Garten und sprechen nie laut, sondern murmeln höflich. Sie haben zwei Töchter, die zwischen den dichten Pflanzen »Barbie geht campen« spielen.

Geradeaus lebt die Dichterin, die immer in ähnlichen hängenden, grauen Anzügen und klobigen Schuhen steckt. Schön ist Ms Rhinstone nicht und sieht älter aus, als sie ist, aber sie redet auf die schönste Art in der Sprache ihres Landes, die Marianne nicht kennt und daher auch nicht versteht, aber in ihren Worten passen Vokale und Konsonanten sehr reizvoll zueinander. Seitdem die Pest Control bei der Entfernung eines Wespennestes auf der anderen Seite die halbe Krone des Orangenbaumes abgeschnitten hatte, kann sie zu der Dichterin hinüber sehen, die unter einem gelben Sonnenschirm auf der Gartenliege liegt, um sie herum Besuch, der ihr Blumen bringt. Sie wirkt hager, wie verdorrt. Ms Rhinstone, so viel weiß Marianne, widmet ihre Tage dem Schreiben, das sie anscheinend am Leben erhält, und dem Rauchen, woran sie eines Tages sicher sterben würde. Sie redet mit in die Luft stechender Zigarettenspitze auf ihre Besucher ein, mal auf Englisch mit deutschem Akzent, mal in ihrer Sprache, die klingt wie angeriebener Sand. Eine Haushälterin bringt Getränke in hohen dünnen Gläsern. Der Besuch scheint mehr als nur Besuch zu sein, die Dichterin unterrichtet, junge Leute, die im Kreis um sie herumsitzen, auf Stühlen und im Gras, und sich Notizen machen. Ihr Haus war weiß und hatte rings herum Balkone.

Links hinter dem Lorbeer lebt Nick, einsam und kinderlos wie Marianne. Er hat einen noch größeren Pool als sie, nicht viereckig, sondern in Nierenform. Nick ist Gesichtschirurg in Hollywood und schwimmt abends nach der Arbeit. Dann hört sie ihn drüben planschen, hört und findet es jedes Mal erstaunlich, dass ein so kleiner Mann so große Wassergeräusche macht. Nick mit dem glatten, gepflegten und etwas zu runden Botox-Gesicht und dem langen Oberkörper. Jung und mild. Nick vermisst St. Augustine in Florida, wo er herkam. Sein Leben lang war er morgens in die Keys gesegelt, Vögel tauchten unter seinem Boot durch. »Ich habe mehr Vögel unter Wasser gesehen als am Himmel«, sagt er und vermisst seine Kinder, die seine Exfrau mit nach Buffalo, New York, genommen hat. Zu kalt, zu weit.

Gegen achtzehn Uhr war es für L. A. im Dezember immer noch ungewöhnlich heiß. Marianne deckt den Weihnachtstisch; das erste Weihnachten, bei dem sie vor der Presse nicht so tun muss, als habe sie einträchtig mit Joseph gefeiert. Kritisch betrachtet sie die Tischdecke. Sehr schön. Champagner im Kübel, der Fischsalat aufgeworfen wie Watte. Nun sie. Marianne zieht ein dunkellila Samtkleid an, die Nähte kratzen unter ihren Achseln. Sie schwitzt und wechselt in ein Nachthemd. Geht doch. Sie schminkt ihre Augen dunkel, das darf sie auf der Bühne nie. Haare offen und wallend. Von den Nachbarn rechts kamen Fernsehgeräusche, irgendwo das Klackern von Absätzen, Kinderlachen.

Es klingelt an der Tür.

Nick steht schräg mit einer goldfolienumwickelten Flasche in der Hand, und singt, die Augen halb geschlossen: *Come all ye faithful.* Er riecht nach Bratfett.

»Komm, lass mich rein.«

»Nick, ich glaube nicht, dass –« Marianne baut sich im Türrahmen auf, was bei ihrer Fülle nicht schwer ist. Nick schwankt und sinkt gegen den Türrahmen. Ihr Telefon klingelt. Joseph. Natürlich ruft er an. Marianne drückt Joseph auf dem Screen weg und streckt dem schwankenden Nick die Hand entgegen.

»Ich bring dich nach Hause. Was kommst du denn überhaupt von vorn und nicht wie sonst immer durch den Garten?«

»Sie fehlen mir so, Marianne.«

»Wer?« Sie weiß, wen Nick meint.

»Quinny und Frankie.« Nicks Stimme klingt raspelig, und er hat rote Augen. »Sie sind so weit weg, im Schnee, die erfrieren doch. Warum habe ich sie gehen lassen?«

Marianne fühlte Traurigkeit. »Ach, Nick, ich weiß es nicht. Wir machen oft Dinge, die wir nicht verstehen.«

»Ich würde gern Tennis spielen. Tanzen. Ich möchte nach Hause.«

Sachte nimmt Marianne Nicks Ellbogen und geleitet ihn durch das Foyer ihres Hauses und durch das Wohnzimmer in Richtung Garten und Pool. Ihn durch die Hecke zu bugsieren ist nicht leichter, aber diskreter als über die Straße, wo die Kinder der Nachbarn rechts am Nachmittag einen Stand mit Plätzchen aufgebaut haben. Die Kekse sind hell und mit Silberguss, der in der Sonne zerschmilzt.

Nick macht seltsam tippelnde Schritte und hält die Flasche mit dem linken Arm quer an die Brust gepresst. »Ich möchte zurück zu den Vögeln, ins Wasser, mein Boot. Die Sommer sind feucht, die Luft voll Wasser. Jeden Morgen stand Mutter am Strand, das Haar ganz hoch aufgetürmt, Schönheitskönigin. Vielleicht habe ich wegen ihr meinen Beruf.« Nick hält inne. »Das war sie wirklich, eine Schönheitskönigin, sie hat den Wettbewerb von St. Augustine gewonnen, und abends gab es ein Fest. Sie hat Papaya-Salsa gekocht und auf dem Steg durch unseren Swamp lagen Schlangen. Immer. Das ganze Jahr über.« Nick geht nun schwer gegen Marianne gelehnt, redet in einem fort: »Oh, der Aubusson-Teppich, wusste gar nicht, dass du einen hast«, »dolle Blumen, so grell«, dann, empört: »Du hast ja gar keinen Weihnachtsbaum!«

Im Garten angekommen, lässt Nick sich ungefragt und den Weihnachtstisch ignorierend auf das Lounge-Sofa am Poolrand fallen. Marianne wollte allein sein.

»Nick, komm, ich helf dir zur Hecke.« Dann log sie: »Du kannst meinetwegen hier liegen, aber nur kurz, ich erwarte noch jemanden.« Schließlich, resigniert: »Also gut, magst du etwas essen? Es gibt Fischsalat, Empanadas, alles Mögliche.«

Im Garten gegenüber gehen matte, runde Lichter an, eines nach dem anderen. Jemand scheint Laternen anzuzünden, sachte und langsam, als handle es sich um ein lange vergessenes und nur zögerlich wiederentdecktes Ritual. Marianne geht an den Weihnachtstisch und belädt zwei Teller mit Fischsalat und Empanadas. Wie die müde Platzanweiserin in einem alten Kino, stellt sie einen Teller neben den schnarchenden Nick auf den Beistelltisch und setzt sich dann weit hinter ihn. Marianne hebt das Glas und prostet der Wasseroberfläche zu und dem immer noch in der hinteren Poolecke treibenden Baum.

»Ich liebe dich«, sagt Nick mit geschlossenen Augen ins Nichts, das Kinn liegt auf seiner Brust. Dann Stille. Marianne löffelt etwas Fischsalat.

Dann weht die Stimme zu ihr herüber: »Die Engel hatten Hunger. Abraham gab ihnen Brot, das Sarah gebacken hatte, und als sie es aßen, wurde das Brot zur Substanz, aus der sie geschaffen waren. Auch Lot gab den Engeln zu essen.«

Die Dichterin liegt dürr auf der Gartenliege, über ihr ist der Sonnenschirm aufgespannt, als sei es Tag. Sie ist allein, um sie herum schimmern goldene Lampions. Laut und klar dringt ihre Stimme in Mariannes Garten, wo Nick nun mit zu Schlitzen geöffneten Augen in den fremden Garten starrt. Das gezackte Loch in den Blättern umrahmt die Szene wie die Öffnung einer Grotte. Ms Rhinestone wechselt in die fremde Sprache. Sie liest laut aus einem Buch, streicht gedankenverloren Zigarettenasche auf den Boden neben sich. Ihre Stimme erklingt klar wie ein Kirchenfenster, aber eher Chagall als Marinetti: festliche Sätze mit feinen Pausen darin. Sie scheint nicht zu merken, dass sie Zuschauer hat, oder es ist ihr egal.

Heute Abend würde sie doch nicht allein feiern, denkt Marianne. Vielleicht ist sie nie allein gewesen. Der leiser werdenden Stimme der Dichterin lauschend, stellt sie sich vor, dass sie aus einem schattigen Flur hinaus in den Nachmittag tritt. Sie weiß erst nicht, wo sie ist, in dem Land der Dichterin vielleicht, das sie sich trocken vorstellt und voll Sand.

Mein Herz hat sich an sich selbst gewöhnt, denkt Marianne. Vor ihr, in der ersten Reihe, auf dem schweren Sofa gleich am Poolrand, ist Nick wieder eingeschlafen, diesmal friedlich.

DANIELA KRIEN

Das Kind in dir

Den Bewohnern des Sturmhofs

Holm streckt die Beine aus, zieht sich die Wolldecke bis ans Kinn und schließt die Augen. Es ist Heiligabend; der Ablauf des Tages folgt dem klassischen Muster.

Am Morgen spürt er ein unangenehmes Frösteln, am späten Vormittag überkommt ihn ein Schwächegefühl, am Mittagstisch sitzt er in mehrere Schichten Kleidung eingepackt, sein Appetit ist mäßig, stattdessen hat er Kopfweh und Durst, nach dem Essen legt er sich hin, und schon ist das Fieber da. Es startet mit unentschiedenen 37 Grad, steigt dann rasch auf etwa 38 und legt noch einmal richtig zu, um die 39 vor der Bescherung zu erreichen.

Der Baum leuchtet, die Geschenke liegen sortiert darunter, und Holm glüht. So war es immer. So würde es auch diesmal sein.

In diesem Jahr hat er den Ablauf ein wenig modifiziert. Obwohl es noch nicht einmal Mittag ist und obwohl es ihm bestens geht, liegt er bereits. Sein Blick fällt auf die große, schwarze Pappkiste ganz oben auf dem Bücherregal. Wäre er allein zu Hause, würde er sie sich holen. Schon der Gedanke an ihren Inhalt bereitet ihm Vergnügen. Den

Kindern hat er das Öffnen der Kiste streng verboten. Nur unter seiner Aufsicht dürfen sie die stattliche Sammlung Daumenkinos hervorholen und vorsichtig, mit gewaschenen und gut getrockneten Händen durchblättern. Die erotischen natürlich nicht, die liegen separat. In gut zwei Jahrzehnten hat Holm die lustigsten und kuriosesten Bildgeschichten zusammengetragen. Das Lieblingsstück der Kinder zeigt einen Mann beim Kacken. Anfangs noch vollständig angezogen, hockt er schon wenige Seiten später mit nacktem Arsch über einer dampfenden Kackwurst hinter einem Gebüsch. Fundort: Schottland 1998, Holm weiß es noch genau. Ebenfalls beliebt bei den Kindern: Der Löwe. Der Löwe liegt schlafend in der Savanne. Eine Gazelle kommt des Wegs. Der Löwe springt auf, reißt sein Maul auf und verschlingt sie. Dann legt er sich hin und schläft weiter.

Wäre er künstlerisch begabt, würde er sein eigenes Daumenkino zeichnen. Die letzten fünfundvierzig Heiligabende im Leben des Holm Wasewitz.

Holm erst klein und mit üppiger Haarpracht, dann größer und mit Brille, später eher breiter und mit kahlem Schädel, auf wechselnden Sofas, mit wechselnden Weihnachtsbäumen, manche elektrisch illuminiert, aber die meisten mit Kerzen. Wechselnde Frauen mit kalten Kompressen stehen oder sitzen an seiner Seite, manche lächeln, manche schauen verdrießlich, doch auf den letzten fünfzehn Seiten bleibt die Frau dieselbe, stattdessen kommt ein Kind nach dem anderen dazu. Drei nun schon und ein weiteres im Anmarsch. Das Daumenkino in seinem Kopf endet einstweilen heute und hier.

Sabine heißt die Frau. Leonie, Lara und Lars die Kinder.

Wenn er ehrlich ist, muss er zugeben, in manchem Jahr geschummelt zu haben. Es hatte Jahre gegeben, da wollte es nicht vorwärtsgehen mit der Krankheit. Da hatte er nachhelfen müssen, und die Mittel erwiesen sich als zahlreich, wenn auch mitunter schwierig in der Handhabung. Ein Föhn, ein Strahl warmes Wasser, eine heiße Glühbirne.

Seine vorletzte Freundin – eine Medizinstudentin – war ihm auf die Schliche gekommen.

»Dreiundvierzig Grad Fieber!«, hatte sie höhnisch gerufen und, »Du bist tot, Holm«, hinzugefügt. »Deine körpereigenen Proteine sind denaturiert, die Organe haben versagt, dein Gehirn ist irreparabel geschädigt.«

Einen Mann, der es vorzog, scheinkrank im Bett zu liegen, statt mit ihr Weihnachten zu feiern, hielt sie für zutiefst gestört. Noch am selben Tag verließ sie ihn.

Doch schon im Jahr darauf saß Sabine an seinem Krankenlager.

Am zuverlässigsten waren die Weihnachtsfeste zwischen seinem sechsten und sechzehnten Lebensjahr gewesen. Das hysterische Zelebrieren dieses *doppelten Feiertags* machte ihn schon am Vorabend krank. Heiligabend selbst begann meist mit Durchfall. Er hasste diesen Tag. Gleich nach dem Aufstehen lamentierte seine Mutter über sein Schicksal, ausgerechnet an Heiligabend Geburtstag zu haben. Sie küsste und herzte ihn, sie versprach, alles zu tun, um diesen Tag zu einem *richtig schönen* zu machen, an dessen Ende er *glücklich und dankbar* ins Bett fallen würde. Aber nicht, ohne vorher beteuert zu haben, dass es ihm überhaupt nichts ausmache, den Tag nur mit ihr, seiner lieben Mami, verbracht zu haben.

Dabei ist sie es gewesen, die ihn an diesem Tag in die Welt geworfen und ihm somit jegliche Chance auf ein ganz normales Geburtstagsfest genommen hatte. Für alle Zeiten. Das wäre auch anders gegangen. Sie hätte auch aushalten oder einen Kaiserschnitt machen lassen können. Am 20. Dezember zum Beispiel. Da hätte er später anständig feiern können. Aber nein: Seine Hippie-Mutter hatte ihn an Heiligabend in einem kubanischen Krankenhaus aus sich herausgepresst. Vorher hatte sie in einer kommunistischen Landwirtschaftsbrigade mitgearbeitet. Hochschwanger und hochbescheuert. Und dann hieß es jahrelang *Mein armes Christkind! Da gibt's halt nur einmal Geschenke, ich kann ja jetzt nicht doppelt schenken, nur deswegen.*

Ja, warum eigentlich nicht?

Im Daumenkino verdiente die Kleidung der Mutter besondere Beachtung. Anfangs hätte sie lange Glockenröcke an, je älter sie würde, umso kürzer würden die Röcke und umso greller die Farben ihrer Strumpfhosen. Auf dem letzten Bild wären sie bunt geringelt wie bei Pippi Langstrumpf, und der Rock wäre eher ein Hüftwärmer. Auf diesem Bild müsste auch sein Geschenk zu sehen sein, das er von seiner Mutter bekommen hatte. Ein lilafarbener Skianzug. Es war sein sechzehnter Geburtstag. Nicht, dass er ihn je getragen hätte; im Gegensatz zu seiner Mutter war er nicht verrückt.

Eines der Kinder verlangt nach ihm.

»Papa«, ruft es. »Papa, kannst du mal kooommen!«

»Neiiiin! Ich habe Fiiieber!«, ruft er vergnügt zurück.

Nach der Sache mit dem lila Skianzug hatte Holm beschlossen, seinen ihm bis dato unbekannten Vater zu suchen.

Die Informationslage war dünn.

Vorname: Norbert,

Ort, an dem der Geschlechtsverkehr vollzogen worden war: eine Wiese nahe Memmingen,

Herkunftsort: Lachen,

besonderes Merkmal laut Aussage seiner Mutter: Steinzeitkopf.

Holm hatte selbst eine wuchtige Stirn, aber nicht den stark ausgeprägten Unterkiefer und die knollige Nase, die den Vater in der Erinnerung der Mutter so verwegen erscheinen ließ.

Ein paar Monate später stand er dem Vater gegenüber.

Er war nicht so hässlich wie befürchtet, dafür mürrisch und wortkarg.

»Steuernummer?«, fragte er.

»Habe ich noch nicht, ich bin erst sechzehn«, erwiderte Holm.

»Anliegen?«

»Ich suche meinen Vater …«

»Einwohnermeldeamt«, unterbrach der Vater.

Dann klingelte das Telefon; der Vater hob ab.

»Hobel, Finanzamt Memmingen«, nuschelte er in den Hörer und verfiel gleich darauf in ein von vielen Hms und Ahas begleitetes, beständiges Nicken. Gleichzeitig schrieb er in Zeitlupentempo Zahlen auf einen Block. Holm schien er gänzlich vergessen zu haben.

Einen Augenblick lang versuchte Holm, sich sein Leben als Sohn des Finanzbeamten Hobel vorzustellen. Dann ging er leise hinaus und fuhr zurück nach Esslingen.

Schon wieder ruft ein Kind.

Das kleinste diesmal. Es hat das namentliche Rufen erst kürzlich gelernt.

»Papa! Aua!«, ruft es. Es steht neben dem Weihnachtsbaum, in der Hand hält es ein Messer.

Jetzt nicht einknicken, denkt er. Das Fieber wird kommen, das Sofa bleibt meins.

»Sabiiine!«, schreit er in Richtung Küche, »Lars hat ein Messer in der Hand!«

Sabine trägt eine Schürze über ihrem dicken Bauch. Mit Schürze liebt er sie besonders. Dieser Anblick weckt die zärtlichsten Gefühle in ihm. Die Haare lose zusammengesteckt, in der einen Hand einen Kochlöffel und in der anderen –

»Wieso tust du denn nichts?«, zerreißt sie ihm den schönen Gedanken.

»Ich bin krank«, keucht er und sieht ihr zu, wie sie Lars das Messer aus der Hand nimmt und seine kleinen Hände nach Verletzungen absucht. Nichts. Hatte er sich eh gedacht. Lars dackelt in Richtung Küche. Sabine tritt jetzt zu ihm ans Sofa heran. Er schließt die Augen. Gleich würde sie ihre Hand auf seinen Arm legen, und eine Welle der Fürsorge würde ihn durchströmen. Ja, er liebt diese Frau. Er ist krank, und da spürt er die Liebe noch stärker als sonst.

Er blinzelt ein bisschen, und sein Blick fällt auf einen Zipfel rot-weiß-karierten Schürzenmusters.

Der Mensch lernt besser durch Lob als durch Strafe, denkt er und sagt:

»Du bist die Beste!«

»Im Vergleich zu wem?«, fragt sie.

»Einfach so. Einfach die Beste. Ich bin einfach dankbar, dass du anders bist als meine Mutter.«

Jetzt ist er selbst überrascht. Die Dynamik im Dialog mit der Weiblichkeit ist unvorhersehbar. Da will er was Nettes sagen und zack, bricht das Eis, auf das er sich gewagt hat.

»Aha«, sagt Sabine.

»Aber das ist doch besser, als wenn ich sagen würde: Du bist wie meine Mutter«, versucht er sich zu retten.

»Ach so?«, sagt Sabine.

Diesen Blick kennt er.

»Weißt du, was besser wäre?«, fragt sie scharf, »wenn du aufstehen und mithelfen würdest.«

»Aber …«

»Ich habe es satt! Jedes Jahr das Gleiche. Seit –«

»Seit fünfzehn Jahren!«, springt er ihr bei.

»Seit fünfzehn Jahren mach ich das schon mit.«

Ihre Stimme gefällt ihm nicht. Sie streicht sich ein paarmal über den gewölbten Bauch, hält inne, schaut ihn an, dann kneift sie die Augen zusammen und spitzt die Lippen. Ihr Blick geht ringsum und bleibt beim Fieberthermometer, das Holm auf den kleinen Tisch neben dem Sofa gelegt hat, hängen. Langsam hebt sie es hoch und liest die Temperatur ab.

»Zweiundzwanzig Grad? Zimmertemperatur?«

»Ich habe es runtergeschüttelt«, sagt er.

»Ich hol' das digitale«, erwidert sie trocken.

Mit dem Thermometer im Mund liegt er da. Ganz still. Nur seine Zunge fährt hektisch über die metallene Spitze. Reibung erzeugt Wärme, denkt er, während Sabines Hand seinen Arm streichelt. Ihr Blick ist fest auf sein Gesicht gerichtet. Sie lächelt.

»Wenn das Fieber zu hoch ist«, sagt sie, »hole ich dir eine Paracetamol.«

»Nein, nein«, nuschelt er. »Mein Körper ischt tschuu empfindlich für scho wasch. Isch musch dasch ausschwitzen, verschtehscht du?«

»Aber nein, selbst die Kinder vertragen das.«

»Es ist einfach ein schrecklicher Tag für mich«, jammert er, nachdem er das Fieberthermometer wie beiläufig aus dem Mund genommen hat. »Die Anspannung! Ich kann doch nichts dafür, dass ich –«

Sabine steckt ihm das Thermometer in den Mund zurück.

»Es gibt keinen Grund, angespannt zu sein. Keiner von uns benimmt sich hysterisch, nur weil du Geburtstag hast. Darum gibt es auch keinen Grund, krank zu werden.«

Dieser zwingenden Logik hat er zunächst nichts entgegenzusetzen. Vielmehr wundert er sich plötzlich, wieso Sabines scharfer Verstand sich erst jetzt zu Wort meldet. Wie viele Jahre schon trägt sie diesen Gedanken mit sich herum? Und warum bricht er jetzt aus ihr heraus? Ist es ein Zeichen nachlassender Liebe?

»Weißt du«, fährt sie fort, »solltest du dich wieder aus der Affäre ziehen und mich mit dem ganzen Weihnachtskram alleinlassen, dann … dann … dann werde ich …«

Nichts ist verloren, denkt er, sie weiß nicht einmal, womit sie drohen soll. Eifrig lässt er seine Zunge um die Spitze des Thermometers kreisen.

»Dann werde ich …«, wiederholt sie leise und sieht ihn entschlossen an, » … heute schon das Kind bekommen.«

Holm schluckt.

Eins steht fest: Jeder Tag zählt. Jeder Tag muss genutzt werden, bevor erneut katzenhaftes Gewimmer und Geschrei durch die Zimmer schallt, bevor die Nächte wieder stündlich vom Verlangen eines Säuglings nach Muttermilch unterbrochen werden, bevor Sabines Brüste wieder uneingeschränkt einem quäkenden Mangelwesen zur Verfügung stehen. Zum Liegen, Schlafen, Verweilen. Zum Lesen, Dösen und Filme Schauen. Vierzehn Tage noch bis zur Geburt.

Das Fieberthermometer piept, und in der Küche scheppert es. Von hinten sieht man ihr die Schwangerschaft kaum an, denkt er, als sie sich erstaunlich flink in Bewegung setzt.

Holm nimmt das Thermometer aus dem Mund, das Display zeigt 36,5 °C an –, drückt das Off-Knöpfchen und hofft, vergessen zu werden. Ins Schlafzimmer lässt er sich nicht abschieben. Wie ein Gegenstand möchte er inmitten seiner Familie ruhen. Ihre Stimmen und der Klang ihrer Schritte sollen um ihn herum sein. Was er jetzt braucht, ist Geborgenheit, und natürlich ist es Unsinn, was Sabine da gesagt hat. Sie mag über besondere Fähigkeiten verfügen, aber eine vorzeitige Geburt herbeiführen – nein. Daran glaubt er nicht. Falls doch, wäre es furchtbar. Noch ein Christkind in der Familie. Holm schließt die Augen.

An sich ist die Ehe eine Einrichtung, der Holm viel Gutes abgewinnen kann. Ein Geben und Nehmen, und heute, an seinem Geburtstag, möchte er Nehmer sein. Gegeben hat er genug in seinem letzten Lebensjahr. Zum Beispiel das vierte Kind im Bauch seiner Frau. Sie sehe ja gar nicht ein, hatte Sabine verkündet, als Lars ins Kindergartenalter kam, sich den Bedürfnissen des kapitalistischen Wirtschaftssystems zu unterwerfen und sich wieder – wie alle anderen Lohnarbeiter – in den menschenverachtenden Rhythmus eines Acht-Stunden-Arbeitstages einzufügen. Man dürfe dem System nicht die privatesten Entscheidungen überlassen. Sie schenke ihre Arbeitskraft lieber ihrer Familie. Und weil diese Familie mindestens von acht bis fünfzehn Uhr nicht zu Hause war, musste sie dafür sorgen, dass es ein neues Mitglied gebe, das ihre volle Aufmerksamkeit benötigte.

Holm mag Kinder. Aber erst, wenn sie laufen, sprechen und aufs Klo gehen können. Es macht ihm Spaß, mit Lars Häuser aus Legosteinen zu bauen, Lara Schach beizubringen und mit Leonie Kopfstand zu üben. Lediglich die ersten eineinhalb Jahre würde er gern überspringen.

Eine feuchte Kinderhand an seiner Wange lässt ihn zusammenzucken.

»Papa aufstehen«, sagt Lars.

»Papa Fieber«, sagt Holm.

»Wie viel Fieber hast du?« Leonie hüpft zu ihm aufs Sofa.

»Achtunddreißig zwei«, presst er heraus. »Lauf zu Mama und sag ihr das.«

Mit einem sanften Schubs befördert er sie vom Sofa, dreht sich um und zieht sich die Decke über den Kopf.

Der Gedanke an eine weitere Hausgeburt macht ihn

müde. Die resolute Hebamme im Haus, die niemals das tut, was er aus Filmen kennt: den Mann hinausschicken, um ihm ein paar Stunden später ein gewaschenes und in weiße Tücher gehülltes Baby zu präsentieren.

Stattdessen würde er sich wieder einmal anhören müssen, dass er im Weg stehe, dass er Sabine stützen oder eines ihrer Beine halten solle. Sein Blick fiele beim Halten dieses Beins wider Willen in die offene Sabine hinein. Aber diesmal nicht, schwört er sich. Dieses Mal würde er das Bein zwar halten, seinen Kopf jedoch in den Nacken werfen und nach oben gucken. Den Anblick des Babyköpfchens, das sich aus einer viel zu kleinen Öffnung zwängt, braucht er nicht.

Auch die Zweckentfremdung des Ehebettes zum Ort des Gebärens trägt nicht zur Verbesserung seiner Laune bei. Der Tod der Erotik!

Und danach: Keinen Sex. Wochenlang, monatelang, im schlimmsten Falle Jahre. Jedes der Kinder wurde länger als das vorherige gestillt, und die Libido seiner Frau sank in diesen Zeiten auf annähernd null. Was nützt es, dass er weiß, warum? Dass ein Hormon Sabines Lust tötet. Dass dieses Hormon sich um den Zeitpunkt der Geburt herum gnädigerweise sogar in seinem Körper ausbreiten wird, wenn auch in viel zu geringer Dosis.

Auch weiß er genau, woher Sabines Abneigung gegen Krankenhäuser, Flaschennahrung und Berufstätigkeit kommt. Seine Frau ist ein Kind der DDR. In autoritärem Stil wurde ihre Mutter von ihr entbunden, in einem Kreißsaal mit mehreren anderen Frauen, nur durch nachlässig aufgestellte Paravents voneinander getrennt. Sabine war gleich nach der Abnabelung mit dem Kopf nach unten an den

Beinen gehalten worden und hatte zur Begrüßung im Land des real existierenden Sozialismus einen Klaps auf den Po bekommen, bevor sie – samt den anderen Babys – in einen Raum weit entfernt von ihrer Mutter gebracht worden war. Alle vier Stunden hatte man sie in einem fahrbaren Bettchen zurückgeschoben, wo sie dann für eine exakt vorgeschriebene Zeit gesäugt wurde. Sechs Wochen später war sie abgestillt worden und verbrachte ihre Tage fortan in einer Kinderkrippe mit anderen häufig kranken, häufig schreienden Flaschenbabys.

Tatsächlich spürt er jetzt ein leichtes Frösteln und einen dumpfen Schmerz in seinem Kopf. Die Augen geschlossen und die Hände still halten, denkt er. Und: Warum muss ich büßen für etwas, für das ich nichts kann? Es gibt, stellt er bitter fest, einen direkten Zusammenhang zwischen Sabines spätem Protest gegen die Auswüchse eines totalitären Regimes und seinem vernachlässigten Schwanz.

Weil das Pendel in Sabines Kindertagen zu weit in Richtung Unnatürlichkeit ausgeschlagen hatte, schwingt Sabine nun mit Schwung in die entgegengesetzte Richtung. Erwerbsarbeit verweigern, Kinder kriegen, um dem neoliberalen Wirtschaftssystem ein Schnippchen zu schlagen, stillen, bis der Arzt kommt. Das neue Kind wird vermutlich bis zur Einschulung am Busen seiner Frau nuckeln, während er nur zuschauen darf. Die Schuld an diesem Elend lässt sich weit zurückverfolgen – die DDR, der Krieg, Hitler, die Weimarer Republik, der Versailler Vertrag –, ihm wird ganz schwindelig. Halt, denkt er. Wäre Sabines Mutter nicht so feige gewesen, hätte sie ein bisschen zivilen Ungehorsam gezeigt, statt den Nährboden für Sabines Rebellion zu bereiten, dann wäre er vielleicht nur Vater von zweien. Sabine hätte einen Job, und mit der Sicherheit zwei voller Lehrergehälter ließe es sich leben! Sie würden reisen. Auf diesen Reisen würde sie ihn abends, wenn die Kinder schliefen, verführen, und ihr Körper wäre schlank und fest, und aus ihren Brüsten käme keine Milch. Ohne Höschen, nur mit einem leichten Rock bekleidet, würde sie sich auf ihn setzen, würde ihn bitten, sie zu –

Der Boden knarrt. Er blinzelt, und da stehen sie: Leonie, Lara, Lars und Sabine und das noch friedlich im Fruchtwasser schwimmende Baby L.

»Deine Mutter ist am Telefon«, sagt Sabine spitz.

Sie hält ihm sein Mobiltelefon entgegen, dreht sich um und verlässt samt Gefolgschaft das Zimmer.

Seine Laune sackt rapide ab, während seine Körpertemperatur endlich zu steigen beginnt. Er kann es deutlich fühlen.

»Holm?«, hört er die Stimme seiner Mutter sagen. »Bist du da?«

»Ja.«

»Alles Gute zum Geburtstag und frohe Weihnachten!«

»Danke.«

»Holm?«

»Ja?«

»Du liegst doch nicht etwa krank im Bett?«

»Nein. Auf dem Sofa.«

»Hast du heute schon gelacht?«

Er schweigt.

»Holm?«

»Ja?«

»Ob du schon gelacht hast! Experten haben herausgefunden –«

»Mutter, bitte!«

»Es reicht, wenn du einfach die Mundwinkel nach oben ziehst. Das Gehirn versteht die Botschaft. Du musst nicht fröhlich sein. Einfach nur die Mundwinkel …«

»Mutter!«

»Hast du mein Geschenk schon bekommen?«

»Nein.«

»Dann geh zum Briefkasten. Da kommt auch dein Kreislauf in Schwung.«

»Ich muss jetzt auflegen.«

»Wann kommt eigentlich das Baby?«

»In zwei Wochen.«

»Stell dir vor, es käme heute schon. Dann wärt ihr alle beide Christkinder und –«

»Mutter, ich leg jetzt auf.«

Erschöpft sinkt er ins Kissen zurück.

Als Leonie mit einem Umschlag vor seinem Gesicht herumwedelt, war er gerade eingenickt.

»Für dich von Oma«, sagt sie fröhlich, »darf ich aufmachen?«

Er nickt. Leonie zieht eine Klappkarte aus dem Kuvert und reicht sie ihm.

Gutschein für einen Workshop steht auf der Vorderseite. Er klappt die Karte auf und liest:

Das Kind in dir. Free your inner child!

Darunter grinst ein schiefer Smiley, den seine Mutter

gemalt haben muss. Um das Scheusal herum, kreisförmig angeordnet, stehen die Worte:

Lach mal wieder. Deine Mama.

Er steckt sich das Fieberthermometer in den Mund und wartet. Nach dem Erklingen des Pieptons schaut er auf das Display: 38,3 °C.

Na bitte. Geht doch.

»Geh zu Mama und zeig ihr das«, murmelt er, reicht das Thermometer an Leonie weiter und schläft kurz danach ein.

Ein französisches Chanson holt ihn aus einem Traum, den er Sabine selbst in angetrunkenem Zustand nicht erzählen würde.

Die Piaf an Heiligabend. Das ist neu, und es beunruhigt ihn. Er legt eine Hand auf seine Stirn und stöhnt. Das Fieber ist gestiegen.

Ein Tee wäre schön, denkt er.

»Sabine!« Seine Stimme ist zu schwach, um Schallwellen bis in entfernter liegende Zimmer der Wohnung zu schicken.

Er räuspert sich und startet einen zweiten Versuch.

»Sa-bi-ne!«

Nichts. Stattdessen kommt Leonie angerannt.

»Die Mama hat im Schlafzimmer auf den Fußboden gepullert«, ruft sie aufgeregt.

Bin ich wach?, fragt er sich und fasst sich erneut an die Stirn. Er glüht. Sein Kopf tut weh. Allein der Gedanke, je wieder aufstehen zu müssen, lässt ihn Mitleid mit sich selbst empfinden.

»Papa! Komm! Die Mama sagt, dass das Baby jetzt rauswill.«

Jetzt weiß er, dass alles nur ein Traum sein kann. Er lächelt. Bevor er die Augen wieder schließt, sieht er auf die Armbanduhr. Es ist kurz nach drei, bald werden die Kerzen am Baum brennen. Es wird leuchten und knistern, wenn die Kinder die Geschenke auspacken. Das Daumenkino in seinem Kopf wird nochmals von einer unsichtbaren Hand durchgeblättert, der Stroboskopeffekt der laufenden Bilder schläfert ihn ein.

Später meint er, jemanden schreien zu hören. Irgendwo jammert ein Kätzchen. Energische Schritte hallen durch den Korridor. Als er wieder zu sich kommt, liegen die Geschenke unter dem Weihnachtsbaum. Draußen ist es dunkel, nur die Kerzen beleuchten den Raum, und eines der Geschenke bewegt sich. Es liegt in einem Körbchen, die Kinder umringen es und nennen es Luise.

Eine fremde Frau tritt an das Sofa heran und hält ihm ein Glas Wasser und eine Tablette hin.

Halt! Kennt er diese Person? In ihrem Blick liegt Verachtung, ihre Lippen formen Worte, die wie Befehle klingen. Das unter dem Weihnachtsbaum liegende Geschenk kräht und wimmert.

Holm schließt die Augen. Er fantasiert. Das Fieber gaukelt ihm Dinge vor. Es vergrößert den Raum, erhöht die Anzahl der Menschen und lässt ihn seltsame Töne vernehmen. Sein inneres Kind gerät in Panik. Ruhig, flüstert er ihm zu, es ist alles in Ordnung. Von irgendwoher kommt Musik, doch dann verschwimmen die Geräusche und schläfern ihn wieder ein.

ILDIKÓ VON KÜRTHY

So was von gerührt

24. Dezember, Heiligabend, um 23 Uhr

An den Weihnachtstagen neige ich generell und schon immer zur Maßlosigkeit. Und zwar sowohl beim Einsatz von Lichterketten, singenden Stoff-Elchen und Doris-Day-Christmas-Song-Samplern als auch beim Einsatz von überwältigenden Gefühlen wie Wehmut, Rührung und der Sehnsucht nach Schnee und einer Großfamilie.

Als Einzelkind habe ich einen Hang zur Romantisierung solcher Familienfeste, an denen bei uns ja in der Regel nicht mehr als drei Leute teilnahmen.

Wie meistens habe ich auch in diesem Jahr dafür gesorgt, dass wir uns für einen Weihnachtsbaum entscheiden, der sich von seinen Ausmaßen her eigentlich besser im Petersdom machen würde. Zarte Einwände meines Mannes, ob wir es nicht lieber mal mit einem kleineren Bäumchen versuchen sollten, das die Wohnzimmertür nicht nahezu vollständig versperrt, wurden von mir, ebenfalls wie jedes Jahr, einfach überhört.

Alljährlich versuche ich mich wieder so auf Weihnachten zu freuen, wie ich es als Kind tat. Ich schmücke den Baumriesen, ich verpacke die Geschenke, ich höre meine alten Weihnachts-CDs, ich koche einen Großteil meiner Lieblingsspeisen und esse so viel Schokoladen-Weihnachtspasteten, wie ich will.

Aber ich weiß nicht, wann es anfing, weniger zu werden. Ich freue mich nicht mehr wie ein Kind. Nicht auf Weihnachten, nicht auf die Ferien, nicht auf meinen Geburtstag. Ich fiebere nicht mehr wochenlang auf diese Ereignisse hin, und der Zauber, endlich, endlich, endlich am Morgen des Heiligen Abends oder des ersten Ferientages aufzuwachen, ist lange verflogen.

Aber heute habe ich ihn zum ersten Mal seit langem wieder gespürt, den verwunschenen Glanz vergangener Weihnachten. Auch wenn die Umstände etwas ungünstig wären, da mein Mann sich gleich nach der Bescherung mit Schüttelfrost und Fieber ins Bett verabschiedete.

Jetzt sitze ich hier allein, aber sehr zufrieden zwischen Geschenkpapieren und den knisternden Hüllen der verspeisten Schokoladen-Weihnachtspasteten und betrachte gerührt meinen Baum und meinen Bauch.

Am nächsten Heiligen Abend werden wir zu dritt sein. Keine Großfamilie, aber immerhin eine Steigerung der Teilnehmerzahl um ein Drittel. Es werden wunderbare und weniger wunderbare Dinge und Gebräuche zurückkehren in unser Leben: Weihnachtsmann, Nikolaus, Osterhase, Topfschlagen, Plumpsack, Ponyreiten, Schultüte, Elternabende, Liebeskummer, Akne, Pfadfinder, Nachhilfe.

Ich betrachte die Krippe aus Holz, die unter dem Weihnachtsbaum steht. Da steht sie jedes Jahr, schon solange ich denken kann. Ich habe nicht viel aus meinem Elternhaus behalten. Ein Nachthemd meiner Mutter, nicht schön, einen von meinem Vater gekneteten Elefanten, auch nicht schön, diese Krippe und eine kleine Truhe aus Rosenholz, in der ich einige Briefe und Dokumente aufbewahre, die an meine Eltern erinnern.

Ich würde mich gerne mit meiner Mutter beraten. Wie waren ihre Schwangerschaft, die Geburt, wie war ich als Baby, hatte sie auch solche Ängste, und war Weihnachten nach meiner Geburt wieder so schön wie früher?

Erster Weihnachtstag um 0 Uhr 50

Meine Familie schläft.

Ich sitze im Wohnzimmer neben dem reichlich geschmückten Tannenbaum. Er ist wieder zu groß. Und ich war noch nie ein Freund spärlicher Dekoration.

Dieses Weihnachten war so überschattet und so glücksbeschienen wie nie ein Weihnachten zuvor.

Die Mixtur aus tiefer Trauer, fassungsloser Dankbarkeit, Johanniskraut und einer Flasche Champagner, getrunken auf das Wohl unseres Sohnes und auf die Himmelfahrt unserer Tante, führt in mir zu einer trägen und traurigen, achselzuckenden Freundlichkeit der Welt gegenüber. Ich nehm noch ein Schlückchen.

Und ich weine friedlich und feierlich vor mich hin.

Ich gönne mir noch eine Handvoll Kekse, die teuren, gekauft natürlich. Wie in jedem Jahr hatte ich mir fest vorgenommen, Plätzchen zu backen, sie in selbstdekorierten Tütchen hübsch einzuwickeln und an die Nachbarn, die Briefträgerin und die Männer von der Müllabfuhr zu verteilen.

Und wie in jedem Jahr habe ich es wieder nicht getan.

Ich habe auch keine Strohsterne gebastelt, keine bezaubernden Kunstschneebilder an die Fenster gesprüht, keinen Stollen gebacken und den Adventskranz nicht selbst geflochten.

Irgendwie hatte ich gehofft, dass man mit einem Kind das Bastel- und das Back- und das Mehrgängige-Menüs-aus-dem-Hut-zaubern-Gen gleich frei Haus mitgeliefert bekommt. Das ist aber nicht so.

Nicht nur die Kekse, auch den Rotkohl habe ich gestern Vormittag fertig gekauft. Mit Schlomo auf dem Arm stand ich in der kilometerlangen Schlange an der Kasse und betrachtete vorweihnachtlich milde gestimmt das geschäftige Treiben. Ich nickte freundlich hierhin und dorthin.

Bis ich wahrnahm, dass die Blicke, die mich trafen, nicht getränkt waren von vorweihnachtlicher Nächstenliebe.

Jetzt bemerkte auch ich es. Es hatte eine Zeitlang gedauert, bis sich der Geruch durch meine abgehärteten Nasen-Schleimhornhäute durchgefräst hatte. Dann aber traf mich der Gestank wie ein Schlag.

Der Schlomenberger schaute lächelnd in die Menge. Wie kann ein so kleiner Mensch so bestialisch stinken? Das fragte ich mich, während ich hektisch und vergebens nach einem anderen Kleinkind in der Nähe Ausschau hielt, um es anklagend anzustarren und ihm die Schuld in die Windel zu schieben. Leider kein Kind weit und breit. Die ersten Leute hielten sich die Nase zu. Die Frau hinter mir murrte: »Eine frische Windel wäre vielleicht nicht schlecht.«

Was sollte ich tun? Rausgehen und Weihnachten ohne Kekse und Rotkohl feiern? Oder aber riskieren, dass der

Laden, womöglich der ganze Stadtteil, evakuiert werden müsste?

In diesem Moment wurde eine zweite Kasse geöffnet, und ich wurde bereitwilligst vorgelassen.

Den anschließenden Windelwechsel zu Hause hätte ich wirklich filmen sollen, damit so ein Kind mal ein Gespür dafür bekommt, was man als Eltern alles so durchmachen muss, bis es groß ist, sprechen, multiplizieren und allein in die Toilette kacken kann.

Es handelte sich um einen sogenannten Rückenkrabbler – ein Fachterminus aus der Welt der undichten Babys, die ihre Windeln sprengen und denen der Kot bis zur Halskrause »hochkrabbelt«. Wieder was dazugelernt.

Unter dem Weihnachtsbaum ist kein Platz mehr. Natürlich hat sich niemand an die Vorgabe gehalten, Schlominsky nur ein Geschenk zu machen. Wir auch nicht.

Das hatte zur Folge, dass unser Kind in einem großen Haufen Geschenkpapier verschwand. Der Kleine war rundum begeistert von bunten Schleifen, knisternden Folien und geheimnisvollen Schachteln.

Mein Rat für alle Eltern von Kindern bis zu anderthalb Jahren: Schenken Sie ausschließlich Verpackungsmaterial.

Frohe Weihnachten!

AXEL HACKE

Alle Jahre schon wieder
Warum ich Weihnachten trotzdem liebe

Bisher war von den Gefühlen eines Kindes an Weihnachten die Rede. Nun kommen wir mal zu den Erwachsenen.

Ich fiebere als Vater dem 24. Dezember ähnlich intensiv entgegen wie einst als Sohn, bloß aus anderen Gründen. Es sind weniger die Geschenke, deren Empfang ich mit Ungeduld entgegensehe. Es ist vielmehr schlicht das Ende der Vorweihnachtszeit, das ich ersehne, jenes Hindernisparcours', den ich am Ende einfach immer nur durchhalten will und in dessen Verlauf die stets gleichen Fragen zu beantworten sind: Werde ich würdige Geschenke für alle Familienmitglieder haben? Werde ich alle Weihnachtsfeiern mit Anstand überstehen? Werde ich meine beruflichen Notwendigkeiten erledigt haben können? Werde ich alles getan haben, damit es ein schönes Fest wird? Werden die Kinder mir einmal so dankbar sein, wie ich meinen Eltern dankbar bin für das, was sie mir mit ihren Weihnachtsinszenierungen mitgegeben haben? Werden sie also schöne, haltbare Erinnerungen mitnehmen?

Es sind sehr hohe Ansprüche, die wir an Weihnachten (und an uns selbst zu Weihnachten) haben – und es ist kein Wunder, dass wir immer wieder an ihnen scheitern. Trotzdem finde ich es richtig, diese Ansprüche zu haben. Weihnachten ist für mich das Fest der Sehnsucht nach der Kindheit: nach dem kindlichen Glauben, dass die Welt eigentlich schön ist und heil. Es ist der Versuch der Erwachsenen, sie wenigstens für einen Abend oder für zwei, drei Tage noch einmal schön und heil zu machen. Es ist das einzige Fest, an dem sich alle einig sind, dass sie sich gut benehmen wollen, dass sie sich etwas zu geben haben (und dass sie deshalb vorher über den anderen nachdenken möchten, denn das müssen sie, wenn sie etwas schenken wollen), dass sie die Ambivalenzen des Lebens auszublenden bereit sind und sich einmal ganz hemmungslos für die Harmonie als obersten Wert entscheiden. Und dass die Familie etwas ist, für das man sich anstrengen möchte.

Heute weiß ich ja, wie sich meine Eltern am Ende eines Weihnachtsabends fühlten, wenn wir Kinder endlich eingeschlafen waren: überaus müde, ein bisschen betrunken und vielleicht doch auch mal zwischendurch sehr glücklich.

JOSEPH ROTH

Verschneite Welt

Seit gestern schneit es.

Das ist kein Schnee von leichtem Oktobergeblüt, wie ihn manchmal spottlustige Herbstwolken aus den Ärmeln schütten. Kein schwindsüchtiger Schnee, der, kaum auf dem Pflaster angekommen, in ein nasses Nichts zergeht wie eine Kriegsschaumtorte auf der Zungenspitze. Kein herbstlicher Schwindelschnee, der eigentlich nur ein weiß verkleideter Regen ist. Seit gestern ist der ehrliche, charaktervolle Schnee da, der Schnee, aus dem die Zuckerkrone des lieben Gottes gemacht ist, der Schnee aus den Wintermärchen, der Schnee der Schneeballen und der Schneemänner.

Stunden, die von den Turmuhren fallen, sinken bis über die eigenen Ohren in den weichen Flaum und lassen nichts mehr von sich hören. Die Hupentöne der Automobile und die Trompetenstöße der Tramwayschaffner wollen schreien und können nicht. Weiße, wollige Flocken legen sich ihnen um Brust und Hals und ersticken sie. Räder knirschen, und Fahrradklingeln sind eingehüllt in dämpfenden Hermelin. Alle Geräusche der Stadt liegen eingewickelt in bauschigem Schnee wie kostbare Instrumente in Watte.

Die Stadt wird vornehm wie eine Silberkönigin in blendendem Pelz. Ihre Pagen, die goldenen Glocken, schreiten in weißen Pelzpantöffelchen durch die Luft. Weiches

Schneestaubpuder macht die hässlichen Sorgenrunzeln in ihrem Gesicht unkenntlich. Die Königin Stadt ruht. Wunderbar weiß sind ihre Glieder.

Der Schnee schläft dicht und fest auf den Drähten, auf den Kuppeln der Telegrafenstangen, auf Türmen, Erkern und Giebeln. Er hüllt dünne, frierende Zweige ein, wie man Kinder nach einem Bad einwickelt in weiches Flanell. Die Laternen haben weiße, spitzige Narrenkappen und vor den Gesichtern dünne Schleier mit großen weißen Tupfen. Die goldenen Lichtkugeln der Autos und Straßenbahnen wirbeln Kügelchen aus Quecksilber vor sich her, die wie Sonnenstäubchen tänzeln. Alte, missgünstige Besen sind heftig bemüht, den Kobold Schnee zur Ordnung zu rufen. Sie weisen ihn weg vom Trottoir: »Du, pass auf, hier darfst du dich nicht hinlegen!« Aber der Schnee ist ganz ungezogen und setzt sich rittlings auf die schneesüchtigen Besen und die eifrig gebeugten Rücken der Herren Hausmeister. So ist der Schnee.

Die Wolken lagern dicht über den Dächern, um den Schnee leichter aus ihren weiten Manteltaschen schütten zu können. Leichte, dunstige Nebelzungen lecken an den Stirnen der Häuser. Die Menschen hasten durch die Gassen, sie sind gebückt, denn sie tragen Lasten von weißen Wundern auf den Schultern nach Hause.

ERICH MARIA REMARQUE

Ich gehe umher mit meinen Gedanken

Erich Maria Remarque in Porto Ronco,
[25.12.1938] An Marlene Dietrich in Beverly Hills,
North Crescent Drive MDC 345

Liebling, es ist Weihnachtsabend, zwölf Uhr, und ich bin müde vom Arbeiten. Mein Kopf ist leer und ich habe aufgehört zu schreiben. Früher, wenn ich müde war vom Arbeiten und es war noch nicht spät, bin ich dann immer trinken gegangen. Ich wollte nicht so ohne Gedanken zu Hause sitzen, und schlafen gehen allein ist mir immer schwer gefallen; das war immer so wie ohne Hoffnung ein bißchen zum Schafott gehen.

Jetzt, wenn mein Kopf leer wird und ich das Gefühl habe, daß hinter mir einer steht, weiß ich, was ich tue. Ich lege das Manuskript weg und die Bleistifte und gehe ein wenig auf die Terrasse und sitze etwas am Feuer und mache etwas Musik und dann fange ich an, dir einen Brief zu schreiben. Es ist so ein wunderbarer Halt und es ist so ganz neu für mich. Ich freue mich oft schon den ganzen Tag darauf, daß ich dir abends schreiben werde, und manchmal halte ich es sogar nicht aus, dann schreibe ich schon tagsüber. Es ist wie ein ewiges Gespräch, wenn es auch nur ein ewiger Monolog ist. Es gibt mir Wärme, und du bleibst so bei allem was ich tue immer dabei. Du machst mich unruhig und ruhig zugleich. Aber es ist eine andere Unruhe als früher. Früher war es einfach nur ein Durcheinander, es war die Unruhe der Ziellosigkeit. Jetzt ist es mehr ein Strömen, ein ruhiges Strömen oft sogar, ich fühle, daß es weiter geht und daß überall Nebenflüsse einmünden und mitgehen. Ich gehe umher mit meinen Gedanken und dann schreibe ich und abends belohne ich mich und schreibe an dich. Ein kleinbürgerliches Dasein vielleicht, oder doch nicht, da es sich mit mir allein vollzieht und so neu ist, daß es wie ein großes, wunderbares Abenteuer wirkt. Das Abenteuer einer gewissen Sicherheit, ach nein, einer großen Sicherheit schon. Es sind so viele Dinge nebeneinander, die durch dich schön werden. Ich füttere sogar meine Hunde anders, seit ich hier bin, und ich habe wieder dieses einzigartige Gefühl wie damals, als ich Werther las und versteckt eine Flasche Wein hinter meinen Büchern hatte, aus der ich abends auf dem Balkon mir ein Glas einschenkte und in den Mond hielt, und über die schwarzen Wälder zu den blauen Bergen sah, und achtzehn Jahre jung war. Dieses Gefühl, schmal und still und jung und voll Erwartung zu sein. Es ist soviel Zärtlichkeit dabei, Liebling, Zärtlichkeit und die Gefaßtheit des großen Glücks. Der Glaube ist ja nicht eine Sache der Gläubigen, – er ist eine Sache der Ungläubigen. Und das Glück gehört ja nicht den Frohen aus sich, – es gehört den Wissenden. Wo gibt es ein reineres Lachen, als bei denen, die die tiefste Trauer kennen. Und die Liebe? Wer könnte dich mehr lieben als ich, Liebling –

Nachweis

Der Verlag dankt folgenden Rechteinhaber:innen für die Genehmigung zum Abdruck:

Jürgen Banscherus (*1949, Remscheid-Lennep)
Der gestohlene Weihnachtsbaum. Abdruck mit freundlicher Genehmigung des Autors. Copyright © 2019, Jürgen Banscherus.
Heinrich Böll (1917, Köln – 1985, Kreuzau-Langenbroich)
Monologe eines Kellners. Auszug aus: *Heinrich Böll. Werke. Kölner Ausgabe. Bd. 12. 1959–1963.* Herausgegeben von Robert C. Conrad. Copyright © 2008, Verlag Kiepenheuer & Witsch GmbH & Co. KG, Köln.
Christine Brückner (1921, Schmillinghausen–1996, Kassel)
Weihnachten in Frieden (Titel von der Herausgeberin). Auszug aus: dies., *Nirgendwo ist Poenichen.* Copyright © 1977 Ullstein Buchverlage GmbH, Berlin.
Katinka Buddenkotte (*1976, Münster)
Die heiligen Rouladen. Abdruck mit freundlicher Genehmigung der Autorin. Copyright © 2021, Katinka Buddenkotte.
Hans Fallada (1893, Greifswald–1947, Berlin)
Fünfzig Mark und ein fröhliches Weihnachtsfest. Auszug aus: ders., *Der gestohlene Weihnachtsbaum.* Erschienen 2022 im Insel Verlag Anton Kippenberg GmbH & Co. KG, Berlin.
Mareike Fallwickl (*1983, Hallein)
Das Weihnachtstheater. Originalbeitrag für diese Anthologie.

Abdruck mit freundlicher Genehmigung der Autorin. Copyright © Mareike Fallwickl.

Salomo Friedlaender (1871, Gillantsch bei Pose–1946, Paris)

Das Weihnachtsfest des alten Schauspielers Nesselgrün. Auszug aus: ders., *Schriften (Teil 1)*. Herausgegeben von Hartmut Geerken & Detlef Thiel. Erschienen 2008 bei Waitawhile book, Norderstedt.

Bernd Gieseking (*1958, Minden-Kutenhausen)

Der liebe Augustin oder: Mit Gott in der Sauna. Abdruck mit freundlicher Genehmigung des Autors. Copyright © 2021, Bernd Gieseking.

Daniel Glattauer (*1960, Wien)

Die beliebtesten Weihnachtskrisen und die besten Anlässe für Streit. Auszug aus: ders., *Der Karpfenstreit. Die schönsten Weihnachtskrisen*. Copyright © 2010, Deuticke in der Paul Zsolnay Verlags GmbH, Wien, S. 5–21, mit freundlicher Genehmigung vom Paul Zsolnay Verlag.

Axel Hacke (*1956, Braunschweig)

Ein Abend in der Kneipe und *Warum ich Weihnachten trotzdem liebe*. Auszüge aus: ders., *Alle Jahre schon wieder*. Copyright © 2009, Verlag Antje Kunstmann GmbH, München.

Janosch (eigentlich: Horst Eckert, *1931, Hindenburg/Oberschlesien)

Der alte Mann und der Bär. Eine Weihnachtsgeschichte. Copyright © Janosch film & medien AG.

Seraina Kobler (*1982, Locarno)

Ella und die Dame in Rot. Erschienen im Dezember 2023 in der *Schweizer Familie*. Abdruck mit freundlicher Genehmigung der Autorin. Copyright © Seraina Kobler.

Daniela Krien (*1975, Neu-Kaliß)

Das Kind in dir. Abdruck mit freundlicher Genehmigung der Autorin. Copyright © 2016, Daniela Krien.

Ildikó von Kürthy (*1968, Aachen)

So was von gerührt (Titel von der Herausgeberin). Auszug aus: dies., *Unter dem Herzen.* Copyright © 2012, Rowohlt Verlag GmbH, Hamburg.

Ingrid Noll (*1935, Shanghai)

Weihnachten im Schlosshotel. Abdruck mit freundlicher Genehmigung der Autorin. Copyright © 2007, Ingrid Noll.

Sarah Pines (*Bonn)

Kleinere Festlichkeiten. Originalbeitrag für diese Anthologie. Abdruck mit freundlicher Genehmigung der Autorin. Copyright © Sarah Pines.

Erich Maria Remarque (1898, Osnabrück–1970, Locarno)

Ich gehe umher mit meinen Gedanken (Titel von der Herausgeberin). Auszug aus: Werner Fuld, Thomas F. Schneider (Hrsg.), *»Sag mir, daß Du mich liebst …«. Erich Maria Remarque–Marlene Dietrich. Zeugnisse einer Leidenschaft.* Copyright © 2001, Verlag Kiepenheuer & Witsch GmbH & Co. KG, Köln.

Rainer Maria Rilke (1875, Prag–1923, Montreux)

Zitat aus: *Briefe an Nanny Wunderly-Volkart.* Im Auftrag der Schweizerischen Landesbibliothek und unter Mitarbeit von Niklaus Bigler besorgt durch Rätus Luck. 2 Bde. Insel Verlag, Frankfurt a.M. 1977.

Joseph Roth (1894, Brody/Ostgalizien–1939 Paris)

Verschneite Welt. Aus: ders., *Ich zeichne das Gesicht der Zeit.* Herausgegeben und kommentiert von Helmuth Nürnberger. Erschienen 2013 in der Diogenes Verlag AG Zürich.

Christian Seltmann (*1968, Lüdenscheid)

Ein Rentier sucht Weihnachten (Titel von der Herausgeberin). Aus: ders., *Ralf-Rüdiger. Ein Rentier sucht Weihnachten.* Copyright © Arena Verlag GmbH, 2013 und 2024 Würzburg, mit freundlicher Genehmigung vom Arena Verlag.

Anna Stothard (*1983, London)
Angel. Abdruck mit freundlicher Genehmigung der Autorin. Copyright © 2015, Anna Stothard. Copyright der deutschsprachigen Übersetzung © Jenny Merling. Aus dem Englischen von Jenny Merling.

George Tabori (1914, Budapest – 2007, Berlin)
Ein Weihnachtsschmaus. Auszug aus: ders., *Betrachtungen über das Feigenblatt. Handbuch für Verliebte und Verrückte.* Copyright © 1990, George Tabori, vertreten durch die Gustav Kiepenheuer Bühnenvertriebs GmbH, Berlin. Copyright der deutschsprachigen Übersetzung © 1991 Carl Hanser Verlag GmbH & Co. KG, München. Aus dem amerikanischen Englisch von Ursula Grützmacher-Tabori.

Henry David Thoreau (1817, Concord/Massachusetts – 1862, Concord/Massachusetts)
Wintergäste (Titel von der Herausgeberin). Auszug aus: ders., *Walden.* Copyright der deutschsprachigen Übersetzung © 2012, Diogenes Verlag AG, Zürich. Aus dem amerikanischen Englisch von Emma Emmerich & Tatjana Fischer.

Karl Valentin (eigentlich: Valentin Ludwig Fey, 1882, München – 1948, Planegg)
Das Weihnachtsgeschenk. Aus: ders., *Buchbinder Wanninger.* Erschienen 1996 im Piper Verlag, München.

Jan Weiler (*1967, Düsseldorf)
Der Nikolaus war da! Auszug aus: ders., *Berichte aus dem Christstollen.* Erschienen 2012 in der Rowohlt Verlag GmbH, Hamburg. Copyright © Jan Weiler.

Yvonne Zitzmann (*1976, Frankfurt (Oder))
Der Baum auf dem Dach. Originalbeitrag für diese Anthologie. Abdruck mit freundlicher Genehmigung der Autorin. Copyright © Yvonne Zitzmann.

Erzählung
176 Seiten
Auch erhältlich als eBook und Hörbuch-Download

Gehört zu jedem Weihnachtsfest: die weltberühmte, bei Groß und Klein beliebte Geschichte von der wundersamen Wandlung des Geizhalses Ebenezer Scrooge. Der Klassiker in neuer Übersetzung von Melanie Walz.

Erzählungen
Ausgewählt von Christine Stemmermann
272 Seiten

Funkelnde Bergspitzen, Eltern, die mit der Eisenbahn spielen, die Stille des Winters, ein Weihnachtswiesel und eine Postkarte aus Panama: Weihnachten hat viel zu bieten – man muss nur etwas daraus machen, denn die Gaben liegen nicht nur auf dem Tisch! Geschichten von Karl Ove Knausgård, Sy Montgomery, Truman Capote, Robert Stadlober, Benedict Wells und vielen mehr. Mit einer exklusiven Geschichte von Grégoire Hervier.

Roman
320 Seiten
Auch erhältlich als eBook und Hörbuch-Download

Theodor Hugo Hasselt hat Haltung, Wutanfälle und fluktuierende Finanzen. Der Fabrikant aus dem Sauerland soll das eingeschlafene deutsch-britische Eisenbahnprojekt »Vom Kap nach Kairo« wiederbeleben. In Südafrika verliebt er sich rettungslos in seine Cousine Alba und führt sie heim auf sein Landgut in Iserlohn. Doch dort angekommen, will Alba plötzlich Theodors besten Freund Albert, der wiederum mit Marthe verlobt ist, Theodors Jugendliebe und Langzeitgeliebter. Ein Hohelied und ein Abgesang auf die unvergleichlichen Zwanzigerjahre.

Roman
304 Seiten
Auch erhältlich als eBook und Hörbuch-Download

Sie hat alles gehabt und alles verloren: Sekunden der Unachtsamkeit kosten ihre einzige Tochter das Leben. Tief sieht Linda in den Abgrund und wäre beinahe gefallen, doch da sind hauchfeine Fäden, die sie halten – die Hündin Kaja, die steten Handgriffe im Garten, das Mitgefühl für andere. Wie viel Kraft in ihr steckt, ahnt sie erst, als sie zurückfindet in einen Alltag und zu sich selbst.

Roman
224 Seiten
Auch erhältlich als eBook, Hörbuch und Hörbuch-Download

Der elfjährige Martin besitzt nichts bis auf das Hemd auf dem Leib und seinen schwarzen Hahn, Behüter und Freund zugleich. Die Dorfbewohner meiden den Jungen, der zu ungewöhnlich ist. Viel zu klug und liebenswürdig. Sie behandeln ihn lieber schlecht, als seine Begabungen anzuerkennen. Als Martin die Chance ergreift und mit dem Maler zieht, führt dieser ihn in eine schauerliche Welt, in der er dank seines Mitgefühls und Verstandes widerstehen kann und zum Retter wird für jene, die noch unschuldiger sind als er.